書下ろし

ソトゴト 梟《ふくろう》が目覚めるとき

森詠

祥伝社文庫

目次

【本作の登場人物】

猪狩《いがり》誠人《まさと》……………警視庁公安部外事課員 巡査部長

飯島《いいじま》舞衣《まい》……………警視庁公安部外事課主任 警部補

大沼《おおぬま》彦次郎《ひこじろう》…………警視庁公安部外事課員 巡査部長

海原《かいばら》光義《みつよし》……………警視庁公安部外事課 係長 警部

真崎《まさき》武郎《たけろう》……………警察庁警備局警備企画課 理事官 警視正

田所《たどころ》純也《じゅんや》……………新潟県警捜査一課強行犯一係 係長 警部

中山《なかやま》裕美《ゆみ》……………新潟県警捜査一課強行犯一係 巡査

山本《やまもと》麻里《まり》……………誠人の同期 新潟県警から警察庁へ出向中

蓮見《はすみ》健司《けんじ》……………誠人の同期 新潟県警から警察庁へ出向中

古三沢《こみさわ》忠夫《ただお》…………自殺に偽装して殺害された男

恩田《おんだ》亜美《あみ》……………誠人の幼馴染《おさななじ》み 何者かに拉致され、行方不明

プロローグ

香港《ホンコン》国際空港到着ロビーは、閑散《かんさん》としていた。新型コロナウイルスのパンデミックの影響もあって、香港観光の客は激減していた。海外からの便は、その多くが欠航し、キャンセルされている。

それでも、日本やアメリカ、ヨーロッパなどから、ぽつぽつとビジネスマンたちが入国していた。

呉志豪《ウーヂーハオ》はハイヤーの運転席に座り、到着ロビーから出てくるビジネスマンたちを見ていた。到着ロビーの出口は、AとBの二カ所がある。

『レオン、お客さんはターゲットとボディガードの二人。出口Aに向かった』

耳に挿《はさ》んだイヤフォンから女の声が聞こえた。呉志豪は襟元《えりもと》のリップマイクにいった。

「了解。アグネス、お客さんの服装は？」

出口Aに目をやった。ターゲットの顔はスマホの写真で分かっている。いまの服装を確認したい。

『ターゲットはダークスーツ。青と白の縞模様《ストライプ》のネクタイ。ソフト帽を被っている。茶革のアタッシュケースを手にしている。もう一人は、ボディガード。こちらは黒のスーツ上下。すぐに動画を送る』

呉志豪はスマホの画面に目をやった。

通関のカウンターから出てくるダークスーツ姿の初老の男が映っていた。後からボディガードの男が一人付き添っている。ボディガードは、きびきびした動作をしている。

初老の男の顔をチェックした。

細面《ほそおもて》に瘦《こ》けた頰《ほお》。薄い唇《くちびる》に、不釣り合いな大きな鼻。額《ひたい》の眉間《みけん》に深い縦皺《たてじわ》が刻まれている。白髪が混じったグレーの髪。冷酷な細い目。

前に見た写真の顔の男だ。間違いない。

『ターゲットたちはまもなくロビーから出る』

呉は到着ロビーのVIP向けの貴賓《きひん》用出口に目をやった。

護衛の男に導かれたダークスーツが現われた。二人は貴賓用出口に立ち、きょろきょろと辺りを見回した。迎えの車を探している。

「ターゲット、インサイト（視認）」

呉志豪はベンツのエンジンをかけた。

呉は駐車場の出入口に目をやった。

駐車場の出入口で、警備員たちが出ようとしていた二台の黒塗りのベンツを止め、運転手たちと何事かをいい合っている。

イヤフォンに女の声が囁《ささや》いた。

『作戦開始よ』

「了解。レッツダンス」

呉は口元をゆるませ、リップマイクに囁いた。

呉は縦列《じゆうれつ》駐車の車列から、ベンツをするりと出した。車をターゲットたちの前に滑り込ませた。

呉は素早く運転席から降りて、後部ドアに回り込んだ。ボディガードが一瞬、緊張した様子になったが、呉がハイヤー運転手の制服姿だったので、何もいわなかった。

呉はターゲットにお辞儀《じぎ》をし、恭《うやうや》しく後部ドアのノブを摑《つか》んで引き開けた。

「お迎えに上がりました」

「迎えは、きみ一人か？」

ターゲットとボディガードは顔を見合わせた。

「いえ。あちらにいるのですが、何か手違いがあったようです」

呉は笑いながら、駐車場の出入口に顔を向けた。運転手と警備員たちが、まだ激しく言い争っている。

「彼らもすぐに参ります。ひとまず車にお乗りになってください」

呉は白手袋をした手で後部座席にターゲットを促した。男は仕方がないという顔で、後部座席に乗り込んだ。

呉はドアを閉め、運転席に戻った。

ボディガードは、車の前を通り、助手席に乗り込んだ。呉はシートベルトを締めた。

「お二人とも、シートベルトを締めてください」

「おれはいい」

ボディガードは、咄嗟《とっさ》の時に動けないのを嫌ってシートベルトを締めなかった。

呉はバックミラー越しにターゲットを見た。初老の男はスマホを取り出し、どこかに電話を掛けようとしていた。

「念のためです。お客様はシートベルトを締めてください」

「うむ」

初老の男はいわれるままに、シートベルトを掛けた。

後方でバイクのエンジン音が轟《とどろ》いた。不意《ふい》に真っ赤な車体の大型バイクが飛び出して来て、ベンツの側でつんのめるように急停止した。赤いヘルメットに赤いツナギのレーシングウエアを着た女が二人、タンデムで乗っていた。

バイクを運転している女はヘルメットから金髪をなびかせていた。後部座席に跨《また》がった女はヘルメットから黒髪が出ている。黒髪の女は手をピストルのように構え、人差し指で撃つ真似《まね》をした。

「出せ。車を出せ」

ボディガードは呉に怒鳴《どな》り、脇の下から自動拳銃を抜いた。

後部座席に座った男は血相《けっそう》を変えて、座席に軀《からだ》を伏せた。

「早く出せ！　早く」

「了解」

呉はベンツを急発進させた。ベンツはタイヤを軋《きし》ませながら、道路に飛び出した。一瞬遅れて車の後ろにタンデムの赤いバイクがウィリーをしながら続いた。

「急げ！　振り切れ」

ボディガードが、後ろを振り向きながら、呉に怒鳴った。

「了解」

呉は一気にアクセルを踏んだ。空港の環状路は空《す》いていた。呉は警笛《けいてき》を鳴らしながら、ベンツを飛ばした。

赤いバイクは追って来なかった。バックミラーの中で、二人組のバイクはみるみるうちに遠ざかって行く。

「追って来ませんね」

呉は初老の男にいった。初老の男はぼやいた。

「撃たれるかと思った」

ボディガードもほっとした顔で拳銃を脇の下のホルスターに戻した。ボディガードが笑った。

「拳銃ではなく、指鉄砲でしたね」

「そうか？　あいつら、我々をからかったのか？」

「そうみたいですね。最近の香港の若い連中は、憂《う》さ晴らしがしたいんでしょう」

「あいつら、何者だ？」

初老の男は、呉に尋ねた。

「さあ。私はお迎えに上がるようにいわれただけですので」

呉は赤鱲角路《しやくりようかくろ》の高架線に入り、港珠澳大橋《こうじゆおうだいきよう》澳門《マカオ》出入口ターミナルに入った。そこからは、香港の交通規則は大陸の交通規則になり、左側通行から右側通行に切り替わる。ゲートの前で交通警察官が赤いシグナル棒で右車線に車を入れろ、と指示した。呉はベンツを指示通り、右車線に入れた。

港珠澳大橋は、ほとんど車が走っていなかった。新型コロナウイルスのパンデミックのため、香港には外国からのビジネス客、観光客が来なくなり、珠海《ジュハイ》やマカオへの車も激減しているのだ。

呉はベンツを右車線に入れて走らせた。そのまま走れば、広東《カントン》省珠海市に向かう。

「おい、運転手、いったい、どこへ行くつもりだ。私は九龍《クーロン》の中環《セントラル》に行かねばならんのだぞ」

初老の男が大声でいった。

「本部からお客様を珠海にお連れしろ、といわれています」

「珠海だと?」

「はい。いま九龍は治安が悪いので、ひとまず珠海のホテルでお休みいただけ、とのことです」

呉はバックミラーに映った初老の男に笑顔でいった。

「治安が悪いだと?　国家安全維持法の施行で、反政府騒動は治まったと聞いたが」

「まだまだ、騒動は治まっていません。ともかく、本部の指示ですので」

「本部の誰にいわれたのだ?」

初老の男はスマホを取り出し、短縮ボタンを押した。

呉は肩をすくめた。

「私は配車係の上司にいわれただけですんで、誰の指示かは分かりません」

ベンツは高い橋桁《はしげた》に支えられた海上橋を上りだした。初老の男は、不機嫌そうに、スマホをオフにした。

「だめだ、圏外になっている」

ベンツは海上橋である港珠澳大橋を走り出した。橋桁は船の航路があるため、山なりに高くなっている。橋の下を大きな船舶が通れるようにするためだ。

ベンツはなだらかな坂を快適に走り上った。はるか下に海原が陽光を浴《あ》びてきらめいていた。折から、橋の下をコンテナを積んだ白い船体が過《よぎ》っていく。

呉はちらりとバックミラーに目をやった。タンデムの赤いバイクが後方の車を追い抜いた。

助手席のボディガードは後ろに気付いていない。後部座席の初老の男も、眼下《がんか》に広がる海の景観に気を取られていた。

突然、タンデムの赤いバイクがベンツに追い付き、車体の右側を並走しはじめた。バイクの後部の席に跨がった女が、ヘルメット越しに初老の男に笑い、今度は本物の拳銃を向けた。

「危ない！　速度を上げろ」

ボディガードは怒鳴り、脇の下から拳銃を抜いて、バイクの女たちに向けた。

呉はアクセルを踏み込み、一気に加速した。みるみるうちにバイクが後方になっていく。

「あいつら、追って来たのか！　急げ。振り切れ」

後部座席の初老の男がバイクを振り向きながら怒鳴った。

ベンツは海上橋の頂上に差し掛かっていた。そこからはなだらかな下り坂になる。

ベンツは山を越え、猛スピードで坂を下りはじめた。

タンデム乗りした赤いバイクがようやく山となった橋の頂点を越え、なおもしつこく追って来る。

「速度を落とせ。仕留めてやる」

ボディガードはにやりと笑い、ウインドウガラスを下ろした。呉は速度をやや落とした。それでも、開けた窓からは猛烈な風が車に入って来る。ボディガードは窓から身を乗り出し、背後から追って来るバイクに拳銃を向けた。

　呉はまたアクセルを踏み込んだ。

「馬鹿野郎！　速度を落とせといったんだ」

　ボディガードは強い風に煽《あお》られ、慌てて窓から助手席に戻った。

「二人とも、シートベルトをしっかり締めてください」

　呉は笑いながら、なおもアクセルを踏み込んだ。エンジン音が高鳴り、ベンツは猛然と海上橋を突っ走った。

「速度を落とせ。事故るぞ」

　初老の男はがなるように怒鳴った。

「貴様、速度を落とせ」

　ボディガードが呉に拳銃を向けた。

　呉は構わず、アクセルを踏み込み、ハンドルを左に切った。激しい衝撃がベンツを襲った。次の瞬間、あたりが回転するのが見えた。

　ベンツは側壁に激突し、いったん宙に跳ね上がった。そのまま回転しながら、橋の上から海面に向かって飛翔した。

　呉はハンドルを握り、衝撃に備えた。

ベンツは橋のガードレールを壊して宙に飛び出した。そのまま紺青《こんじょう》の海面に落下していく。

タンデム乗りをした赤いバイクは速度を落として止まった。ベンツが橋から落ちていく様が見えた。後部座席に乗っていた黒髪の女は手にしていた拳銃をツナギのレーシングスーツの胸の間に収めた。

「グッドジョッブ」

金髪の女は独《ひと》り言《ごと》のようにいい、フルフェイスのヘルメットのフードを下ろした。後部座席の女が、ベンツが白い水飛沫《しぶき》を上げた海面に目をやった。

「レオンは大丈夫かしら」

「大丈夫。シールズは、それが仕事だから」

ベンツが落ちた海面をめがけ、一隻のクルーザーが波を蹴立てて走って来る。

「行こ」

金髪の女はアクセルを回し、エンジンをヴオンと唸《うな》らせた。後部座席の女は金髪の女の軀に腕を回して抱きついた。赤いバイクは後輪をドリフトさせながら、一気に加速して走り出した。

第一章　原点に戻れ

1

「なんだと、今ごろになって、公安《ハム》が古三沢忠夫《こみさわただお》殺しの捜査をするから我々に協力しろっていうんか」

新潟県警本部捜査一課の刑事部屋に、田所《たどころ》純也《じゅんや》係長の怒声《どせい》が響いた。刑事部屋に残っていた捜査員たちは一斉に、田所警部と、彼の前に立った公安刑事猪狩誠人《いがりまさと》巡査部長に視線を集中させた。

「田所係長、古三沢殺しの捜査を再開願えませんか」

猪狩誠人は直立不動の姿勢から、再び田所に頭を下げた。

田所係長は机の上に捜査資料のファイルをばんと叩きつけた。田所はコロナ感染予防の

ために マスクを掛けていた。目だけが怒りに燃えて、ぎらぎらと光っている。

「猪狩、あれから何年経った？」

「はい。六年です」

「六年もだぞ。事案がおまえたちハムの非協力によって、捜査が止まり、六年間もずっと塩漬けになっているんだ。それを知っていて、そんなことをいっているのか」

「はい。本当に申し訳ありません」

猪狩は田所係長の怒りを鎮《しず》めるために、ひたすら頭を下げた。

自分がやったことではないが、自分も公安のはしくれとして、殺人事案を六年間も塩漬けにしていた責任はある。そもそも、古三沢忠夫が死んだのは、自殺ではなく、他殺によるものではないか、と捜査一課に上げたのは、猪狩自身だった。

「おまえら、ハムは、だからみんなから嫌われるんだよ。何でも保秘《ほひ》保秘っておれたちに隠し、平気で嘘《うそ》をつく。人を騙《だま》す。陰険で卑劣《ひれつ》、公僕《こうぼく》である警察官の風上に置けぬゲス野郎どもだ」

「申し訳ありません」

「おまえら公安が守ろうとしている国とは何なのだ？」

「…………」

「国を守るためなら、国民を騙したり、裏切ったりしても平気なのか？」

「いえ。そうではありません」

「日本は中国や北朝鮮のような全体主義国家や独裁国家じゃないんだ。警察が国民の生命を守れなくて、どうするんだ？　殺された古三沢忠夫が誰であれ、殺しは殺しだ。その殺しの犯人を警察が摘発しなかったら、いったい誰がやるというんだ？」

「はい」

「公安がやってくれるというのか？」

「いえ」

出来ないという言葉を飲み込んだ。

「だったら、殺しをなかったものとして、忘れろというのか？　それも国のためだというのか？」

「…………」

猪狩はマスクの下で唇《くちびる》を噛《か》んだ。反論はせず、田所からの怒声を浴《あ》びていた。田所警部が怒るのは、もっともなことだった。

六年前の春、猪狩誠人が県警の巡査を拝命し、糸魚川《いといがわ》署交番勤務をしていた時、巡回区域で起こった古三沢忠夫の縊死《いし》事案を不審に思い、知り合いの捜査一課員の田所に報《しら》せたことがそもそもの始まりだった。

当時、田所は捜査一課強行犯係の一捜査員の巡査部長だった。いまは階級も警部になって、強行犯一係の係長になっている。一係は筆頭班である。しかも同じ警部でも、ほかの警部に命令が出せる、ワンランク上の権限を持つ統括警部だ。

糸魚川署の刑事課は現場の状況から、古三沢忠夫は自殺したと見立てて処理しかかったが、捜査一課の田所が猪狩の疑念を基にして再捜査し、他殺の可能性ありとした。

こうして自殺他殺両面から捜査が始まったものの、途中で公安が捜査に介入し、捜査をストップさせた。理由は、古三沢忠夫が公安のマルトク（特別協力者）で、公安が捜査中の案件にからむ重要人物なので、事案の捜査は公安が行なうとして、新潟県警捜査一課から捜査を取り上げたのだ。

新潟県警捜査一課としては、捜査途中で、鳶《とんび》に油揚《あぶらあげ》をかっ攫《さら》われた格好になり、面子《メンツ》を潰された。公安は古三沢忠夫の身元を保秘として、県警捜査一課に明らかにしなかったため、県警捜査一課としては、事案は未解決の「ケイゾク」事案として塩漬けするしかなかった。

猪狩は田所警部補に頭を下げたまま、じっとしていた。

ようやくのこと、田所係長は怒りが収まったらしく、穏やかな口調に戻っていった。

「ここで、いくらおまえに文句をいっても、はじまらんな。下《した》っ端《ぱ》のおまえがやったことではないものな」

「はい。申し訳ありません」

「もう謝らんでもいい。公安の上の連中ならともかくも、平《ひら》の捜査員のおまえに謝られると、ますます胸糞《むなくそ》が悪くなる」

「……申し訳ありません」

猪狩は恐縮して、なお頭を下げた。

刑事部屋に残っている捜査員たちは、ようやく猪狩たちから視線を外し、自分の仕事に戻りだした。

「猪狩、ところで、公安刑事は慣れたか？」

マスクを掛けた田所は、目だけしか見えなかったが、穏やかな眼差《まなざ》しでいった。

猪狩もほっとしてうなずいた。

「はい。一応、慣れたと思います」

「いろいろ文句をいったが、おまえだけは、公安のゲス野郎になるなよ。国を守るのも大事だが、国民あっての国だということを忘れるな」

「はい」

「国民を守れないで国を守ることなどできんぞ。そのことを肝《きも》に銘《めい》じておけ」

「はい。肝に銘じておきます」

猪狩は大きくうなずいた。田所警部のいう通りだ、と心の中で思った。

田所は立ち上がり、猪狩の肩をぽんと叩いた。

「いくら公安が捜査協力してくれなくても、おれたち刑事は、黙って捜査の手を緩《ゆる》めることはない。おれたちが国民の命や生活を守らないで誰が守るというのだ？」

「はい」

「古三沢忠夫殺しの事案も、公安に横取りされたが、おれたちはおれたちで地道に捜査を行なって来た。公安が事案の捜査を手放すことがあっても、おれたちは犯人を挙げる、と思ってな」

「そうでしたか」

「おい、中山《なかやま》、古三沢ファイルを出してくれ」

田所は近くのデスクでノートパソコンに向かっていた若い女性刑事に声をかけた。中山と呼ばれた女性刑事はノートパソコンを閉じて椅子から立った。中山刑事もマスクを掛けているので、顔の表情は分からないが、黒目がちの大きな目と、広い額《ひたい》が目立った。

「はい。ファイル全部ですか」

「うむ。全部だ。会議室に持ってきてくれ」

「はい」

中山刑事は足早に刑事部屋の壁際に並んだファイルボックスに向かった。

「ここでは話ができん。会議室に行こう」

田所は猪狩の先に立って歩き出した。猪狩は田所の後に従った。

廊下を挟んで向かい側の部屋が会議室だった。会議室には人気《ひとけ》がなかった。窓の外は雨が降りしきっていた。白いレースのカーテン越しに、鉛色《なまり》の雨雲が窺《うかが》えた。

田所は壁のスウィッチを入れ、会議室の明かりを点《つ》けた。楕円形のテーブルが備えられていた。田所は肘掛《ひじかけ》椅子を引いて座った。

「どこでもいい。座れ」

「失礼します」

猪狩は田所とテーブルを挟んで向かい合うように、そこにあったパイプ椅子に座った。

「猪狩、まず訊《き》いておく。おまえは、誰の指示でここへ来た？」

「真崎《まさき》理事官の指示です」

「真崎理事官だと？　真崎さんかあ。六年前にお会いしたときは、真崎さんは警備局外事課の課長補佐だったが」

「いまは理事官になられています」

警察庁警備局の理事官といえば、警備局長に次ぐ、公安幹部でもナンバー2にあたる高位の役職だ。

「しようがねえなあ。真崎理事官の命令では、おまえも逆らえねえな」

田所は困惑したように頭を掻《か》いた。

「ところで、猪狩、おまえは、いまどこに所属しているんだ?」

「一応、真崎チームの一員ですが、警視庁公安部に所属しています」

「警視庁公安部? おまえは警察庁警備局に出向したと聞いていたが」

「正式の人事としては、警察庁警備局に出向した形になっているのですが、さらに警視庁本部公安部の刑事ということになっているんです」

警察庁警備局は手足となる実働部隊を持っていない。そのため、警視庁本部の公安部を実働部隊として使っているのだ。

田所は小首を傾《かし》げた。

「六年前、真崎さんと一緒に来ていた海原《かいばら》警部補は、いまはどうしている?」

「海原光義《みつよし》警部ですね。いまは真崎チームの海原班を率《ひき》いています」

田所は目を細めた。

「いまも健在か。それで、おまえさんは、その海原班にいるということか？」

「はい」

「真崎チームはソトニに残るのか、それともソトサンになるのか？」

「真崎チームは対中国対朝鮮の両方にまたがった特命チームなので、これまで通りです。変わらないと思います」

　今年四月一日から、これまで警視庁公安部外事第二課《ソトニ》が対中国大陸と朝鮮半島の両方にまたがって対応していたが、中国の諜報活動が活発になったことと、さらに北朝鮮諜報機関の活動も重大な脅威になったこともあり、そうした事態に対応するため、ソトニから対朝鮮半島関係班が分離独立し、新たに外事第三課《ソトサン》になる。

「ひとつ、訊いておく。公安はおれたちに協力させ、捜査情報だけをいただこうというんじゃないだろうな」

「いえ。それでは捜査協力になりません。こちらからも、可能な限り、入手した保秘《ほひ》情報を提供します。ですから、刑事と公安の垣根を越えて、一緒にやりませんか？」

　田所は眉《まゆ》を上げた。

「猪狩、おまえ、ほんとにそんなことが出来ると思っていっているのか？」

「はい。田所先輩を信用し、自分が知っている情報を提供したい、と思っています」

田所の目が笑った。

「保秘となっている公安情報を教えるというのか？　そんなこと出来っこないだろう」

「先輩、やります。真崎理事官からも、自分が許可を貰《もら》いました。自分の責任において、可能な限り、保秘情報も出します。この事案は、公安だけでなく、刑事と情報を共有することなしに解決できない、と自分は思っています」

「おまえが、勝手に保秘を外して、公安情報を我々に出すというのか？」

猪狩は深くうなずいた。

「田所先輩を信じて、出します」

田所の目が吊り上がり、じっと猪狩を睨《にら》んだ。

「そんな規則違反をしたら、おまえ、即刻公安刑事を馘《くび》になるぞ。それでもいいのか？」

「それで事案が解決し、命を救うことが出来るなら、自分は馘になっても本望《ほんもう》です」

「なんて野郎だ、おまえは」

田所の目が呆《あき》れた表情になり、猪狩をまじまじと見つめた。

ドアにノックがあった。

「入れ」

ドアが開き、分厚いファイルの束を抱えた中山刑事が入って来た。

「うむ。そこに置いてくれ」

中山刑事はファイルブックをテーブルの上に置いた。三冊の分厚いファイルだった。

「じゃあ、失礼します」

中山刑事は猪狩にちらりと目をやり、田所に一礼すると引き揚げようとした。

「待て。中山、おまえに紹介しておく。こいつは、おまえの先輩にあたる猪狩部長刑事だ」

「猪狩誠人です。よろしく」

猪狩は腰を折って敬礼した。女性刑事は慌てて挙手の敬礼をしそうになったが、すぐに手を止め、腰を折って敬礼した。

「はじめまして。中山裕美《ゆみ》巡査です。よろしくお願いいたします」

中山はマスクを外して素顔を見せた。丸顔の愛敬《あいきよう》のある顔立ちだった。目が大きく、好奇心に満ちている。笑顔が魅力的だった。

猪狩は、ふと山本麻里《やまもとまり》を思い出した。麻里も初任科時代は、裕美のように初々《ういうい》しかった。猪狩もいったんマスクを外し、中山に素顔を曝《さら》した。田所が二人の顔を見ながら、付け加えた。

「猪狩部長刑事は、もともとは新潟県警の警官だった。それが警察庁警備局に吸い上げられて、公安捜査員になった」

「そういうこともあるんですね。優秀な人材は初任科時代に警察庁から引き抜かれるという噂《うわさ》を聞いたことがありました。誰かということまで分かりませんでしたが。猪狩先輩のことだったんですか」

裕美の目が涼《すず》やかに猪狩を見つめた。猪狩はマスクを掛けた。

「挨拶《あいさつ》は終わりだ。マスクを掛けろ」

猪狩はいった。裕美は慌ててマスクを掛けた。

猪狩は、新型コロナウイルスのワクチンを率先注射しているが、若手の捜査員にまでワクチンは行き渡っていない。用心に越したことはない。

田所は中山刑事にちらりと目をやり、猪狩にいった。

「この中山は、県警でも将来の女性幹部候補として嘱望《しょくぼう》されている期待の星だ」

中山裕美は恥ずかしそうに、目をしばたたいた。

「そんなことありません」

「おれが新潟中央署に赴任した時、中山巡査の才能に目をつけ、捜査一課に戻ると同時に、一課に吸い上げたんだ」

「そうでしたか」

「実地訓練も兼ねて、中山に古三沢事案の捜査を担当させている」

猪狩は中山裕美にちらりと目をやった。

「しかし、失礼ながら中山刑事は、まだ駆け出しの新人でしょう?」

いくら将来有望とはいえ、ほとんど現場を知らない新米刑事に、強行犯捜査を主任務とする一課員はつとまらないのではないか。まして、難問の古三沢事案を担当させるのは、中山裕美にとっても荷が重いのではないか?

「古三沢事案を調べているのは、中山刑事一人ではない。中山刑事はおれの直属の部下だ。それに、この中山裕美刑事には特殊な能力がある。なんといっても、記憶力が抜群《ばつぐん》なんだ。捜査資料を一度、さっと目を通しただけで記憶してしまう。資料だけでなく、人の顔認証にも長《た》けている。雑踏《ざっとう》を眺めていても、指名手配者や被疑者を見分ける。不審車両のナンバーや車種、特徴などを記憶してしまう」

「そんなことありません。訓練すれば、誰でも出来ることです」

中山裕美はやや顔を赤らめて、頭を左右に振った。

「まあいい。中山、おまえも、そこに座れ。ファイルの整理は、この中山刑事がやってくれた。おまえが一番資料に精通している」

「はい」

中山は素直に頷き、田所の隣の椅子に腰を下ろした。

田所はファイルの一冊を開いた。

「被害者の古三沢忠夫についてだが、我々は徹底的に身元を洗った。本籍は神奈川県三浦《みうら》市、死亡時、年齢四十二歳。血縁家族はなし。元漁船員で、陸《おか》に上がってからは、飲み屋の店員、呼び込み、保険調査員、日雇い労働者など、転々と職を変え、定職につかなかった。死んだときは、無職、ハローワークに登録し就活中だった」

「古三沢忠夫の身元については、すぐには信用できません。問題があります」

「うむ。分かっている。公安から保秘とされているが、古三沢忠夫は本物の古三沢忠夫ではなく、赤の他人がなりすました『背乗《はいの》り』だというのだろう？」

田所は鋭《するど》い目を猪狩に向けた。猪狩はうなずいた。

「そうです。背乗りです。うちの調べでは、十年前に、すでに本人は死んでいることが分かっています」

「公安は、それを隠して保秘にした。それで我々の捜査は滑り、ケイゾクという未解決捜査事案になった」

「そうでした」

「それはそうとして、背乗りされた古三沢忠夫本人の死亡をどうやって確認したのだ？」

「自分は分かりません。海原班長が古三沢の死亡を確認したというので、それを信じていました」

公安は本物の古三沢忠夫については、あまり関心がなく、死んだと確認された後、ほとんど調べていなかった。

田所はマスクの中でふんと笑った。

「そうだろうな。公安は、それでいいかも知れないが、我々刑事部は、そうはいかん。古三沢の偽者《にせもの》とはいえ、殺した野郎を捕まえ、裁判にかけて、ちゃんと刑務所に送るための証拠を固めねばならない。それには背乗りされた古三沢の身元をとことん調べねばならないんだ」

「分かります。自分ももともとは刑事出身なので」

「そうだな。鬼の一課長の熊倉《くまくら》さんがえらくおまえを気に入って、機動隊から一課に吸い上げようとしていた。当時の小菅《こすげ》警備部長に邪魔されて、おまえを公安に奪われたのは、非常に残念だ、新潟県警刑事部の大きな損失だと嘆《なげ》いていた」

「そうでしたか。いま熊倉さんは？」

「新潟中央署長になられている」

「小菅警備部長は？」

「警察庁警備局に戻られたはずだが、東京では会ってないのか？」

「会っていません」

警察庁警備局には、ほとんど出頭する機会もないので、人事のことなど知る由《よし》もない。真崎理事官も小菅警備部長がいまどこにいるか何も教えてくれなかった。

田所は中山裕美が広げたファイルに目を通した。

「これが、我々が古三沢忠夫の身元調査を行ない、分かった結果だ」

田所はファイルを回し、開いたページを猪狩に見せた。そこには、漁船員の若者たちの集合写真やスナップ写真が貼り付けてあった。

「そこにある写真は、若いころの古三沢忠夫の写真だ」

猪狩はスナップ写真に目を落とした。実習船の前で友人仲間と肩を組んだ十数人の高校生たちの集合写真だ。その中の一人が、赤いマーカーで丸く囲んである。さらに、大漁旗で飾り付けられた漁船の前で、三人の若者たちが誇らしげに笑っていた。右端の小柄な若者も赤いマーカーで印が付いていた。

猪狩は実習生の胸の校章に目を細めた。

「どこの水産高校ですかね」

「能登《のと》にある石川県立の水産学校だ。そこを出て、地元能登の漁船に乗った。大漁旗は、古三沢が漁船に乗っていた時のものだ。いまから二十年前になる」

猪狩は写真の古三沢忠夫に目を凝《こ》らした。丸顔で人懐《ひとなつ》っこそうな笑みで、仲間たちと肩を組んでいる。

新潟で死んだ古三沢は細面《ほそおもて》のきつね目をしており、写真の古三沢とはまったく別人だった。

「どうして、漁船を下りたのですかね」

田所は中山刑事に顎《あご》をしゃくった。中山刑事は頷き、田所に代わっていった。

「古三沢は、ある日、漁に出て事故に遭った。右腕が漁網の巻き上げ機のワイヤーに巻き込まれ、右腕の肘から下を失う重傷を負った。それで漁船を下りることになった」

「ふうむ」

「古三沢忠夫は地元を離れ、知り合いを頼って、神戸《こうべ》に出ています。しばらく知り合いの会社で働くうちに、会社の上司や同僚と折り合いが悪くなり、会社を辞めた。その後、大阪の盛場《さかりば》ミナミに流れ、そこで、パチンコ店で働いたり、飲食店の呼び込みをしたり、いろいろ職を替えた。一時は暴力団のパシリをしており、ヤクを売ったりし、特殊詐欺の受け子をしたりして、かなり荒れた生活をしていた。そのため大阪府警に何度か挙げられています」

「では、前《マエ》（前科）があるのですか？」

田所が代わっていった。

「いくつか歴《レキ》（逮捕歴）はあったが、いずれも不起訴処分になり、前科はついていない」

「しかし、ヤクに手を出したのでしょう？」

「いや、古三沢はヤクを売る手伝いはしたが、本人自身はヤクに手を出さなかったらしい。ヤク中毒の恐ろしさは知っていたのだろう」

「なるほど」

「その後、古三沢は忽然《こつぜん》と大阪から姿を消した」

「いつのことです？」

「いまから、十五年ほど前だ。古三沢が二十八歳になったころだ」

「どこに消えたんですかね」

「それが問題なのだ」

田所は中山刑事にちらりと目をやり、説明してやれとまた顎をしゃくった。

「偽の古三沢忠夫が新潟糸魚川に移住した時、彼が役場に提出した転入届によると、前住所は東京大田《おおた》区大森《おおもり》でした。大森の前は、横浜《よこはま》市西《にし》区石川町《いしかわちょう》に住んでいたことが分かっています。さらに住民票を遡《さかのぼ》ると、十年ほど前、古三沢は神奈川県の三浦《みうら》市に戸籍を移転し、住民票も三浦市に届けていた。古三沢忠夫は、そこで運転免許証の住所変更をしていた」

「ちょっと待って。偽の古三沢は、どこで運転免許証を取得していたのか分かる？」

「それが不思議なことに、どこでどう取得したかの記録がないんです」

「記録がない？　では、偽造免許証ではないのか？」

「いえ。本物であることは間違いないんです。ただ、センターには、取得した時、現住所が大森になっていることが記録されているのですが、どこの教習所の卒業検定に合格したのか、技能検査合格証明書とかの記録がないんです。突然に運転免許証が交付されているんです」

中山刑事は困った顔になった。

「そんな馬鹿な」

「猪狩、免許センターに記録がない免許証を出せるのは、どこかは分かるだろう？」

田所が笑いながら、脇から口を出した。

「……公安が手を回したというのですか？」

田所は鋭い目付きで、猪狩をじろりと見た。

「偽の古三沢は、公安のマルトクなのだろう？　マルトクを泳がせるためなら、そんな詐《さ》称工作《しょう》は朝飯前だろうが」

「………」

猪狩はなんとも答えようがなく黙った。

公安捜査員は、身分や職業、本籍までも改変することがある。法的に許されていることではないが、敵に悟られないための偽装工作である。

猪狩は本物の古三沢忠夫の身元について、詳しく知りたかった。

「能登の本籍地には、古三沢忠夫の家族や縁者がいるのでしょう？」

中山刑事は頷いた。

「調べました。古三沢忠夫の母親は忠夫が若いころに他界していました。忠夫は一人っ子で、父親も漁師でしたが、忠夫が事故に遭ってから、すっかり気落ちして亡くなっています。そのこともあって、忠夫は神戸、大阪へと流れたようなのです」

「ほかに親族は？」

「古三沢忠夫の従兄弟《いとこ》が能登にいました。その従兄弟たちに会って、死んだ古三沢忠夫の写真を見せたら、別人だと分かったのです。それで古三沢は、いつ、どこから別人になったのか、と調べはじめたのです」

中山刑事はファイルをめくり、古三沢が大阪に流れたころの記録を猪狩に見せた。

「古三沢は大阪ミナミから姿を消す直前、どうやらカネに困った末、自分の戸籍を誰かに売ったらしいのです」

「誰が買ったのですかね」

田所が笑った。

「それは、おまえら公安の方が知っているのではないか?」

中山刑事がファイルをめくりながらいった。

「それから、五年のブランクがあり、突然戸籍が三浦に移され、運転免許証が交付された」

ファイルには、古三沢忠夫名義の運転免許証とパスポートの写しが収録されていた。いずれの顔写真も殺された古三沢忠夫の顔だった。

「大阪ミナミの飲み屋街で聞き込みをするうちに、古三沢は消されたのではないか、という噂を聞き込んだ。それで全国の警察に身元不明者の死体で、右腕がない死体はないか、問い合わせたところ、二体あることが分かりました」

「二体ですか?」

「いずれも、十二、三年ほど前に見つかった死体で、ひとつは福岡市沖で見つかった男の水死体、それに島根山中で見つかった男の死体だ。どちらも右腕の肘から下がない遺体だった」

「どちらかが古三沢だったのですか?」

「うむ。古三沢忠夫のDNAがないので、歯科医のところにあった歯形のカルテで、調べるしかなかった。結局、古三沢忠夫と一致したのは福岡沖で見つかった溺死体だった」

「溺死体ということですが、解剖《かいぼう》したのですかね」

「死体検案書には、肺に大量の海水が入った状態だったため、溺死と診断されている。だが、事故死なのか、故意に海に投げ込まれたのかなどは不明だった」

田所はじろりと猪狩に目をやった。

「うちの方は、ここまで調べた。ここからは、公安が握っている古三沢忠夫の情報を明かしてほしいな」

猪狩はうなずいた。

「古三沢に背乗りしたのは、ファンヨンナムという韓国人です」

「ファンヨンナム?」

「漢字で書けば、黄永南です」

「北朝鮮国籍じゃないのか?」

「十年前に脱北して中国に逃れ、マレーシアを経《へ》て、韓国に亡命《ぼうめい》し、韓国籍になったのです」

「歳は？」

「脱北当時の年齢二十八歳。死亡時、三十四歳です」

「背乗りした古三沢は四十三歳じゃなかったか。ファンヨンナムは北朝鮮で何をやっていたんだ？」

「電気工技師といっていたそうですが、国情院の調べでは、ファンは北朝鮮軍総偵察局の工作員ということです」

「国情院というのは韓国の情報機関だな」

「そうです」

韓国の国家情報院は、大韓民国の国家安全保障に係わる情報や保安および犯罪捜査を担当する大統領直属の情報機関である。もともとは韓国中央情報部KCIAと呼ばれる諜報機関だったが、数々の不祥事を起こしたため国家安全企画部に改組《かいそ》され、さらに金大中《キムデジュン》政権下に現在の国家情報院と改編された。

「韓国の情報は信用出来るのか？」

田所は猪狩をじろりと見た。猪狩は肩を竦《すく》めた。

「我々は国情院の情報を頭から鵜呑《うの》みにはしていません。韓国のみならず、たとえアメリカやイギリスなど友好国からの情報であれ、ガセ情報の可能性があるので、必ずウラを取るように用心しています」

「そうだろうな。フェイクもあるだろうし、万が一、ガセネタだったら、捜査に支障をきたす」

「分かっています。韓国の国情院はＣＩＡのような諜報機関であって、警察ではない。謀略工作をやる機関ですからね」

「どうして、公安は、そんな国情院と付き合っているのだ？」

「止《や》むを得《え》ない事情からです」

「なんだ、その事情とは？」

「我が国には、外国の諜報機関のカウンター・パートナーになることが出来る情報機関がないんです」

「内調（内閣情報調査室）や公調（公安調査庁）があるじゃないか」

「内調はあくまで内閣官房の内閣情報調査室で、総理大臣に政策決定をする上で必要な情報を上げる機関です。頭はあるが、動き回る手足の兵隊がいない」

「なるほど」

「公安調査庁＝ＰＳＩＡは、イギリスのＭＩ６にあたるので、本来ならＰＳＩＡが我が国の情報機関なのですが、トップは検事で、職員たちの意識が低すぎる。まったく諜報能力がなく問題が多い」

「どんな問題があるというのだ?」

「公調の要員は、警察官や自衛官に比べて、国を守る意識が低い。秘密情報を扱う機関だというのに、情報の管理や秘密保持の意識が低い。そのため、折角入手した重要な情報があっても、保秘の意識が低いので北朝鮮や中国に筒抜けになっていることがある。まったく信用が出来ないのです」

「しょうがないな」

「公調は、せっかく獲得した協力者のエージェントを北朝鮮に送り込みながら、そのSを守れなかった。Sの身元の情報が北朝鮮に漏洩していたため、気の毒なことに、Sはスパイとして、北朝鮮の国家保衛部に逮捕され、二年二ヵ月も拘留されてしまった」

「そんなミスもしているのか」

「そうなんです。公調は周辺の敵対国と情報戦をしているという意識が足りないんです。平和ぼけしている。だから、いくら情報提供者や協力者を作っても、組織のどこからか、簡単に情報が漏れる。それも下よりも、上の方から」

「上がだめだと、下もだめになる。それが組織というものだ」

「自分が思うに、公調はいったん解散にすべきです。百害あって一利もない」

猪狩はまくしたてた。田所は笑った。

「ははは。手厳しいな」

「現在公調がだめなので、公安外事が代わりに対諜報戦争を行なわざるを得ない。ですが、公安外事は警察で、合法活動しか出来ない。まして、ＣＩＡのような非合法活動や非合法をあえて辞さない秘密戦を行なえる諜報機関ではない。さらにＣＩＡのように巨額の予算を与えられていない。だから、ＣＩＡもＭＩ６も、日本の公安外事警察をインテリジェンス仲間と見ていない。警察を一段低く見ている。彼らがカウンターパートナーとして欲しがっているのは、警察ではなく、彼らと同様、国家のため非合法の秘密活動が出来る諜報機関なのです。彼らは法律に縛《しば》られている警察を信用しない」

「同じ立場の仲間をカウンターパートナーにしたい、というのだな」

「そういうことです。だから、公調なんか潰して、新しく本格的な諜報機関を創るべきなのです。対諜報戦ができるプロフェッショナルの要員を育て上げる必要がある」

「ふうむ。公安に行って、おまえもだいぶ勉強したんだな。公安外事では、だめか」

「公安外事はあくまで警察です。警察が非合法活動をしては絶対にいけないんです。日本は、ちゃんとした諜報機関がないので、公安外事が対諜報戦を担《にな》わされている。これはまずい。合法活動で非合法活動に対抗するのは非常に危険だし、無理があるんです。公安外事は非合法すれすれの活動までさせられている。これは公安外事警察にとって、不幸なことです」

「深く事情は分からぬが、それが現場の公安捜査員の声か」

「はい。実は今回のファンヨンナムの背乗りの問題も関係してくるのです」

「いったい、どういう問題が起こったのだ？」

「韓国国情院はコリントとして、ファンヨンナムが我が国に潜入したという秘密情報を、PSIAに流したんです」

「コリント？　何だ、それは」

田所は訝《いぶか》った。

「COLLINTは、友好国の情報機関の間で相互に協力しあうことです。一応、韓国はコリントとして、北朝鮮の工作員ファンヨンナムの我が国への潜入情報を、公調に流した」

「なるほど」

「だが公調は、その情報を公安外事に回さなかった。それで自分たちの秘匿情報として、自分たちだけで、ファンヨンナムの行動を監視しようとしていた」

「公安外事と情報共有しなかったわけだ」

「そうなんです」

「そのファンヨンナムを、どうやって公安は見付けたのだ？」

「自分が公安に入る前のことなので、詳しくは知りませんが、麻薬がらみの捜査で、警察がある売人組織をガサ入れしたところ、そこで押収した書類に、古三沢忠夫の名が頻繁《ひんぱん》に出てくるのを見付けた。組織犯罪対策部を中心に古三沢の身元を調べたが、どうしても分からない。情報を聞いた公安は、背乗りの線を疑い、身元を洗っていたら、突然、公調からそれ以上の捜査は止めてくれと要請があったと」

「ほう。どうしてだ？」

「公調に事情を訊くと、国情院がウシロになっているダブルスパイが、古三沢に背乗りしているというのです。それでファンヨンナムと分かったのです」

「ファンヨンナムは、何をしようとしていたのだ？」

「公調の話では、ファンヨンナムが日本国内にある北朝鮮の組織と接触しようとしている。だから、国情院はファンヨンナムをそのまま泳がせてほしい、と。だが、公安としては、公調はどうも信頼できない。そこで、公安が公調と視察を交替することになったのです。ただし、公安は公調とやり方が違う。ただ古三沢の周辺に張り込んで、行動を見張るのでは、警戒されて逃す可能性が高い。それで公安は国情院と交渉し、ファンヨンナムに直接接触するのを了承してもらった。条件は、ファンヨンナムの動きについての情報を国情院にも流すということだった」

「国情院は、どうした？」

「いきなり公調に代わって、日本の公安警察が出てきたので国情院の担当者は仰天《ぎょうてん》したらしい。コリントの情報は、あくまで、サードパーティルールの情報ですからね」

「サードパーティルール？　なんだ、それは？」

「国家間のインテリジェンス同士の紳士協定です」

サードパーティルールとは、協力関係にある外国の情報機関から提供された情報は、提供元の承諾なしに、第三者に提供してはならない、というインテリジェンス世界の情報交換に関する国際的な取り決めである。その掟《おきて》を破ると、その国は国際社会で信用を失い、その後シークレットな情報の入手が困難になる。そのサードパーティルールがかかった情報は、裁判などに使用することは出来ない。捜査情報として使う時も、提供国の了承を得なければならないルールだ。

田所は、中山裕美と顔を見合わせた。

「アメリカやイギリスだって、あまり信用できんのに、まして相手はこのところ反日感情が強い韓国だろう？　そんな韓国国情院の情報は、ほんとに信用出来るのか？　下手《へた》をすると、ガセを摑ませられたり、公安が国情院にいいように使われるのではないか？」

「いまのところ、国情院を信用するしかありません」

田所は腕組みをし、中山裕美に目で、続けろと促した。

中山刑事は別のファイルを開き、猪狩に差し出した。そこには古三沢忠夫の死体解剖所見をまとめた死体検案書がファイルされていた。中山刑事が尋ねた。

「もし、死体がファンヨンナムだとしたら、その証拠となる特徴はありませんか？」

「国情院からの情報では、左腕の上腕部に、27という数字の刺青《いれずみ》がしてあるといっていたが」

「刺青ですか？」

「国情院によれば、北の特殊工作員のシリアルナンバーだとのこと。終生、消すことができない刻印らしい」

田所は中山刑事が差し出した死体検案書に目を通した。

「刺青なんか報告されていなかったが」

「いえ。班長、遺体の左腕、上腕部に火傷《やけど》の痕《あと》があったとありましたよ」

「火傷の痕？」

中山刑事がファイルのページを開き、死体の左腕の部分を撮った写真を示した。

「左の上腕部に火傷の痕があります。おそらく刺青の数字を焼きごてか何かで、焼いて消そうとした痕ではないか、と思います」

猪狩は中山刑事に訊いた。

「しかし、焼いて刺青を消そうとしても、表面は火傷で消えるが、皮膚の真層にまで達した刺青は消すことは出来ないはず。それは調べたか？」

「はい。科捜研もそれは心得ていて、火傷の痕を詳しく調べています。それがこれです」

中山刑事はファイルから、数葉の拡大写真を抜いて、テーブルの上に並べた。火傷の痕の拡大写真には、かすかに「27」と読み取れる数字が表われていた。

田所が下がったマスクを引き上げ、鼻を覆い隠した。

「そのファンヨンナムについての人定《じんてい》は分かっているのか？」

「国情院によると、日本人と朝鮮人の間に生まれた混血児ということなのです」

「日本人の血が流れているのか」

猪狩は頷いた。

「ファンヨンナムの両親は、七十年代の終わりに、日本から北朝鮮へ帰還した家族だったらしいのです。父親が朝鮮人で、母親が日本人だった。父親は精密機械の技術者だったので、北朝鮮では、大事にされたらしい。ファンヨンナムは、両親から日本語を習っていたので、堪能《たんのう》だった」

「それで？」

「北朝鮮は、日本語が出来るファンヨンナムを見込んで、対日秘密工作員に仕立て上げ、韓国に脱北者として送り込んだのです。ファンヨンナムは、さらに我が国に潜り込んで背乗りをして日本人に化けた」

「ファンヨンナムは、北の諜報員じゃないか」

「ファンヨンナムは、脱北して韓国に亡命し、国情院の取り調べに対して、秘密工作員であることを自白したのです。国情院は、ファンヨンナムの亡命を認めるのと引き替えに、脱北者に紛《まぎ》れ込んだ北朝鮮のスパイ摘発に協力させた」

「そうするとファンヨンナムは、韓国に寝返ったのか」

「国情院は、そういっています。だが、我々公安は、そう信じていません。我々は、彼が最後の最後まで、北朝鮮の秘密工作員であったろうと見ています」

「しかし、脱北者の中にいる北朝鮮のスパイ摘発で国情院に協力したのだろう？」

「スパイはこちら側の信頼を得るために、平気で味方も裏切るものです。そのあたりは、国情院も冷静にファンヨンナムを見ています」

「なるほど。ファンヨンナムは韓国国情院に協力するふりをして、情報を北朝鮮に流す可能性があったということなのだな」

「そういうことです」

「古三沢に化けたファンは、新潟に何をしに来たのだ?」

「それが、はっきりと分からぬうちに、彼は殺されたのです」

田所は小首を傾げた。

「公安は古三沢に張り付いていたんじゃないのか?」

「張り付いてはいたのですが、本人の強い要請もあって、べた張りではなかったのです」

「肝心《かんじん》なところで、ハムはドジを踏んだというのか。しようがねえなあ」

田所は冷笑を目に浮かべた。

猪狩は、海原班長の苦虫を嚙んだような顔を思い浮かべた。猪狩が尋ねた時も、海原班長は悔しそうだった。大沼《おおぬま》部長刑事も、なんとしても、犯人を明らかにする、と息巻いていた。

「ファンはしばらく人目につかぬところに、身を隠して休みたい、と申し入れて来たらしいのです。それで上司は長野県の別荘地にあるセイフハウスを用意したところ、ファンはそこが気に入らぬと言い出した。そこで、自分で探すと言い出し、新潟に来て、見付けたのが糸魚川市の現場になる空き家だった。本人はここがいい、といって自分で入居の手続きをした」

「どうして糸魚川市のあの一軒家にしたいといっていたんだ？」

「あそこから、荒々しい北の海が見えるのがいい。故郷を思い出すといっていたそうです」

「それだけか？　何か、特別なわけがあったんじゃねえのか？」

「上司たちも、ファンの真意を疑い、しつこく問いただしたらしいのですが、四六時中《しろくじちゅう》、誰かに監視される生活に疲れた、ともかく自分を信用しろ、といっていたそうなのです」

「信用できんな。やつは、何か隠していたんじゃねえかな」

「自分もそう思います」

「事前に、現場周辺を調べたのだろうな？」

「調べたはずです。空き家周辺の住民について徹底的に調べた。だが、住民はすべて、祖父母、曾祖父母の時代から住み着いている人たちばかりで、怪しい住民はいなかった。上司たちは、ファンが動くのを待とうと、視察を緩めたのです。何かあったら、ファンは、必ず報せると約束していたので、それを信じたんです」

「ハムお得意の、秘撮カメラや秘聴マイクを部屋に備え付けなかったのか？」

「それは、当然、備え付けたと思います。それも本人に分からぬように」

「だったら、犯人について映像や声の録音があるんじゃないのか？」

「ところが事件が起こった後、現場から回収しようとしたら、備え付けてあったカメラやマイクなどは、いつの間にか、すべて取り外されていたそうなのです」

「なかったというのか？」

「はじめは県警の捜査一課が押収したのかと思ったそうです」

「うちではない。あったら、うちらが捜査に使っている」

「上司たちも一課が押収したわけではない、と分かり、現場をこんなにきれいにクリーニングするのは、その道のプロの仕業《しわざ》だと断定した」

「そうか。うちの鑑識が徹底的に現場に残された指紋の採取をしたが、ファンの指紋掌紋以外はなかった。ドアのノブやコップなどもきれいに拭《ふ》かれていて、指紋は検出できなかった。鑑識課員たちは、他殺の現場にしては、あまりにきれいすぎるので妙だな、と話していた」

田所は中山刑事に目を向けた。

「中山、何かいいたいことがあるか？」

中山刑事はうなずき、猪狩に向き直った。

「この事案についての公安の捜査資料を見せてもらえますか？」

猪狩は一瞬、躊躇《ちゅうちょ》した。

見せないといえば、捜査協力にならない。情報の共有が出来なければ、公安も捜査一課も、互いへの不信が強まり、捜査がしにくくなる。

「分かった。自分の権限の許す限りだが、捜査資料を見せる。それでいいか？」

「了解です。では、ファンヨンナムについての身元についての捜査資料全部をお願いします」

「分かった。自分が持っている捜査資料を渡そう。その代わり、この捜査資料のファイルをお借りしたい」

猪狩は三冊のファイルをとんと手で叩いた。

中山刑事はちらりと田所を見た。

「見せよう。ただし、ここで見てほしい。持ち帰るのはだめだ。ここの捜査員でも、自宅への持ち帰りは厳禁になっているんでな」

「了解です。自分の持っている捜査資料は、後でお渡しします。ただし、こちらも後で必ず返してほしいんですが」

「分かった。それで手を打とう」

田所はにんまりと笑った。猪狩も異存はなかった。

2

県警本部ビルにある食堂。窓際のテーブル席に坊主頭の大沼部長刑事の姿があった。

大沼彦次郎《ひこじろう》は、海原班でも最古参の捜査員である。くりくりの坊主頭で、がたいが大きく、態度もでかく、いかにも只者ではない気を放っている。公安ではなく、組織犯罪対策部のマル暴刑事を思わせた。大沼の周りだけは、人が寄り付かず、異質な空間が出来ていた。

大沼はアルマーニの上着を隣の椅子の背もたれに掛け、目の前にスポーツ新聞を広げていた。食事は終わったらしい。トレイに空《から》の丼が二個も並んでいた。口に楊枝《ようじ》を咥《くわ》え、渋い顔をしながら、競馬欄を睨んでいる。マスクは顎の下に掛けたままにしている。

周囲のテーブルには、制服警官や警察職員たちがソーシャルディスタンスを取って、静かに昼食を摂《と》り終わると、そそくさと引き揚げていく。

猪狩は券売機で日替わり定食とコーヒーの券を買い、厨房カウンターに行った。昼食時間は過ぎていたので、人は並んでいなかった。

日替わり定食は、野菜や海老のてんぷらだった。

「お待ちどうさん」

厨房の女性が明るい声でいった。

目の前のトレイにてんぷらを盛った皿やご飯の丼、漬物の小皿、味噌汁の椀が並んだ。

湯気が立ったドリップコーヒーのカップも付いている。

猪狩はトレイを両手に持ち、大沼のテーブルに歩み寄った。

「お、マサ、様子、どうだった？」

大沼は新聞から顔を上げずにいった。

猪狩は大沼の向かい側の椅子を引いて座った。

「なんとか、捜査資料を見せてもらうことになりました。こちらも捜査資料を出すという交換条件ですけど」

「だろう？　おれが行かなくても、話はうまくいったろうが？」

本当は、二人一緒に捜査一課の部屋を訪ね、田所係長と談判する予定だった。だが、大沼は、こういって憚《はばか》らなかった。

「おれが行くと喧嘩になる。ここはおまえの古巣だろう。おまえに任せる。おまえが先輩に頭を下げれば話はきっとうまくいく」

大沼は田所係長に頭を下げるつもりはまったくなかった。

大沼は、猪狩のトレイのてんぷら料理に目をやった。

「てんぷら定食か。うまそうやな。早く食わんと、味噌汁が冷めちまうぞ」

「はい」

猪狩はマスクを外して、ジャケットの胸のポケットに入れた。両手を合わせ、いただきます、といい、味噌汁の椀を口に運んだ。

大沼はスポーツ新聞の競馬欄を開き、競馬の出馬表を睨んでいる。どうやら明日開催される新潟競馬の予想をしようとしている。口の中で、ぶつぶつと馬の名前を呟《つぶや》いていた。

猪狩は黙々《もくもく》とてんぷら定食を食べた。

しばらくして大沼は新聞を読むのを止め、諦めたように新聞を四つに畳んだ。

「分からねえ。夏の競馬は、どうもピンと来ねえ」

大沼は猪狩のコーヒーカップに手を伸ばした。

「コーヒー、冷めちまうぜ。おれが飲んでやろう」

猪狩は海老のてんぷらを頬張っていたので、返事ができずにいた。大沼はコーヒーをがぶりと飲むと口を開いた。

「マサ、こっちの捜査一課から、何かいわれたか？」

「さんざん嫌味をいわれました」

「だからいったろう？　刑事部《ジ》と一緒に捜査するのはたいへんだぞって」

「だけど、協力すると約束してくれましたよ」

「ほんとかよ」

「いま県警捜査一課は、ほかの事案の捜査で手いっぱいだけど、古三沢事案担当の捜査員を一人、我々に回してくれることになりました」

「マサ、土地鑑のあるおまえがいれば、おれは十分だと思うがな」

猪狩は掻き揚げを頰張りながら、首を左右に振った。

「いえいえ、いまの新潟の様子は、もう自分には分かりません。世の中、目まぐるしく変化してますんでね」

猪狩は味噌汁の余りをご飯の丼に掛けた。漬物を口に放りこみ、慌ただしく箸《はし》でご飯を掻き込んだ。

「で、あっちの捜査資料は借り出せるのか？」

「持ち出しは厳禁なので、一課の応接室か取調室で見てくれとのことです」

「ま、仕方ない。刑事《ジ》が見せてくれるだけでよしとしよう。互いに情報共有せねばならんのだからな」

「ごちそうさまでした」

猪狩は完食し、食事の神様に手を合わせて礼をいった。大沼がにやっと笑った。コーヒーが飲みたかった。大沼は猪狩のコーヒーをすでに飲んでしまっていた。仕方なく立ち上がった。

「さて、マサ、何から調べる？　まずは刑事《ジ》の捜査資料を見せてもらうか」

「いえ、沼さん、まずは現場に行きましょう。捜査は現場から始まる。現場百遍《ひゃっぺん》です」

「現場に行ってどうするんだ？」

「現場で一課員の話を聞いて、記憶を新たにしたい」

「なに？　一課員が立ち会うのか？」

「そういう約束になりました」

猪狩は、大沼のトレイの上に自分のトレイを載せ、返却カウンターに運んだ。どんぶりや小皿にこびりついていた残りものを残飯入れにこそぎ落とす。水が張ってあるシンクに空いた食器や箸を入れた。

あらためて券売機に向かい、コインを放りこんでコーヒーのボタンを押した。

「おーい、マサ、おれの分もだ」

大沼が大声でいった。

猪狩は、さらにコインを追加し、もう一度コーヒーのボタンを押した。二枚の券を厨房カウンターに出した。

「遅くなって、すみません」

後ろから女の声がかかった。振り向くと、黒いスーツ姿の中山刑事があった。

「捜査会議が長引いて、やっと抜け出して来ました」

「抜け出してもいいのか?」

「係長の命令ですから」

「昼飯はまだなんだろう?」

「でも、いいんです。ダイエット中なんで」

「お待ちどうさま」

厨房の女性職員がカウンターの奥からコーヒーが入ったカップをふたつ出した。トレイにカップを載せる。

中山刑事はマスクを掛けていたが、その目が笑った。

「あ、すみません。来たばかりなのに、ありがとうございます」

「………?」

「ちょうどコーヒーが欲しかったところでした」

「ああ、いいよ」

猪狩はちらりと大沼に目をやった。

大沼はまたスポーツ新聞を開いて、紙面に見入っていた。

「あ、違うんですね。御免なさい。わたし、早とちりして。そそっかしいんです」

中山刑事は真っ赤な顔になった。

「いいよ。これ、先輩は二杯目だから。きみが飲んでいいよ。そうだ、先輩を紹介する」

猪狩はコーヒーカップを載せたトレイを取り、大沼が座っているテーブルに運んだ。後から中山裕美がついて来る。

「こいつは来ねえな。前走も一番人気だったが、六着だったしな」

大沼は出馬表を睨み、ぶつぶつ呟きながら、赤いボールペンで大きくバッテンをつけた。

「沼さん」

「おう、あんがとうよ」

大沼は新聞を睨んだまま、黙って左手を出し、カップを摑もうとした。

「沼さん、紹介します。こちらが捜査一課員の……」

「捜査一課一係の中山裕美巡査です。よろしくお願いします」

中山刑事はマスクを外し、腰を斜めに折って、大沼に敬礼した。

大沼は新聞から目を離し、じろりと中山刑事を見た。

「……む？」

猪狩は中山刑事に向かっていった。

「こちらは公安外事捜査員の大沼彦次郎巡査部長。公安デカ一筋で十六年の猛者《もさ》だ」

「十六年も。凄《すご》い」

中山裕美は頭を振りながら、大きな目をさらに大きくした。

「なんだい、この可愛いお嬢さまは？　ベテランを寄越《よこ》すと思ったら、とんだお荷物のお嬢さまだとはなあ」

大沼は新聞を折り畳み、呆《あき》れた顔で中山裕美を見ていた。さすがに中山裕美はむっとした顔になっていた。

「ま、そこに座って」

猪狩はパイプ椅子を引き、裕美に座るように促した。裕美は黙って椅子に座った。猪狩は、コーヒーが入ったカップを裕美の前に置いた。自分の前にもカップを置いた。

大沼は、おれのコーヒーは？　という顔をした。猪狩は仕方なく、自分のカップを大沼に差し出した。大沼はさも当然というようにカップを摑み、コーヒーを啜《すす》った。

「こちらの一課には、お嬢さんのような新米刑事しかいねえってのかね」

猪狩が取り成した。

「沼さん、ちょっと言葉が過ぎますよ。中山刑事は県警でも選《え》り抜きの優秀な女性刑事なんですから」

中山刑事は黙って目を伏せ、コーヒーを飲んでいた。その目には、どういい返してやろうかという気持ちが、むらむらと燃え上がっていた。

「沼さん、中山刑事は記憶力抜群なんです。一度見た捜査資料や現場写真、マル被の人着（人相着衣）など、克明《こくめい》に記憶しているそうなんです。捜査資料ファイルなどなくても、中山刑事に聞けば、即座に思い出してくれる」

「へへえ。歩く資料ボックスってやつかい。それは使えるなあ」

大沼は馬鹿にした顔で笑った。

中山裕美が小声でいった。

「大沼さん、だいぶ鼻毛伸びてますよ」

「なに」

大沼は虚《きょ》を突かれて、思わず鼻に手をやった。

猪狩は噴《ふ》き出した。男彦次郎も意外に自分の容貌《ようぼう》を気にしているらしい。若くて美人の女性から指摘されると、ひどく慌てているところが可愛いらしい。中山裕美も可笑《おか》しそうに手で口を覆った。

「すみません。古三沢事案を担当した捜査一課一係は、わたし以外、みんなほかの事件捜査で出払っていて。申し訳ないのですが、駆け出しのわたしがみなさんに応対することになったんです。ですが、古三沢事案についての捜査資料のデータは、頭の中と、ここに入れてあります。訊いていただければいくらでも必要なデータを出すことが出来ますので、ご安心ください」

　中山裕美は、手にしたポリスモードで、頭をこんこんと叩いた。

　大沼は何もいわず、コーヒーを飲み干し、急いでマスクを掛けた。本人も指摘されて、鼻毛が気になった様子だった。

　猪狩が笑いながらいった。

「事件現場の写真を出してくれる？」

「はい。事件現場の写真ですね」

　中山裕美はポリスモードを扱い、事件現場の映像をディスプレイに出した。テーブルの上にポリスモードを置き、指でスワイプして、時系列を追ってつぎつぎに映像を出した。

　写真を見るうちに、生々しく、遺体発見当時の記憶が甦《よみがえ》った。

猪狩はじっと映像を睨みながら、自分のポリスモードを出した。

「その映像データをこちらに転送してほしい」

「了解です。猪狩さんのメールアドレスを教えてください」

猪狩はポリスモードにメールアドレスを表示させた。

裕美は素早くポリスモードを操作し、その場で、猪狩のポリスモードにデータを転送した。

大沼もポリスモードを取り出した。

「お嬢さん、おれにも頼む」

「はい」

裕美は素直に転送の操作をした。

猪狩は転送された事件現場の連続写真に見入った。

猪狩は、古三沢忠夫が二階の階段の手摺りからロープで首を吊っていたのを発見し、古三沢に駆け寄った。古三沢の軀《からだ》は床から一メートルほど宙吊りになっていた。両脚を抱え、持ち上げようとした時、まだ古三沢の軀は温かく、ズボンに尿や汚物も浸《し》みだしてはいなかった。

古三沢の名を呼びながら、軀を支えていたが、そのまま大声で助けを求めたものの、外には誰もいる気配がない。ロープは首に固く巻き付いたまま、古三沢は呼吸も出来ない様子に、猪狩はなんとしてもロープを外さねばと思った。

古三沢さん、助けるから、がんばれ、と声を掛けながら、猪狩は両脚を支えるのを止め、急いで二階に駆け上がった。古三沢は首を吊ってまもなく、まだ生きているように思えた。ともかくロープを解《ほど》かなくてはと気が焦っていた。手摺りに巻き付けられたロープの結び目は固くて、なかなか解けずに焦ったのを覚えている。

ロープを包丁かナイフで切ることも、ふと頭に過《よぎ》ったが、その包丁を探す時間も惜しかった。一刻も早く、ロープを解いて助けねばとばかり思っていた。ロープの結び目を解けば、古三沢は床に落ちる。だが、落ちても大した怪我《けが》にはならないと思った。

ようやく結び目が解け、古三沢はどんと大きな音を立てて床に落ちた。猪狩は急いで駆け下り、古三沢を抱え起こした。

写真は、古三沢の遺体がフローリングの床に仰向《あおむ》けに横たわっている光景が映っていた。鑑識課員が撮影したものに違いない。アップで首に巻き付いたロープの様子や、解いた後の鬱血《うっけつ》した首の様子が撮影されている。

猪狩は、床に転がった古三沢を抱え起こし、仰向けに横たわらせた。それから、懸命に蘇生措置を行なった。心臓マッサージをし、マウス・トゥ・マウスで人工呼吸も行なった。

合間にPフォンで、119通報を要請した。

救急隊員が駆け付けるまで、大声で数えながら、胸骨付近を押し、人工呼吸を繰り返した。温かかった体温も次第に冷めていくのが分かった。だが、なんとしても蘇生措置を止めるわけにいかなかった。心の中で死なないでくれと叫んでいた。

あの時、まだ犯人は建物のどこかに潜んでいたのだろうか？　古三沢を助けるのに夢中で、周りに気を配っていなかった。

何度も当時を思い出そうとするのだが、人の気配はなかったような気がする。現場の家には、玄関口のほかに台所に出入りする裏口があった。もしかして、犯人が裏口のドアを開けて逃げたのだろうか？

「おい、マサ、どうした？」

大沼の声に猪狩ははっと我に返った。

怪訝《けげん》な顔をした大沼と裕美が猪狩を見ていた。

猪狩は頭を掻いた。

「現場の記憶を思い出していたんです」

猪狩は古三沢の遺体の第一発見者だったが、その後の捜査には参加していない。平《ひら》の巡査だったためだ。だから、現場検証の報告書も読んでいない。読んだのは、公安がまとめた捜査報告書だった。一介の巡査は、捜査に着手した捜査一課や鑑識が作った捜査資料などは一切見ることができなかった。

「事件現場の検証報告書はあったんですよね」

「あります」

裕美が答えた。

「はじめ、所轄署は首吊り自殺と見ていたので、ちゃんとした現場検証はしていなかった。そのため、不審な箇所がいくつかあっても見逃されてしまっていた」

「不審な箇所というのは、どんなところだったのか？」

「事件当日の天候は雪。複数の足跡が家の前と裏口にあったのに、調べたのは、他殺の可能性ありとなった後だった。そのころには、雪についた足跡は溶けて消え、捜査員たちの足跡と犯人の足跡の判別がつかなくなっていた」

「うむ」猪狩は唸《うな》った。

「裏口のドアの鍵は事件当夜、開いていた。ドアの指紋は拭き取られていて、採取できなかった。犯人は犯行後、一度現場に戻って、現場のクリーニングを行なったと見られる」

「どうして、そう見ているのだ？」

「最初に検視に立ち会った捜査員たちは、現場を立ち去る際、たしかに表の玄関ドアの鍵も、裏口のドアの鍵も掛けたにもかかわらず、翌々日、捜査一課が再捜査をはじめることになった時、なぜか、裏口のドアの鍵は掛かっていなかった」

「事件後、誰かが部屋に入り、出て行ったというのだな」

「第一発見者の証言によると」

「ちょっと待て。その第一発見者というのはおれのことではないか？」

「はい。そうですね。交番勤務のＰＭ猪狩誠人巡査の証言とありました。確かにあなたのことでしたね」

中山刑事はにこっと笑った。

「証言によると、第一発見者ＰＭ猪狩巡査は、古三沢が昼間、スーパーで野菜や肉、卵などスキヤキの食材を買い込んだのを目撃していた。ところが、それらの食材が台所にはなかった。スキヤキをした痕跡《こんせき》もなく、鍋やフライパンもきれいに洗われていた。冷蔵庫の野菜室にも野菜はなかった。なぜ、スキヤキの材料が消えていたのか、です」

「犯人が持ち去った？」

「捜査一課は、その可能性もあるが、古三沢がほかの場所に持って行き、そこで誰かとスキヤキをしたのではないか、と見た」

「なるほど。その可能性もあるな。その捜査の結果は？」

「買物をしたスーパーから、古三沢が立ち寄った可能性がある家々、アパート、マンションなどを総当たりする聞き込みをやった。どこかでスキヤキをした家はないか、と」

大沼が身を乗り出した。

「おもしれえ。スキヤキ捜査か。で、その結果は、どうだったのだ？」

「何軒かスキヤキらしい料理をやったという家や部屋の話を聞き込んだのです」

中山裕美は、ポリスモードのディスプレイをスワイプし、捜査資料の一ページを大沼と猪狩に見せた。

捜査資料には、二件の記録が表示されていた。猪狩は、記された住所に目を凝《こ》らした。かつて、交番詰めの警官として、担当地区の住民はほぼ覚えている。

「沼さん、現場に行きましょう。現場に行って、もう一度調べてみたい」

「そうしましょう。わたしも、ぜひ、現場に行って考えてみたい」

中山裕美も笑顔でうなずいた。

第二章　幻の女

1

新潟市中心部から上越《じょうえつ》の糸魚川市まで、約百七十二キロメートル。

大沼は捜査車両ホンダCR－Vを飛ばしに飛ばして、北陸自動車道を急いだ。柏崎《かしわざき》市付近で道路の補修工事があったために、速度を落とさねばならなかったが、それでも、およそ一時間半で、糸魚川市内に到着した。

途中、追い抜いた県警の白バイから追い掛けられかけたが、猪狩が車の赤灯《せきとう》を点滅させ、追跡を諦めさせた。緊急を要する事件があってのことならともかく、ただ急ぐために赤灯を回すのは違法だが、今日中に新潟市に戻るには、多少無理をせねばならなかった。

大沼の運転は乱暴だが、自信に満ちたハンドル捌《さば》きのためか、ホンダCR－Vは何か威圧感を発して走る。そのため前を走る車両は、ホンダCR－Vが近寄ると、つぎつぎに追い越し車線から走行車線に避《よ》けた。だから、いつもホンダCR－Vの前を走る車はいない。

能生《のう》ICで北陸自動車道を下り、料金所を抜け、一般道の能生インター線に入る。その能生インター線を真《ま》っ直《す》ぐ海岸の方に向かって進み、鉄道「日本海ひすいライン」のガード下を潜《くぐ》り、能生駅の前を通り抜ける。

大沼は車の速度を落として、ナビに目をやった。

「前に何度か来たことがある。たしか、この先の路地を右に入り、この道と並行して走る通りに抜けるんだったよな」

「沼さん、よく覚えてるなぁ」

「あたりきよ。一度通った道は、ちゃんと覚えておくのがおれたちの商売だ」

「猪狩先輩、能生交番勤務のころ、このあたりを巡回パトロールしていたんですか？」

後ろの座席から身を乗り出した中山裕美がいった。

「そう。自転車に乗ってな」

「いまごろはいいけど、冬、雪が降って積もったりしたら、北風も強いし、寒くてたいへんでしたでしょうね」

「寒いなんてものじゃない。海から冷たい風がびゅうびゅう吹きつけるし、顔も手も足も凍《こご》えて動かなくなる。地面は凍《こお》って、つるつるタイヤが滑るし、風に煽《あお》られれば、吹き溜まりの雪に突っ込んでしまったり。そりゃあ、毎日、たいへんだった」

「交番にはパトカー《PC》はなかったのか？」

「ありましたよ。軽PCがね。だけど、能生地区といっても、海岸部から山の中まで、結構広いんでね。軽PCは、先輩たちが乗り回していた。自分たちぺいぺいは、決まって自転車での巡回パトロールだった」

車は路地を抜けて、並行して走る県道に出た。右手にこんもりとした森に覆《おお》われた丘《きゅう》陵《りょう》が見えた。丘の上には、県立海洋《かいよう》高校が建っている。丘の斜面の森に沿うように、道路をさらに進む。森を背にして住宅が建ち並んでいる。

まだ五、六年しか経っていないのに、猪狩は能生の風景が、妙に懐《なつ》かしく感じられた。

右側の住宅が切れて、やや坂道になりかけた時、右手の森に入る小道がある。

「ここだな」

大沼は呟《つぶや》くようにいい、ハンドルを右に切った。ホンダCR－Vはゆっくりと森の小道に入って止まった。

猪狩は助手席のドアを開けて、車を降りた。

続いて後部座席の中山裕美、運転席の大沼も降りる。

木立《こだち》の中にあったはずの一軒家が消えていた。家は解体されて、跡形もなくなり、更地《さらち》になっていた。人が殺されたという事故物件は売り物にならない。買い叩かれて、元も取れない。そこで、持ち主はたいてい解体処分して更地にする。更地にすれば、売ることができる。

事前に中山裕美から、現場は更地になっていると聞いてはいた。だが、実際に更地を見て、猪狩は茫然《ぼうぜん》とし、以前建物があったあたりを眺めた。

大沼も中山裕美も、途方に暮れた様子で現場の跡に佇《たたず》んだ。

猪狩は更地に立ち、記憶を探った。更地を囲む森は六年前と変わらないように見えた。

かつて台所があった付近に、水道のものらしきパイプが立っていた。土台のコンクリートは何もかも取り去られている。

猪狩は中山裕美に尋ねた。

「家屋を解体したとき、天井裏とか床下とかから、何か出て来なかったか?」

「記録には、解体時に遺留品は何もなかったとありました」

「古三沢の遺品は、どうなっている?」

「一応、処分せずに検察の倉庫に保管してあります」

「そうか。後で見たいな」

猪狩はポリスモードをかざし、事件直後の現場写真をディスプレイに映した。

写真の中の古三沢ことファンの遺体が横たわっていた階段下のフロアは、玄関を入ってすぐの板の間だった。更地にすると、意外に建物の土台だった箇所は小さくて狭く感じる。

「そういえば、遺品ではないんですが、古三沢忠夫宛の郵便物が、死亡後に届いていました。それは、捜査一課が捜査資料として、保管してあります」

「どんな郵便物だったのだ?」

「差出人不明の封書とか、本人が注文した書籍一冊、それから、何かの請求書、DMが数通だったたと思います」

「何だろう。それも見たいな」

「田所係長にいえば、見せてくれると思います」

突然、ポケットの中で、ポリスモードが震動した。同時に大沼のポケットでもポリスモードが着信音を立てた。

猪狩はポリスモードを取り出した。ディスプレイに海原班長の名前が表示されていた。

「はい。猪狩です」

『これから、二人に同じ写真データを送る。見覚えがあるかどうか、すぐに報告しろ』

「了解」

猪狩はポリスモードから耳を離し、ディスプレイに映った写真を凝視《ぎょうし》した。大沼も自分のポリスモードに見入った。

ロープで首を吊った男の写真だった。見覚えがあった。モノクロのやや暗い写真だったが、男の顔、着衣はいまも鮮明に記憶にある。厚手のセーターにジーンズ。両足は裸足《はだし》。両手が首に巻き付いたロープを解《ほど》こうとしているように見えた。

「これ、古三沢の写真ではないですか？」

『古三沢本人に間違いないか？』

海原班長の念を押す声が聞こえた。

「間違いありません。これは古三沢が首を吊った時の写真です。現場もそうです。どうやって、この写真を入手したんです？」

『そんなことよりも、これが古三沢だという証拠をいえ』

「古三沢の顔です。顔は何度も見ているので覚えています。細い顎《あご》の形。濃い眉《まゆ》。耳たぶが長い福耳が特徴。間違いなく古三沢です」

『ほかには？』

「背格好。身長百七十五ぐらいで、がたいがいい。何かスポーツをやっていたような、しっかりした体付き」

ポリスモードのディスプレイの男の遺体を睨《にら》んだ。

『ほかには？』

「着衣です。自分がロープを解いて、古三沢を階下に下ろしたとき、厚手の上等なフィッシャマンズ・セーターを着込んでいた。それなのに、なぜか両足は裸足だった」

『映っている場所はどうだ？』

古三沢の背後の部屋の造作を見た。

「見覚えあります。急な階段、壁紙の模様、板張りのフロア。間違いなく現場です」

『よし。分かった』

「班長、自分が家の中に入った時には、古三沢の両手はだらりと下がっていました。この写真は自分が中に飛び込む直前に撮影されたもののようです。誰が撮ったのですか？」

猪狩は話しながら、背筋に冷汗が流れた。古三沢を助けようとしていた時、どこからか、誰かが見ていたということになる。

『写真をよく見ろ。上から見下ろす角度で撮られている。おそらく、天井の照明器具に仕掛けられた秘撮《ひさつ》カメラの写真だ』

秘撮カメラ？

あらためて写真を眺めた。冷静に考えれば、上から見下ろすようにして撮った写真だった。玄関から入って見上げるようにして撮ったものではない。

大沼が呻いた。

「おれたちが仕掛けておいたカメラの写真だ」

『おそらく、そうだろう』

大沼たちが密かに仕掛けておいた秘撮カメラや秘聴マイクが、何者かの手によってことごとく撤去されていた。誰の仕業だったのか、いまも解明されていなかった。

「海《カイ》さん、この写真、どこから手に入れたんです？」

大沼がポリスモードにいった。ポリスモードは一度に九人もが話をすることが出来る機能を持っている。ほかの班員たちも聞き耳を立てているはずだ。

『国情院からの提供だ』

「国情院？　やつらが秘撮カメラや秘聴マイクを押収していったということか？」

『沼さん、国情院がこの写真データを入手したのは、つい最近のことだそうだ』

たまりかねて、猪狩がいった。

「しかし、班長、六年前の現場写真ですよ。どうして、それが、なぜ、突然、いま出されたのです？」

『国情院も、それが分からないといっている。古三沢ことファンヨンナムは、国情院の秘密諜報部員だったので、事後捜査をしていた。それで、うちに問い合わせて来たんだ』

「国情院は、どうやって、この写真データを入手したというのです？」

『ネットに上げられていたのを見付けたらしい』

「この写真、何のためにネットに上げられていたんですか？」

『それをいま飯島《いいじま》主任が捜査しているところだ』

飯島主任とは飯島舞衣《まい》警部補のことだ。チーム真崎では飯島主任と猪狩の二人が公然部門のオモテの捜査を担《にな》っている。その二人のウシロとなって非公然活動をするのが大沼部長刑事だった。

猪狩は、疑問を抱いた。

「いったい、誰がネットに上げたのですか？」

『おそらく古三沢を殺した野郎だ』

「ネットに上げたＩＤを追えば……」

『いま飯島主任が科捜研《かそうけん》の力を借りて追跡捜査している。しかし、ネットに上げられた写真は普通の方法では見られない特殊なものだ。ステガノグラフィーが使われいる』

「どんなステガノグラフィーです？」

『一種の透《す》かし絵らしい』

中山裕美が、興味津々《しんしん》の顔で、恐る恐る大沼と猪狩に近付いて囁《ささや》いた。

「そのステガノグラフィーとかいうのは、いったい何ですか？」

「……んなことも知んねえのか」

大沼は裕美を嘲笑《あざわら》い、そっぽを向いた。

「マサ、後でお嬢さんに教えてやんな」

裕美は目を吊り上げた。

猪狩は慌てて、裕美を手で制した。そうでもしないと、裕美は大沼に突っ掛かって行きそうな気配だった。

『沼さん、何をそっちでごちゃごちゃ話している？』

海原班長の声が問い掛けた。

「たいしたことはありません。一緒にいる刑事《ジ》の婦警がちょっとうるさいだけです。すぐに黙らせます」

大沼は裕美にマスクを掛け、後ろに下がっていろという仕草《しぐさ》をした。

猪狩が大沼に替わって訊《き》いた。

「誰が透かし絵を使って、ネットに上げたというんです?」

『国情院は例によって、全部は教えてくれないんだ。情報も小出しにしてくる』

「しょうがないですね。だけど、どうやって国情院は、この写真がネットに上がっていると気付いたんですかね」

『マサト、私が答えるね。国内にいる北朝鮮の工作員が本国に上げた報告らしいのよ』

飯島主任の声がポリスモードに響いた。

「六年も前に死んでいるのに」

『それが、なぞなの。そちらでも事案に関連して、何か分かったら報告して』

「了解です」

『ところで、マサト、例の結果はどうだった?』

「まだ分かりません。夕方にならないと」

『おい、私的な会話は禁止だぞ』

海原班長の怒声《どせい》が聞こえた。「すみません」飯島主任の謝る声があった。

海原班長がいった。

『連絡は以上。沼さん、猪狩、夕方に、そちらの捜査状況を報告しろ』

「了解」

ポリスモードの通話が終わった。

大沼が目を剝《む》いていった。

「おい、マサ、例の結果って、いったい、何だ？」

「昇任試験ですよ」

「なんだ、警部補試験を受けていたのか」

「自分は、いまのままでいい、といったんですが、上がどうしても受けろとうるさくて」

「それで、時々、休みを取っていたのか」

新潟県警本部からばかりでなく、真崎理事官からも、昇任試験を受けろと煩《うるさ》くいわれていた。

「マサ、おまえ、万が一、受かったら、うちの班から離れることになるぜ。準管理職の警部補は、こっちの田所《たどころ》班長代理と飯島主任の二人で間に合っている。三人はいらねえ。それとも管理職になって上をめざすのか？」

「そういうつもりはないんですがねえ」

「やめとけ、やめとけ。ノンキャリは、警部補止まりだ。せいぜい上がっても警部になればいいところだ。管理職はつまらねえぞ。上からはぎゅうぎゅういわれ、下からは煙《けむ》たがられる。ストレスが溜まるだけだぜ」

「分かってます。大丈夫です。試験の出来が悪かったから、きっと落ちます」

「なら、いいけどよ。いいか、いまからいっておくけど、万が一、階級が一つ上がっても、現場では年季《メンコ》の数が上だからな。いいな、分かっているな」

「分かっていますよ。沼さんを見習って、しっかり修業します」

猪狩はポリスモードで、再度、現場写真を呼び出し、記憶を新たにしようとした。

「さっきの話ですけど」

中山裕美が大沼の前に立った。腕組みをし、目を吊り上げている。

「なんだよ、お嬢さん」

「大沼さん、そのお嬢さんというのはやめてください。パワハラ、しかもセクハラですよ。こう見えても、わたしは一応捜査一課の捜査員なんですから、お嬢さんなんて馬鹿にしないでください」

大沼は鼻の先で笑った。

「そうかい。じゃあ、なんて呼んだらいい？」

「中山と呼び捨てするもよし、裕美と呼んでもよし。好きな方でいえばいいでしょ」

「分かった。よし、ＫＤにしよう。今後から、おまえさんをＫＤと呼ぶ」

猪狩は笑いながら大沼に訊いた。

「沼さん、何です？　そのＫＤというのは？」

大沼は呆《あき》れた顔になった。

「頭を働かせろ。駆《か》け出しの、ＫとＤだ」

「まあ、呆れた」

裕美は苦笑いした。

「お嬢さんよりは、よほどいいだろうが？」

「どうぞ。お好きなように」

「決まりだ。マサ、このＫＤデカに、例のステガノなんとかを話してやれ」

「ステガノグラフィーです」

裕美は訂正した。

猪狩は笑いながらいった。

「ステガノグラフィーは、情報隠蔽《いんぺい》の技法のことだ。暗号通信の技術の一つだ」

「暗号通信？　公安はそんなこともやるんですか？」

裕美はきょとんとした。

「捜査のためには、そういうことも必要なんだ」

大沼がうなずいた。猪狩は続けた。

「一見すると普通の写真にしか見えないとか、普通のポピュラーミュージックにしか聞こえないのだが、そこには透かし絵とか、音楽の中に被覆《ひふく》情報が埋め込まれているんだ。特殊な解析技術を用《もち》いると、そこに埋め込まれている被覆情報を取り出すことが出来る」

裕美は顔をしかめて、ポリスモードのディスプレイの映像を見た。

「じゃあ、この古三沢の写真が……」

「おそらくネットの動画や映像に埋め込まれていた被覆映像だったのではないか」

「恐ろしいスパイ技術ですね」

「いまの世界、日進月歩《にっしんげつぽ》で技術が進んでいる。捜査の技術も、それに追い付かないとな」

猪狩は、そういいながら、二階の手摺りから吊るされている古三沢の遺体の写真が、どの角度から撮られたものか、現場を思い出しながら考えた。

階下から吹き抜けとなって階段の上に天井があった。天井から鎖《くさり》で照明器具が吊るされていた。公安の特殊技術班は、その照明器具か天井に、秘撮カメラを埋め込んだのだろう。

犯人はそれと知って、事件後、警察の目を盗んで現場に立ち戻り、部屋の中を徹底的にクリーニングして秘撮カメラや秘聴マイクを押収して行ったに違いない。犯人は一人とは思えない。やはり、クリーニングを専門にしたプロの集団がウシロにいる。

がたいの大きいファンを、犯人たちは、どうやって制圧したのだろう？　ファンがダブルの工作員だったとしたら、それなりの訓練を積んでいたろうし、殺しの技術も身につけていたはずだ。簡単には倒せない。

「中山刑事、古三沢の死体の解剖所見で、胃から睡眠薬が出たとあったな」

突然の問いに、一瞬中山裕美はびっくりしたが、すぐに気を取り直した。

「ええ」

「睡眠薬といってもいろいろある。何が出たんだ？」

「死んだ古三沢の胃からは、ゾルピデム酒石酸塩《しゅせきさんえん》が検出されたとあります」

「それは何だ？」

「睡眠導入剤の一種です。超短時間で作用する睡眠薬です」

「ほかに胃に何が残っていた？」

「乳酸菌とアルコール分が検出されていました。食物はほとんど消化され、腸に回っていた」

「小腸からは？」

「野菜の繊維質や糸コンニャク、牛肉などが出ています」

「つまりは、どこかでスキヤキを食べて、帰宅した。そして、睡眠導入剤を自ら飲んだか、誰かに睡眠薬を飲まされた、ということか？」

「ですが、現場の遺留品リストには、睡眠導入剤の薬袋がなかった。誰かに飲まされたと捜査一課は判断しました。そこで、市内の病院や薬局に聞き込み、ゾルピデム酒石酸塩の導眠剤を出した薬局を特定しました」

「医師が処方した薬だということか？」

「そうです。そこで処方した医師に聞き込んだところ、その医師は、睡眠障害を訴えていた女性患者の黒石《くろいし》かずえさんに出したと証言した」

「その黒石かずえにあたったんだな」

「もちろん、あたっています。黒石かずえさんは、医師の処方箋《せん》をなくしたといい、医師から処方箋を再発行してもらっていました」

「その黒石かずえの身元調査は？」

「交友関係や親族、友人関係に、怪しい人間の繋がりは見当たらない。完全にシロです」

「医師から出してもらった処方箋は、どこでなくしたというのだ？」

「当人はスーパーで買物をしている最中に買物袋ごとなくしたといっていました」

「その女性の供述は信頼できるのか？」

「かずえさんはご高齢で、やや認知症が入っています。だから、その供述はやや信頼性が欠けていました。スーパーで買物袋をなくしたということでしたが、裏付けはとれませんでした」

「薬を出した薬局は、何といっていたとある？」

「かずえさんのケアをしているという中年女性が薬を受け取りに来ていたというのですが、薬局の係は、初めて来た人だったと供述していました」

「そこから先は切れたわけだな」

大沼がまじまじと中山裕美を見た。

「ＫＤ、よくもすらすらと捜査報告が出来るな。ほんとに覚えているのか？」

「私、捜査一課一係で記録係を担当していましたから、すべての捜査資料、供述資料に目を通しています。一度見たものは忘れません。お疑いなら、本部に帰って、捜査資料ファイルで確かめてください」

裕美は鼻をつんと上に向けて嘯《うそぶ》いた。

猪狩は腕組みをして、更地から見える能生の町並みを眺めた。

「スーパーというのは、和泉屋《いずみや》だね」

「そうです。スーパー和泉屋です。よく御存知ですね」

「能生町にはスーパーは三軒ある。和泉屋は、能生交番の近くにあるスーパーだ。おれも交番勤務していた時、弁当や野菜、果物を買いによく行っていた。そこで、おれも古三沢の姿を見かけたんだ」

「そうでしたか」

「一係長は、薬局に薬を取りにきた中年女性について、どう見たのだ？」

「係長は、その中年女を、古三沢殺しの事情をよく知っている最重要参考人マル要Aとして指名手配しました」

「だろうな。一係長は、古三沢殺しを、どういう筋読みをしたのだ？」

「古三沢は和泉屋で、二人分の食材を購入し、そのマル要Aの住まいに寄った。もし、マル要Aの住まいが、スーパー和泉屋を起点にして、古三沢よりも遠くにあったら、古三沢は自宅に食材を持ち帰り、自宅でスキヤキをやったのではないか。そうしなかったということは、マル要Aの住まいは、古三沢の家よりも和泉屋の近くにある公算が高い」

「古三沢の家の台所に、スキヤキの食材がなかったのは、途中でマル要Aの家に寄ったからだというのだな」

「そうです。古三沢の家から、事件後、食材を持ち去るというのは、考えにくいと。むしろ、古三沢はマル要Aの家に立ち寄り、スキヤキをやったのではないか、という読みでした」

「捜査一課は、どうマル要Aのプロファイリングをしたのだ？」

「スキヤキを自宅でやるという関係は、二人は恋人以上の間柄ではないか、と。だけど、古三沢が一方的に好意を抱いていたのではないか、と見ていました」

　猪狩はふっと笑った。

「なぜ、そう見たのだ？」

「普通なら、女がスキヤキの食材を買って、用意する。そうでなく、古三沢が食材を買って、マル要Aの家に押し掛けた？　あるいはマル要Aに頼まれて食材を買った」

「おれが見た時、古三沢はいそいそと買い込んでいた。楽しそうにも見えた。なぜ、マル要Aは自分で食材を用意せず、古三沢に頼んだのか？」

「マル要Aは働いていて、食材を買う暇がなく、古三沢に頼んだのでは？」

「つまり、マル要Aは、ちゃんと仕事を持っている働く女性で、仕事時間が終わるまで自由がきかない」

「さらに、スキヤキを終えた後、古三沢はマル要Aの家に泊まらず、自宅に帰っている。泊まるまでの関係ではなかった」

「そして、古三沢は自宅で自殺を装《よそお》って殺されたのだからな。古三沢は、マル要Aにいいようにあしらわれていた、と見ることもできるな」

「何かの事情が裏にひそんでいなければ、古三沢は痴情《ちじょう》の縺《もつ》れから、殺されたということで終わったかも知れないですね」

「だが、古三沢は偽物だった。誰かに背乗《はいの》りされていた。公安は知っていたが身元を隠した」

「それで、怒った捜査一課は、ケイゾク事案にしてお蔵入りにした」

「そういうことか」

猪狩は更地に立ち、あたりを見回した。

振り出しに戻るか。

再び、最初の疑問が脳裏《のうり》に浮かんだ。

猪狩はポケットからインフィニティの箱を出し、一本抜いて口に咥えた。ジッポを擦《こす》って火を点《つ》け、煙を喫《す》った。

古三沢に背乗りしたファンヨンナムは、どうして、この能生に来たのか？　そして、どうして、ここにあった住まいを選んだのか？

なぜ、この小さな田舎《いなか》町の能生に住み着こうとしたのか？　公安が用意した長野の安全なセイフハウスをあえて断わって、この地に身を隠そうとしたのか？

誰か知り合いがいた可能性は高い。それが、マル要Aの女だったというのか？　だが、そのマル要Aに古三沢は裏切られ、殺されてしまった。可哀相《かわいそう》な男でもある。

更地はやや小高い丘の上にあり、遠くに紺青《こんじょう》色の日本海の海原《うなばら》が見える。手前の陸地に能生の町を一望《いちぼう》できる。

そこから町を望むと、スーパー和泉屋の建物の屋根が見えた。距離にして、ここから和泉屋まで、およそ八百メートル。能生交番から和泉屋までは、およそ三百メートルほどだ。

頭の中で、能生町の地図を思い浮かべ、和泉屋と古三沢の家との間のどこかにマル要Aが住んでいると想定した。おそらく田所係長は、その区間の家々やアパートに総当たりする聞き込みを行なわせただろう。

「それで、マル要Aのヤサは見付けたのか？」

「いえ。結局分かりませんでした」

猪狩は、もう一度更地を見回した。

大沼が近付き、黙って手を出した。猪狩はインフィニティの箱を出した。大沼は一本を引き抜き、口に咥えた。猪狩がジッポの炎を差し出した。大沼は煙草《たばこ》の先を炎に入れ、深々と煙を喫った。

「マサ、現場を踏んで何か思いついたか？」

「能生交番に行ってみましょう。少し調べたいことがあります」

猪狩は吸っていた煙草を地面に落とし、靴の先で踏み躙《にじ》った。

「待て。マサ、煙草を吸ってからだ」

大沼は煙草の煙を何度も吸っては吐いたりしている。

裕美が歩きながら、猪狩に訊いた。

「猪狩先輩、交番で調べたいことって何です？」

「行ってから話す」

猪狩は黙ってホンダＣＲ－Ｖに向かって歩き出した。裕美は浮かぬ顔で、猪狩の後を追った。後ろから、大沼が大股《おおまた》でついて来た。

2

能生交番の前の空き地に車を止めた。

猪狩は車を降りながら、能生交番の建物に目をやった。軽ＰＣは出払っていた。

建物の外観は、昔とほとんど変わっていない。昔といっても六年前のことだが、猪狩にとって一昔前のような感じもする。

「ここは、わたしがあたります」

中山裕美は猪狩にうなずき、交番のガラス戸を引き開け、声をかけた。

「ご苦労さま」

突然の中山の訪問に、当直の警察官は椅子を鳴らし、慌てて立ち上がった。

中山裕美が首から下げた警察バッジを見せた。

「捜査一課の中山です」

「ご苦労さまです」

若い巡査は姿勢を正し、挙手の敬礼をした。後ろに続いた猪狩と大沼にも敬礼した。見るからに、まだ赴任したての青年だった。

中山裕美はややお姉さんの口調でいった。

「たしか、六藤《むとう》巡査だったよね」

「はい。六藤克之《かつゆき》巡査です」

「こちらのお二人は、警視庁公安部の刑事さんたちです」

「はっ。ご苦労さまであります」

巡査は緊張した表情で、もう一度猪狩と大沼に挙手の敬礼をした。

大沼はデスク近くのパイプ椅子を引き、どっかりと座った。

「こいつもKDだな」

裕美は大沼を無視して、ふんと鼻を鳴らした。猪狩は笑いながらいった。

「六藤巡査、そう畏《かしこ》まるな。おれももともと、新潟県警の警察官だ。いまは東京に出向しているが、六年前には、この能生交番に配属されていた」

「そうでしたか。先輩のお名前を教えてください」

巡査は怖《お》ず怖《お》ずと訊いた。

「猪狩誠人」

巡査の顔が急に明るくなった。

「あ、猪狩先輩ですか。先輩のお名前は教場にいた時に教官や助教から、よく評判を聞かされていました」

「どうせ、悪い評判だろう」

「いえ。とんでもない。猪狩先輩は初任科の時から技能、学科ともに成績抜群だったので、早くから捜査一課から目をつけられたと」

「そんなことはない。同期にはおれなんかよりも、もっと成績優秀な人間がいた」

猪狩は山本麻里や蓮見健司《はすみけんじ》を思った。

ふたりとも警察庁に出向し、いち早く階級も警部補になっている。将来の県警を担《にな》う幹部候補生だ。猪狩はまだ巡査部長に甘んじている。

「ここの勤務になって、どのくらい経つ？」

「ほぼ十ヵ月です」

「箱長《ハコチョウ》は誰だ？」

「新島《にいじま》警部補です」

新島？　同期にはいなかった。

「巡回パトロールに出ているのか？」

猪狩は交番の外にある空の駐車場を目で差した。

「ただいま、ハコ長は巡査部長と定時の巡回に出ています。小一時間もすれば戻って来ます」

猪狩は中山に向いた。

「現場とスーパー和泉屋の間の地域の住民に聞き込みをかけた時、一課がこれはマル要Aではないか、と目をつけた女性はいたのか？」

「ちょっと待ってください。思い出します」

中山裕美は腕組みをし、額《ひたい》に手をあて、目を瞑《つむ》った。すぐに裕美は目を開いた。

「思い出しました。地取り捜査の結果、マル要Aではないか、と目をつけたのは四件ありました」

「おい、KD、ほんとに捜査資料を覚えているのか？　いい加減なことをいうなよ」

「間違いありません。四件あります」

中山刑事は自信たっぷりにいった。大沼が訊いた。

「おい、四件だと？　四人じゃねえのか」

「四件で、マル対は五人です」

「マル対は五人？　どういうことだ？」

「後でお話しします」

中山刑事は大沼にやんわりといった。

「捜査一課は、医師に処方された強い睡眠導入剤が使われた点を重視していました」

「だろうな。黒石かずえの近辺にいて、かずえと少しでも面識がある女性が、第一要件になるだろう」

「かずえさんが近くの医院に通い、強い睡眠導入剤を使っていることを知っている女性です」

猪狩は壁に貼ってある地域地図に歩み寄った。現場だった古三沢の家は、県立海洋高校の近く。スーパー和泉屋のある場所を指で押さえた。

「その医院の名は？」

「笠井《かさい》医院。医者は笠井和成《かずなり》、六十二歳。内科医です」

「スーパー和泉屋の目と鼻の先だ」

猪狩は指でスーパー和泉屋から一ブロックも離れていない医院を見付けて指で押さえた。

「黒石かずえが住んでいたところは？」

「また一ブロックほど北へ上がった、国道八号線寄りに息子夫婦と住んでいました」

「いまも、住んでいるのか？」

「昨年八月に、お亡くなりになっています。享年《きょうねん》九十一歳でした」

大沼が口を挟んだ。

「KD。おまえ、その黒石かずえに会ったのか」

「いいえ。地取り捜査は六年前の事件直後に集中して行なわれたものです。わたしは参加していません。まだ警官になる前で、大学生でしたから」

「おまえさんが目を通し、記憶しているのは、六年前の捜査資料ということだな」

「正確には、六年前から四年前にかけての捜査資料です」

「KD、捜査一課に採用されたのは、いつだ？」

「二年前です」

中山裕美はむっとした顔でいった。

「それが、どうしたというんです?」

「いやなんでもねえ」

「なんでもないんだったら、話の途中で聞かないでください」

「あいよ。ただ、だいぶ、状況は変わっているんじゃねえかって。現場も更地になっていて、おまえさんは実際の現場の建物を見てないんだろう?」

「ええ。残念ながら、現場の建物は見てませんでした。資料の写真でしか」

中山は悔しそうに口を噤《つぐ》んだ。

猪狩が中山裕美を慰《なぐさ》めた。

「それでも、中山刑事が捜査資料をよく読み込んで記憶しているというのは、すごいことだ。ですね、沼さん」

「うむ。まあな」

大沼は渋々とうなずいた。猪狩は続けた。

「なかなか出来ないことだ。目に見えなくなっても、捜査資料の中では、現場は生きているんだからな」

「はい」

中山裕美は素直にうなずいた。

「それで、捜査一課が注目した女性が、四件あったんだな。それを聞きたい」

「一人は、かずえさんの介護を担当するケアマネージャーの市川《いちかわ》あやさん。四十五歳。しかし、薬局の女性薬剤師によれば、薬を受け取ったのは、その女性ではないということでした」

「では、なぜ、捜査対象になったのだ？」

「ケアマネージャーが、古三沢の家の近くに住んでおり、古三沢と思われる男と、自転車を止めて立ち話をしているのを、近所の人が目撃したんです」

「顔見知りということか？」

「ケアマネの女性は事情聴取に対して、ご近所の人ということで知っているが、それだけだといっていたそうです」

「なるほど。で、二人目は？」

「二人目は、健診センターに勤める保健師の女性岸本波津江《きしもとなつえ》さん。三十八歳。岸本さんは、かずえさんの一家と付き合いがあり、顔見知り。薬局の女性薬剤師によれば、岸本さんは受け取りに来た女性に似ていると証言していた。だけど、薬を受け取りに来た四時ごろ、岸本さんは健診センターで仕事をしており、抜け出した可能性は低い。健診センターは糸魚川市街地にあり、能生には車で往来せねばならない距離にあるんです」

「古三沢との接点は？」

「夜、彼女らしき人物が古三沢に似た男と連れ立って、能生川沿いの道を歩いていたのを、やはり近所の人が目撃していた。本人は、それは自分ではないと否定しています」

「ふうむ。で、次の女性は」

「三番目は美容師の都村《つむら》親子です。母は都村遥子《はるこ》、四十三歳、その娘は瑠里《るり》、二十四歳。遥子さんはシングルマザーです。母娘は国道八号線近くのアパート、楓荘《かえで》の二階に住んでいます。遥子さんは、近くに美容室『ラブ』という店を開き、経営しています。親子ともに美容師免許を持っており、一緒に働いています」

「その美容室『ラブ』は、どこにあるのだ？」

「スーパー和泉屋の近所にあり、古三沢が自宅とスーパー和泉屋を往復する道筋にあった」

「二人のうち、どちらが捜査対象なのだ？」

「二人ともマル対になっています。薬局の女性薬剤師によれば、薬を渡した日、雪混じりの風が吹いており、かなり寒かったので、受け取りに来た女性の印象は、中年女性としか見えなかったと。だけど、二人の写真を見た時、なんとなく、母の遥子さんが薬を渡した相手に体付きというか、雰囲気が似ているといっていたそうです」

「どんな服装だったというのか？」

「茶褐色の地味な毛糸のマフラーで半分顔を覆っており、よれよれの帽子を被っていたそうです。しかも、服装が、いかにも中年女性が好みそうな茶系の目立たないコートを着ていた。それで、薬局の女性薬剤師は中年女性と思ったそうです。だが、捜査一課は、娘の瑠里さんでも、そんな年恰好の服装をすれば、中年女性に見えると考えて、それで二人ともマル対にしています」

「黒石かずえとの接点は？」

「黒石かずえさんが美容室『ラブ』の常連客だった。『ラブ』はお年寄りの溜まり場になっていて、かずえさんも、そこで知り合いとおしゃべりするのを楽しみにしていたそうです」

大沼が呆れた顔をした。

「おいおい、九十近い年寄りだったのに美容室通いをしていたというのか？」

「女はいくつになっても、女なんですよ」

中山は大きな目で大沼をたしなめた。猪狩は訊いた。

「古三沢との接点は何かあったのか？」

「スーパー和泉屋の防犯カメラに、ある日の夕方、買物に来た母娘と古三沢の姿が映っていたのです。映像では店内で双方がすれ違った時、互いに顔を見て立ち止まり、一瞬、驚いた様子だった。特に母親の遥子の様子がおかしかった」

「ほほう。それで」

「母娘が買い物を終えて店を出ると、古三沢は買い物をやめて、後を追うように店を出て行った。それで怪しいと見て母娘に事情を聞いたのですが、二人とも古三沢とは面識ない、といっていた」

「確かに怪しいな。その後は？」

「スーパー和泉屋の防犯カメラの映像データに、都村親子と古三沢が接触した映像は見当たらなかった」

猪狩は大沼と顔を見合わせた。

「で、四件目というのは？」

「大手生命保険会社の外交員の女性で、金原雅江《かねはらまさえ》、三十七歳。バツイチの独身。男好きのする美女で、こちら上越地方では、だいぶいい成績を取っていたらしい」

「金原雅江と黒石かずえとの接点は？」

「金原雅江も美容室『ラブ』に出入りしていた。そこで、黒石かずえさんを口説《くど》き落とし、高額な生命保険契約を結ばせていた。息子夫婦は怒って反対していたけど、後でかずえさんが亡くなり、保険金が入ったので、いまは文句をいっていないようです」

「古三沢との接点は？」

「金原雅江は、古三沢とどこで知り合ったのかは不明ですが、かなりしつこく保険の勧誘をしていたらしい。彼に好意を持っていたらしく、保険は口実だったかも知れませんが」

「ふうむ」

「金原雅江と思われる派手な服装の女性が古三沢の家まで押し掛けているのを、近所の人が目撃していました」

「金原雅江はなんと答えていた？」

「否定しませんでした。でも、古三沢が死んでしまったので、保険の勧誘は失敗したと嘆《なげ》いていました。生きていたら、絶対に保険に入ってもらっていたのに、といっていた」

「ふうむ。やり手な外交員だな。で、住まいは？」

「海側のマンションを買って住んでいます。ちなみに、金原雅江は在日コリアン四世です」

「在日コリアンだと？」

大沼が身を乗り出した。

「もしかして、金原雅江は古三沢の正体を知っていたのかな」

　中山裕美は頭を振った。

「古三沢の身元は保秘《ほひ》だったでしょ？　捜査一課は、古三沢が背乗りされていると気付いたけど、北朝鮮の工作員ファンヨンナムとは知らなかったわけだから、金原雅江が在日四世と分かっても、それ以上の関心は抱かなかった。公安なら別でしょうけど」

　猪狩は大沼と顔を見合わせた。

「いま上がった四件の女性たちで、金原雅江が最もマル要A臭《くさ》いな。現在はどうしている？」

「分かりません。四件の供述調書は、いずれも、事件後、一、二年に作成されたもの。古三沢事案は、ケイゾクというお蔵入りになっていたので、その後の捜査は行なわれていない。だから、現状については、私たち捜査一課は知りません」

「そうだろうな」

　猪狩は、大沼が差し出したセブンスターの箱から一本を引き抜き、口に咥えた。ジッポで煙草に火を点けた。大沼も煙草をジッポの炎に入れて喫った。

　表から軽ＰＣのエンジン音が聞こえた。六藤巡査がほっとした顔になり、立ち上がった。

「箱長が帰って来ました」

駐車場に止まった軽ＰＣから、制服警官が二人、降り立つのが見えた。

3

交番長の新島警部補は年輩《ねんぱい》で、温厚な人柄だった。新島は猪狩と大沼を見回した。

「ところで、あなたたちは新潟県警の警備局の刑事ではなく、警視庁の公安部の刑事ということですが、被害者《マル害》の古三沢は、もともと、警視庁公安部が追っていた男だったのですか？」

「いや、そういうわけではなく、協力者だったのです」

「ほほう。つまりＳだった？」

「そういうことです。捜査上の秘密なので、詳しくは話せませんが、実はマル害の古三沢忠夫は、ファンヨンナムという北朝鮮の工作員に背乗りされたニセモノだったのです」

「偽者《にせもの》だったというのですか」

新島は顔をしかめ、傍《かたわ》らに座った巡査部長と顔を見合わせた。猪狩は続けた。

「我々としては、古三沢に背乗りしたファンが、なぜ、この能生町に来たのか、そして、なぜ、誰に殺されたのか、それを知りたいのです。そのため、我々は東京からこちらに来ています」

「そういうことでしたか。それで、我々にしてほしいこととは何なのです？」

中山刑事は新島警部補にメモ用紙を差し出した。

「交番長、この人たちの巡回連絡カードを見せてほしいのです」

新島警部補はメモに書かれた氏名や住所を見ると、すぐに傍らの森本《もりもと》巡査部長と六藤巡査に何事かを指示した。二人は隣の部屋に消えた。

「五人の女性の所在は、いずれも能生交番管内なので、ここにある巡回連絡カードで、現状が確認できるはずだ」

やがて森本巡査部長と六藤巡査が分厚いファイルを抱えて、戻ってきた。二人はデスクの上にファイルをどしんと置いた。全部で十冊はある。管内を町名や番地に区分けして、住民の家族の氏名、年齢、職業、家族構成などを記載した名簿のファイルだ。

猪狩は森本巡査部長や六藤巡査と、住所を手がかりにしてファイルをめくりはじめた。

中山刑事のバッグのポリスモードの着信音が響いた。中山は急いでバッグから、ポリスモードを取り出し、耳にあてた。部屋の隅に行き、何事かを相手と話した。

「猪狩先輩、田所警部からです」

中山刑事は手にあるポリスモードを猪狩の前に突き出した。スピーカーの通話モードになっていた。田所一係長の声がいった。

『中山から事情は聞いた。古三沢事件は県警捜査一課のヤマだ。そこから先の捜査は我々がやる。公安は黙って引っ込んでいてほしい』

猪狩はむっとした。公安は引っ込めといわれて、そのまま引っ込むわけにはいかない。

「しかし」猪狩は反論しかけた。

「止《よ》せ、マサ」

大沼が脇から猪狩の腕を摑《つか》んで止めた。小声でいった。

「ここは黙って退《ひ》け」

田所係長の声が響いた。

『おい、猪狩、分かったか』

「はい。分かりました」

猪狩は不承不承《ふしょうぶしょう》だが、応答した。

田所一係長の声が続いた。

『そこに交番長はいるか』

「は、おります」

『捜査一課一係長の田所だ。捜査一課長の指示を伝える。きみたちは、あくまで捜査一課の指揮下にあることを忘れるな。いま一課員がそちらに向かっている。一課員の捜査指揮に従え。いいいな』

「分かりました」

交番長の新島警部補は、渋い顔で部下の巡査部長たちと顔を見合わせた。

中山裕美がポリスモードに向かっていった。

「係長、私は捜査を続行したいんですが」

『いいだろう。おまえは捜査一課員だからな。主任たちが到着するのを待て。聞き込みの段取りをしておけ』

「了解です」

中山裕美は通話終了ボタンを押した。

猪狩が中山に訊いた。

「いったい、何があったんだ?」

「田所さんが捜査一課長に、あなたたちが乗り込んで来たことを告げ、古三沢事案の再捜査をする許可を取り付けようとしたのよ。そうしたら、一課長は激怒して公安に先を越されるな、と係長を叱咤《しった》したらしいの。公安主導で事件を捜査させるな、ということ」

「いまの捜査一課長は、いったい、誰だ？」

「磯山正晴《いそやままさはる》警視です」

「磯山警視か。知っている。叩き上げのノンキャリアで、公安嫌いで通っていた」

猪狩が教場にいたころ、当時、磯山正晴はまだ警部で、捜査一課では刑事捜査の鬼と呼ばれていた。何の事案をめぐってか忘れたが、捜査方針をめぐって、県警警備部幹部と激しくやりあい、しばらく地方の小規模署の刑事課長に飛ばされていた。その磯山正晴が警視となり、捜査一課長に引き揚げられたのだろう。

「どうして、磯山一課長は我々がここに来ていると分かったのだ？」

「私が報告を上げていたから。田所係長は私にあなたたちを案内し、捜査協力するように指示していた。それを知った一課長から、怒鳴られ、係長は慌てて、私に連絡してきたの。係長も磯山一課長に頭が上がらない人だから」

「どうして？」

「田所係長を捜査一課に吸い上げた上司だから」

「そういうことか。仕方ないな」

猪狩はため息をついた。

「猪狩さん、上は上。でも、下の私たちは、なにも対立したりすることはない。だから、地道な聞き込み捜査や裏取り捜査は、私たちに任せて」

中山裕美はにっこりと笑った。

「うむ。そうだな」

「それよりも、公安は、公安の仕事をしてください。私たちには分からない裏事情を捜査してほしいんです」

「そうだぜ、マサ。ここは、KDたちに任せよう。おれたちの出番じゃない」

大沼はあっさり諦めた口調でいった。猪狩もうなずいた。

「分かった。中山刑事、あんたたちに任せる。マル要Aが誰か分かったら、至急教えてほしい」

「了解です。そちらも、何か新しい事が分かったら、隠さず教えてください。約束ですよ」

「もちろんだ」

猪狩はうなずいた。大沼がいった。

「じゃあ、おれたちは引き揚げるとするか」

「中山刑事、きみはここに残るんだな」

「はい。残って、主任たちと合流します。そして、マル要A捜査をします」

「では、我々はこれで失礼します。突然にお騒がせしました」

猪狩は新島交番長たちに礼をいった。

「すまんですな。お役に立てないで」

新島交番長は立ち上がり、挙手の敬礼をした。森本巡査部長と六藤巡査も慌てて立ち上がり、敬礼した。

4

ホンダCR－Vは快適に北陸自動車道を飛ばしていた。新潟市内まで、およそ三十分になった。

「これから、どうするんだ？」

運転しながら、大沼が訊いた。

「県警本部に行きます。警務部に呼ばれているので」

「その後は？」

「夕方には久しぶりに実家に寄ってみようかと。沼さんも、一緒に家に来ませんか」

「おれなんかが突然にお邪魔したら、おふくろさんに迷惑だろうが。遠慮しておくよ」

「そんなことありませんよ。狭い家だけど、客間があります。なんのおもてなしもできないけど、来てくださいよ」

「あんがとよ。ともあれ、今夜は古町《ふるまち》のビジネスホテルに泊まる。ちょっと、やることがあるんだ」

「何です？　仕事ですか？　それとも遊びですか？」

大沼はにやりと笑った。

「仕事のはずがあるめえ。新潟市内の古町といえば、昔ながらの芸者がいる色街《いろまち》じゃねえか。遊びに決まってる」

「沼さんも元気だなあ」

猪狩は頭を振った。

「たまに羽を伸ばして、息抜きせんとなあ。いつも仕事に追われていると、気が抜けねえや」

「自分も家に帰らず、沼さんについて行こうかな」

「よせやい。そんなことをしたら、おまえのおふくろさんに、おれが恨《うら》まれてしまうぜ。せっかく新潟に帰って来たっていうのに、悪い先輩に誘われて、うちの馬鹿息子は一緒に親不孝通《おやふこうどお》りの色街に遊びに行ってしまったなんてよ」

大沼は大声で笑った。

車はすでに新潟市内に走り込んでいた。

西の空が夕焼けに燃えていた。


猪狩は警務部人事課の鳥飼《とりかい》課長の前に立った。鳥飼課長は、手元の書類にちらりと目を落とすと、顔を上げ、厳《おごそ》かな声でいった。

「合格だ。おめでとう」

「合格、ですか。ありがとうございます」

猪狩は腰を斜めに折り、鳥飼課長に一礼した。正直いって、あまり嬉しくなかった。

「成績は非公表だが、きみには教えておく」

鳥飼課長は口元に笑みを浮かべた。

「一番だ。それもダントツのトップだ」

「…………」

猪狩の心の中は千々《ちぢ》に乱れていた。喜んでいいのか。これで現場を離れねばならなくなるのではないのか。不安が渦巻いていた。

「嬉しくないのかね」

鳥飼は猪狩の顔色を読んでいった。

「いや、嬉しいです。ただ、自分では試験の出来が悪いと思っていたので、意外でした」

「そうか。これで六月一日付で、きみは警部補に昇任する。辞令は追って発令する」

「はいッ」

猪狩は姿勢を正し、胸を張った。周囲の課員たちの視線を浴びていた。

「ただし、例によって、きみの昇任の公示はない。辞令は当分、警務部長預かりになる。いいな」

昇任も公《おおやけ》にはされず秘匿《ひとく》される。それが公安捜査員の定めだった。

「警察庁の人事課には、こちらから報告しておく。後は、あちらの指示に従うように」

「分かりました。ありがとうございました」

猪狩はもう一度、腰を斜めに折って、鳥飼課長に敬礼した。

警務部の部屋から廊下に出ると、それを見透かしたかのように、ポケットのスマホが着信音を立てた。

スマホのディスプレイには、飯島舞衣の名前が表示されていた。

廊下を歩きながら、スマホを耳にあてた。

『マサト、どうだった?』

「おかげさまでなんとか、合格でした」

『おめでとう。それは、よかった。試験の成績なんか、どうだっていいのよ。ともかく通ればこっちのものなんだから』

飯島主任には、試験の出来が悪いといった。きっと落ちるとも。それが、トップとは報告できない。

『これで、私と同格ね。ただし、私の方が先任だから、そこは覚えておいてよ』

「分かってます」

『さっき真崎理事官と話をした。マサトが昇任したら、うちのチームに補が三人もいることになる。困ったなって』

「まさか。自分はチームに戻れないってこともあるんですかね」

『どうかな。真崎理事官の腹次第だから。でも、マサトは大丈夫よ。真崎理事官のお気に入りだから、飛ばされることはないと思う。知らんけど』

飯島は自分のことのように、猪狩の昇任を喜んでくれていた。

『ところで、沼さんは？』

「別行動になりました」

『ははん。古町に行ったのね』

「さあ。分かりません」

猪狩は惚《とぼ》けた。別れ際、大沼は内緒にな、と念を押してきた。

『いいのよ。隠さなくても。古町には、沼さんの行きつけの飲み屋があるの』

「行きつけ？」

『韓国風居酒屋。数年前まで、そのママが川崎《かわさき》で飲み屋を開いていた。沼さんは暇があると出掛けていた。情報を取るとか口実をつけてね。沼さん、ママと懇意《こんい》なのよ。北陸に行くと、かならずといっていいほど新潟の古町の店に立ち寄る』

「なんていう名の店です？」

『たしか、ミファ、漢字で書けば、美花』

「沼さんも、隅に置けないなあ」

『マサトは、いつ、東京に戻るの』

「予定では、明後日です。何か、連絡事項はありますか？」

『いまのところなし。古三沢の写真については、いま調査中。捜査の進展はなし』

「分かりました」

『あ、そうだ。大事な情報がひとつ入った』

「何です？」

『香港のドクター周《シュウ》は生きているらしい』

「まさか。ドクター周は殺されたんじゃないんですか?」

『揚がった死体は、ドクター周ではなかったそうよ』

ドクター周こと周明旭《ゾウミンシュ》は、いち早く中国製新型コロナウイルスワクチンを日本の一部政財界の要人に配布して、ワクチン外交を推し進めた中国の国家安全部の対外工作員だ。日本国内では、一色卓《いしきすぐる》公安刑事を殺害し、その死体を遺棄した容疑で、いったんは猪狩たちが身柄を確保したものの、周明旭が中国通商部の一員と登録されており、外交特権を持っていたため、釈放せざるを得なかった。その周明旭が中国に帰国し、香港に降り立った後、待ち伏せていた香港コントラのアグネスたちによって殺された、と聞いていた。

「アグネスたちは、敵討《かたきう》ちに失敗したというのか?」

『詳しいことは不明。ともかくも、ドクター周は生きている、という情報だけ入った』

「どこからの情報です?」

『ショーンよ』

ショーン・ドイル。イギリスのＭＩ６の日本駐在員だ。

『詳しい話は、あなたが東京に戻ってから。それまで私も調べておくわ』

スマホの通話は終わった。

猪狩は、思わぬ情報に、スマホを握り締めたまま、茫然として立ち尽くした。

香港では、国家安全維持法による言論弾圧が、猛威を揮《ふる》っていた。民主派の牙城《がじょう》であるリンゴ日報社は、香港政府と官憲によって経営陣や編集主幹などが逮捕検挙され、銀行の融資なども止められ、風前の灯《ともしび》になっていた。

香港コントラの活動家のアグネスたちは、いまどうしているのか？

猪狩は、脳裏にアグネスや秀麗《しゅうれい》の顔がちらついた。

廊下の窓ガラスには、日本海に沈む太陽が雲を茜《あかね》色に染め上げていた。

5

運転手に料金を払い、タクシーから下りた。

タクシーはすぐに走り去り、夜の新津《にいつ》の街に消えた。

実家の日本家屋は黒々とした夜の闇に覆われていた。空には満天の星が瞬《またた》いている。

家の前に立つと、庭の草いきれや木々の葉の香が鼻孔《びこう》を擽《くすぐ》った。通りには、ほとんど車の往来もない。人の歩く姿もない。

猪狩は深々と夜の空気を肺に吸い込み、玄関の引き戸を開けた。

「ただいま」

「お帰りなさい」

猪狩の声に瞬時に母夏枝《なつえ》の声が返った。

「兄さん、お帰り」

妹奈緒美《なおみ》の声が重なった。

二人が、マスクを掛け揃って玄関先まで迎えに出て来た。

県警本部を出る直前、実家の母夏枝に電話を入れた。ＪＲ長岡《ながおか》駅長の父勝浩《かつひろ》は、長岡に単身赴任し、非番の日にしか帰らない。今夜は突然のことなので自宅にはいなかった。

代わりに妹の奈緒美が帰省していると知った。奈緒美は今年大学を卒業し、大手の出版社に就職することになっていた。入社を前にして、奈緒美は母に報告に帰っていたのだった。

「遅かったわね」

「道が混んでいたのね」

「元気そうでよかった」

「コロナ、大丈夫だった？」

「ワクチンが打てないので、みんな困っているのよ」

「警察官は優先的に打てるんじゃないの？」

誠人は、二人からあれこれと話しかけられながら、家に上がった。

ダイニングキッチンのテーブルには、豪華な刺身を盛り付けた大皿がどんと鎮座していた。さらに鮪《まぐろ》や〆鯖《しめさば》、雲丹《うに》、イクラなど、色とりどりの寿司が桶《おけ》に盛ってある。

急に腹の虫が騒ぎ出した。今日は朝からろくなものを食べていない。県警本部の食堂のてんぷら定食だけだ。

「こりゃ豪勢だなあ」

「そりゃあ、うちのお姫様の就職祝いだもの。豪勢にお祝いして送り出さなければ」

「おれの時とは、大違いだ」

「なにいっているのよ。あなたの就職祝いは二度もやったでしょ」

「そうだっけ」

「商社に入った時と、警察官になった時に」

「ちげえねえ」

「警察に入ったら、言葉遣いが悪くなったわね」

「そうかなあ」

「はい、あなたには、取っておきのお酒を用意してあるわよ」

母は冷蔵庫から日本酒の大瓶を二本取り出した。

「ああ。久保田《くぼた》の萬寿《まんじゅ》と碧寿《へきじゅ》だ」

「あなたの好物でしょ。新潟に帰ったら、と用意しておいたの」

「ありがたい。では、さっそく……」

誠人は椅子を引き、座ろうとした。

「マサト、だめ。あなた、汗臭い。お風呂、沸かしておいたから入って来なさい」

「そうよ。兄さん、お酒は逃げない、寿司やお刺身も、私たちがちゃんと見守っておく。安心して、お風呂に入って来なさい」

誠人はワイシャツの腕を嗅いだ。たしかに汗臭いような気がした。

「奈緒美、絶対に先に飲むなよ」

「早く上がらなかったら飲んじゃうよ」

「奈緒美、兄さんをからかわないの」

母がたしなめる声を背に、誠人は風呂場に急いだ。

冷酒の久保田萬寿を十分に堪能《たんのう》した。

誠人は久しぶりにのんびりと、酒を味わって飲み、刺身や寿司に舌鼓《したつづみ》を打った。母や妹との話は、話題があちらに飛び、こちらに戻りして、とりとめもなく、他愛《たあい》ないものだったが、それが気が置けず、誠人の心を和《なご》ませた。

「オリンピックなんて、ほんとに出来るの？」

「出来る出来ないということでなく、国はさっさと中止をいうべきよ。コロナのパンデミックで、世界中が困っているのに、そんな中で日本だけが、オリンピックを強行するなんて馬鹿げてない？」

「オリンピックに選手を派遣出来る国なんて、そうはいないわよ。北朝鮮なんか、もう参加しないっていっているでしょ。いまに、ほかの国も、うちもうちもって言い出すわ」

「無観客でやればいいっていう人もいるけど、なにも、コロナの禍《うず》の真っ最中に、それも第五波が押し寄せるというのに、わざわざ、スポーツの祭典をやる意味がないじゃないのねえ」

「これで、オリンピックをやれば、インド発の強力な変異株が日本に入って来て、猛烈な第五波になるんじゃないの。この国の政治家たちは、こと戦争とか、国の事業となると、昔から途中でやめるとかが出来ない、融通《ゆうずう》の利《き》かない人たちだからね。ほんとに、嘆《なげ》かわしいわ」

母も奈緒美も、酒が入って、ますます饒舌《じょうぜつ》になっていた。

天下国家のことから、身の回りの話、芸能人の浮いた話、身近な人の不倫などなど、話の種は尽きそうにない。

そうか。女子会のおしゃべりとは、こんなに楽しいものなのか。

誠人は刺身に箸《はし》を伸ばし、母と妹のおしゃべりを聞きながら、酒を楽しんだ。酔いが全身に回り、時間が歪《ゆが》みながら進んでいく。

奈緒美がふと思い出したように言い出した。

「そういえば、出版社の内定が決まった時、兄さんが警察庁に出向しているってことを思い出したの。それで、警察庁の代表電話に電話をかけたのよ。総合案内係の人に、新潟県警から出向している兄の出向先を教えてくださいって」

「そうしたら?」母が興味深そうに訊いた。

「調べてくれたオペレーターが、そんな方はいませんっていうのよ」

「ええ?　どういうこと?」母は驚いた。

「いつのことだ?」誠人はいった。

「今年の三月はじめかしら」

「答えないだろうな」誠人は笑った。「一般人の問い合わせに、警察はいちいち応じないことになっている」

「どうして？　私、兄さんの妹だと名乗ったのよ。失礼しちゃうわ」

「そう名乗っても、本当かどうか、電話の相手も確認のしようがないから、教えないだろうな」

誠人は、ぐい飲みの酒をゆっくりと飲んだ。

奈緒美はよほど気に障《さわ》ったらしい。

「それで、もう一度調べてって。新潟県警からそちらに出向している猪狩誠人ですって。そうしたら、人事課に問い合わせても、そういう方はおりませんていうのよ」

奈緒美は笑った。母は驚いた。

「誠人、どういうこと？」

誠人は笑いながらいった。

「警察庁は、キャリア組の組織だもの。地方の田舎警察のノンキャリアのぺいぺいが出向して来ていても、人事記録に登録されないんじゃないかな」

母と妹には心苦しいが嘘《うそ》をついた。

公安刑事は、たとえ親兄弟姉妹であっても、いまの仕事について喋《しゃべ》ってはいけない。それが公安刑事の掟《おきて》だった。

「まあ。でも、今度、ぺいぺいから警部補に昇任したんでしょ？」

「警察庁の偉いさんは、みんな警部以上で、警部補なんかまだ下っぱさ。上には上がいるんだ」

「へえ、そうなの。詳しいことは分からないけど、階級社会の警察で働くってたいへんね。その点、まだ出版社の編集者は、自由らしいよ。上下関係も緩《ゆる》いから、働きやすいみたい。先輩がそういっていた」

　奈緒美は大手の文芸系出版社に就職する。

　誠人はにやりと笑った。

「入ってみないと分からないぞ。どんな会社にも、いやな上司がいる。やりたくない仕事をやらされることもある。会社勤めは不自由なものだ。それは、いまから覚悟しておくんだな」

「人生の先輩である兄さんの助言、ありがたく受け取っておくわ。乾杯しよう」

　奈緒美はぐい飲みを掲げた。誠人と母の夏枝もぐい飲みを掲げた。

「奈緒美の前途に幸せあらんことを。乾杯」

「奈緒美、おめでとう」

「ありがとう、母さん、兄さん」

　三人は、それぞれの思いを抱えて、杯を口に運んだ。

「ところで、兄さん、恋人は帰国したの？」

「いや、まだだ」

誠人は、やばい話になったと顔をしかめた。奈緒美のやつ。ここで話さなくてもいいだろう？

案の定、すかさず母が口を挟んだ。

「恋人って誰？」

誠人は烏賊《いか》の刺身を頰張《ほお》った。

「恋人っていうか、親しくなった同僚の女性」

奈緒美が母にいった。

「あら、母さん、話を聞いていないの？」

「なんにも聞いていない。誠人、いいなさい」

誠人は、奈緒美に余計な話をして、と目でいった。奈緒美は知らん顔をしている。

「まだ、母さんの知らない人だよ」

奈緒美がまた口を出した。

「兄さん、いいじゃない。とても、よさそうな人だもの。母さんにいって安心させなさいって」

「そうよ。誠人、父さんも私も、あなたがいつお嫁さんをもらうか楽しみにしているのよ」

「分かったよ。山本麻里さん。同期の女性警察官。いま警察庁からアメリカへ派遣されている」

　誠人は渋々と白状した。

「アメリカで何をしているの?」

「FBIで研修を受けているの」

　奈緒美が誠人の代わりに答えた。

「へえ。どんな人?」

「どんなって、普通の女性だよ」

　誠人は尻がもぞもぞして、居心地が悪くなった。早く話題を切り上げたかった。奈緒美は、誠人のことなど構わず、続けた。

「とっても素敵な美人よ。ミス新潟というか、ミス新潟県警といってもいいわね」

「まあ」母は目を見開いた。

「…………」

　誠人は何もいえず、ぐい飲みに冷酒を注いだ。

「奈緒美、あなた、どうして、そんなことを知っているの？」

　奈緒美はじろりと誠人を見た。

「兄さんから相談されたの。おれは、どうしたらいいんだろうって」

「おい、奈緒美、おれは、そんな相談をしたか？」

「あらあら、忘れちゃって。酔っ払って、わざわざ私を蒲田《かまた》のマンションに呼び出したじゃない。相談があるって」

「そうだっけ」

　照れもあるが、酒を飲んで話したことはすべて忘れることにしている。

　誠人はぐい飲みの酒を飲み干した。喉元《のど》を酒精《アルコール》が下りていく。

「兄さん、麻里さんの写真を見せてあげなさいよ」

「しゃ、写真なんか持ってない……」

「嘘、二人が映った写真を警察手帳に挟み込んでいるくせに。さ、出しなさい」

　奈緒美は手を差し出した。

「警察官は虚偽の証言をしてはいけません」

　誠人はハンガーに掛けたジャケットを指差した。奈緒美は急いで立ち上がり、ジャケットに近寄った。ジャケットの内ポケットから警察バッジを取り出し、誠人に渡した。

誠人は警察バッジに付いている身分証の中から一葉の写真を抜き出した。

「あら、この前に見た写真と違う。前は二人が映っていたけど、これは麻里さん一人じゃないの」

「どれ、私に見せて」

母が奈緒美から写真を取り上げた。

「あ、ほんとに別嬪《べっぴん》さんだ。こんなに素敵で可愛い女性が、新潟県警にはいるのね。驚いた」

「綺麗なだけじゃないのよ。頭もいいの。才色兼備。帰国子女で英語はぺらぺら。成績優秀で、県警の昇任試験も通って、兄さんよりも早く警部補になったんだって」

奈緒美は鼻をひくひくさせて笑った。

「奈緒美、どうして、そんなに詳しいの」

「もしかしたら、義姉《ねえ》さんになるかも知れない人でしょ？　それくらい調べておかないとね。ね、兄さん？」

誠人は何ともいえず、頭を掻《か》いた。

新型コロナウイルス流行の影響で、ＦＢＩの研修期間が延びに延びていたが、ようやく研修が終了したので、麻里も日本に帰ることになるといっていた。

「兄さん、結構、女性にもてるんじゃない？」

「どうして、そんなことをいうんだ？」

「兄さんが、スタイルのいい、きりっとしたスーツ姿の美女と一緒に丸《まる》の内《うち》の仲通りを歩いていたのを目撃したもの」

誰だろうと誠人は思った。

「いつ？」

「去年の夏」

誠人は、飯島舞衣だと思った。仲通りの近くには日本特派員協会のオフィスがある。彼女と一緒に、ショーン・ドイルを訪ねた時、どこかで奈緒美は見ていたのだろう。

「黒髪をストレートのショートカットにした、いかにもキャリアウーマンのクールな女性だった。おとなの雰囲気がある」

「先輩だ。同じチームの」

「へえ。警察官にも、あんなモデルのような美人がいるのね。で、どういう関係？」

「どういう関係も何もない。彼女は先輩の捜査員であり、俺のパートナーだ」

「名前は？」

「秘密だ。関係者以外には、無闇《むやみ》に名前を公表してはいけない規則になっている」

「彼女と浮気していない?」

「まさか。無理無理。俺は彼女のタイプではない」

奈緒美はふーんと疑い深げな目で誠人を見つめた。

「ま、いまは信用しておこう」

「彼女はもてる。大勢のボーイフレンドと付き合っている。俺なんか目じゃない」

「ふーん」

奈緒美は海苔《のり》巻きを頬張りながら誠人を見ていた。誠人はぐい飲みの酒をあおった。酔いが中途半端に醒《さ》めようとしていた。

「そういえば、誠人に女の人から、変な電話があったわ」

今度は母が思い出して言った。

「女の人だって?」

「そう。若い女の声だった。誠人、まさか、誰か女の人を泣かしてない?」

「母さんまで、いったい、何をいい出すんだ?」

「か細い声で、なにか切《せつ》なげだったからよ」

母は浮かぬ顔で、空《から》になったぐい飲みを誠人に突き出した。誠人は冷酒を入れたガラスの容器を傾け、ぐい飲みに冷酒を注いだ。

「誠人さんはいるかってね」

「名前は？」

「名乗らなかった。でも……」

「でも、何？」

奈緒美が尋ね、空のぐい飲みを誠人に差し出した。誠人はガラス容器に入っていた久保田を奈緒美のぐい飲みに注いだ。

「どこか、聞き覚えのある声のような気がした」

「知り合いの感じだった？」

「そう。それに、私の声を聞いて電話の向こうで涙ぐんでいるように感じた。私が何度も、どなたさまですか、と訊いたんだけど、そのまま切れてしまった」

「じゃあ。兄さんだけでなく、母さんのことも知っている方というわけね」

「そうだねえ」

母はため息をつき、ぐい飲みの酒を飲んだ。

「いつごろの話なんだい？」

誠人は煙草の箱を出し、一本を咥えた。火を探した。

「兄さん、部屋の中は禁煙よ。お刺身やお寿司もまずくなるから」

「うん。火はつけない」

誠人は火のついていない煙草を咥え、煙草の先を上下させた。手持ち無沙汰が多少紛《まぎ》れればいい。インフィニティの香を鼻で嗅《か》いだ。

「五月の連休のころ。あなたも連休で帰って来るかと思っていた時だから」

「電話は一度だけ？」

「数日後に、もう一度あった」

「その時も、名乗らなかった？」

「ええ。誠人へ伝言するから、といったけど、何もいわずに切れた」

「その後は、かかって来なかった？」

「ええ。ただ、何度か留守電に無言電話がかかって来た。そのうちの何本かは、きっと彼女だと思う。電話の向こうで、静かに息を殺して耳を澄ましている気配があったから」

「ふうむ。いったい誰だろう？」

久保田萬寿の瓶が空になった。誠人は立ち上がった。

「……あの声や喋り方は、どこか聞き覚えがあるのよ」

誠人は冷蔵庫に歩み寄り、もう一本の久保田碧寿を取り出した。

「他人の空似というのもあるからなあ」

「口籠《くちご》もりながら、マーちゃんはいますかっていったような気がする」

「マーちゃん？」

誠人は軀《からだ》が硬直した。思い出がどっと押し寄せて来た。もしかして……。

「小さい頃、あなたに連れられて、家に遊びに来た子。そう、亜美《あみ》ちゃんの……」

誠人は思わず、手に持った酒の瓶を落としかけた。

「亜美ちゃんの声に似ていただって？」

「声もそうだけど、喋り方のイントネーション、亜美ちゃんは、少し吃《ども》るように、怖《お》ず怖ずと喋ったでしょう？　独特の喋り方というか。いま思うと、あの電話は亜美ちゃんだったのかも知れない」

誠人はいっぺんに酔いが醒めた。

恩田《おんだ》亜美。近所に住んでいた幼《おさな》なじみの女の子だった。ある日、近所の子どもたちと隠れん坊で遊んでいた時、誠人の目の前で、三人の男女に亜美は拉致《らち》された。恐かった誠人は登っていた木の上にしがみつき、声も上げられず、亜美を助けることも出来ず、一部始終を見ていた。

いつか、亜美を助ける、と決心して、誠人は警察官になった。

「母さん、本当に亜美ちゃんかい？」

「確証はないわ。でも、いま思えば、ますます亜美ちゃんだったような気がする」

久保田の瓶を奈緒美に渡し、急いで電話機に走り寄った。電話機に小さなディスプレイが付いている。相手の電話番号が表示されるタイプの電話機だ。

「母さん、その電話番号は覚えている？」

「非表示だったの」

「留守電に、その着信は記録されていない？」

「無言電話は留守電に残っているかも知れない」

誠人は急いで留守電記録を表示させた。幸いなことに二ヵ月ほど前までの着信記録が残っていた。留守電を再生させ、五月連休後の日付の着信番号を調べた。

たしかに無言電話が二回、留守電に入っていた。誠人は受話器を耳にあて、一回目を再生した。

コンピューターの人工音声が流れた後、無言の空白があった。数秒という短い時間だったが、相手の息遣いが聞こえた。

二回目は、一回目の三日後に掛かっていた。

やはり、二回目も相手は声を出さず、じっとこちらに耳を澄ませているようだった。相手が亜美とは限らないが、その可能性も十分にある。もし、亜美が無事帰って来て、誠人のところに電話を掛けてきたとしたら。

誠人は逸《はや》る気持ちを落ち着かせ、もう一度電話機を操作し、受話器を耳にあてた。

「何も吹き込まれていないでしょう?」

「黙って」

誠人は手で母に静かにするようにいった。

電話の背後に、かすかだが音が聞こえた。

電車か列車の走行音? 間違いない。電車が近くを走っている。

相手はケータイで外から電話をしている。

一回目の留守電に戻った。目を瞑《つぶ》り、耳を澄ませた。神経を電話の背後の音に集中させた。ほんのかすかに波の音が聞こえた。砂地に押し寄せては引く潮《しお》の音ではない。波が荒々しく岩に打ち寄せる音だ。

何度も何度も再生した。再生の度に、波の音だと確信した。

東京に持ち帰り、科捜研に頼めば、音声はさらにクリアになり、走っている電車か列車が特定され、さらにどこの海岸かが分かるかも知れない。

電話機の留守電機能はICレコーダーだった。誠人は、ICチップを外した。

「母さん、しばらく、このICチップを借りるよ。コピーしたら、返すから」

「いいよ。でも、何も吹き込まれていないんだろう？」

「だけど、我々の耳には聞こえない、何かが吹き込まれているかも知れないんだ。科捜研に頼んで解析してもらう」

誠人はティッシュペーパーに、ＩＣチップを包み込んだ。

どこからか、着信を告げる音が聞こえた。奈緒美が周りを探した。

「兄さんのスマホじゃない？」

「ああ、おれのか」

誠人はハンガーに吊るされたジャケットのポケットを探った。スマホのディスプレイには、大沼の文字が並んでいた。通話ボタンを押した。

「はい、猪狩です」

『おい、マサ、遅くに悪いな』

電話の背後で、賑《にぎ》やかな話し声や女の嬌声が聞こえた。大沼は酒場にいるらしい。

「大丈夫です。何かありましたか？」

柱時計に目をやった。午後十一時過ぎを指《さ》している。

『明日早朝に、こちらを発《た》つ。おまえの家は新津だったな。朝八時にそちらに寄り、おまえをピックアップして、そのまま東京に直行だ』

「いったい、どうしたんです。明後日に帰る予定になっていたじゃないですか」

母と奈緒美が顔を見合わせた。

『いや、重大な情報を摑んだんだ』

「どんな情報です?」

『東京オリンピックをやっているどころじゃないぞ。我が国の存亡《そんぼう》に関わる重大危機に関する情報だ。電話では話せない』

大沼はだいぶ酒が入っているらしく濁声《だみごえ》になっていた。

電話の背後で『沼公、どこの女に電話を掛けているんだ? あたしがいるってえのに』と喚《わめ》く女の声が聞こえた。

『分かった分かった。相手は男だ。女じゃねえ。ミカ、ちょっとでいいから静かにしろ』

大沼が宥《なだ》める声がした。

「沼さん、重大危機のレベルは?」

『レベル5超だ』

危険度レベル5とは、戦争やクーデター、革命とかが起こる最大級の危機を示す。これは公安内部の警戒度数だ。一般には公表されることはない。

「沼さん、どうして、スマホでなく、ポリスモードで報せてくれないんですか? ポリスモードなら秘聴される恐れはない」

『マサ、これは、上に漏れてはならない類《たぐい》のトップシークレットなんだ。いいな』

いいなも悪いもない。大沼は酔っ払って、ことを大げさにいっているのだろう。大沼も酔わなければ、結構冷静でいられるのだが、と誠人は思った。

『ともかくも、朝八時には、そちらに向かう。いいな、用意しておけ』

「了解です」

通話は切れた。切れる寸前、女の大沼を罵《ののし》る声が聞こえた。

「誠人、明日朝、東京に帰るの？」

「うむ。急用が出来たらしい」

「せっかく、三人で、おいしいお酒を楽しんでいたのにね」

「緊急事態。仕方がない」

「警察官はたいへんねえ。結婚する相手に警官は選ばないようにしよう」

奈緒美がいった。

母は立ち上がり、エプロンを着込んだ。

「明日早いとなったら、お祝いはお仕舞いにして片付けなければ。奈緒美、あんたは、テーブルの上を片付けて。残り物をまとめて、冷蔵庫に入れて。私は汚れた食器を洗うから」

「おれも手伝うよ」

「兄さん、一緒に片付けよう。いまの男は、そのくらいしないと、すぐ恋人に逃げられて、一人暮らしをすることになるよ」

「分かったよ。いわれなくても、すでにおれは一人で何でもやっている」

誠人は残っていた鉄火巻きを頬張り、ガラスの容器に残っていた酒を一気に飲み干した。

母が受けた電話は、本当に亜美からの電話だったのだろうか？　もし、そうなら、亜美は、どうして、自分に電話をして来たのだろうか？　母に名乗りもせず、伝言も残さなかったというのは、何か他人に知られてはまずい事情があってのことなのか？

誠人は、テーブルの上の食器を片付けながら、頭の中で必死に考えた。

第三章　北陸の闇に潜むもの

1

朝八時。

家の前にホンダCR－Vの重々しいエンジン音が響き、クラクションが二回鳴った。

「じゃあ、行って来ます」

誠人は上がり框《がまち》に腰掛け、ぴかぴかに光沢を帯《お》びた黒靴を履いた。早起きした母が磨いてくれたのだ。

「誠人、ほんとに先輩の刑事さんに上がってもらわないでいいのかい？　朝食食べたのかしら」

「大丈夫。先輩は、遠慮する人ではないんで。朝食を用意してもらいたい時は、必ずそういう男だから」

誠人は笑い、マスクを掛けながら、外に出た。

母と妹も玄関から出て、運転席の大沼に頭を下げた。

「誠人がお世話になります」

「いやいや、こっちこそ」

大沼は黒いサングラスを掛け、マスクを覆面のように掛けて手を挙げている。

車の助手席のドアを開けて乗り込もうとすると、大沼は誠人に小さな声でいった。大沼の軀《からだ》からは吐瀉《としゃ》物の饐《す》えた臭いがする。

「昨晩は飲み過ぎた。まだ酒が残っているらしい。運転、替われ」

「はい。分かりました」

誠人は苦笑し、車を下りて、運転席に回った。入れ替わるようにして、大沼は助手席の方に回り込みながら、母と妹にお辞儀《じぎ》をしている。

「お水を一杯、いただけますか？」

「少々お待ちください」

母と奈緒美は家に駆け戻った。すぐに奈緒美がヤカンとコップを持って現われた。母は胃腸薬を携《たずさ》えていた。大沼はマスクを取り、薬を何錠も口に放り込み、コップに注がれる水を続け様に三杯飲んだ。

　誠人は大沼に代わって礼をいった。

「母さん、奈緒美、ありがとう」

「誠人、絶対に安全運転するのよ」

「はい。分かってます。大丈夫」

　誠人は窓越しに答えた。母も奈緒美も、酒臭い沼さんに気付いたのだろう。誠人が運転席に座るのを当然のように見ていた。

「たいへん、お世話になりました」

　大沼は母と妹に平謝りしながら、マスクを付け直し助手席に這《は》い上がった。

「やれやれ、ここまで死ぬ思いだったぜ」

　大沼はやっとのこと助手席に座り込み、マスクを外して、大きく息をついた。強いアルコールの臭いが車内に漂った。

「お母さん、お嬢さん、ありがとうございました。これで失礼します」

　大沼は母と妹に頭を何度も下げ、手を振った。誠人も母たちに軽く挙手の敬礼を投げて、別れの挨拶《あいさつ》をし、車をスタートさせた。

　ホンダCR－Vは、快音を立てて、公道を走りだした。久しぶりの新津の街だ。市街地はすぐに終わり、青々とした田園地帯になった。

かつては新津市だったが、二〇〇五年に新潟市に編入合併されて、いまは秋葉《あきば》区新津地区になっている。時代の流れとはいえ、誠人にとっては、少年時代を過ごした新津市は、いまも新津市として生きている。

誠人は旧道を選ばず、バイパスの白根《しろね》道路に車を入れた。真っ直ぐ西に走れば、三条《さんじょう》市に至り、関越自動車道に上がれる。

助手席では大沼は居眠りしていた。もしかすると、大沼は昨夜眠っていなかったのかも知れない。大沼は、どう見ても、酒気帯び運転だった。誠人の家まで、よく事故を起こさなかった。

もし、万が一、交通事故を起こしていたら、大沼は懲戒免職を免《まぬか》れないだろう。事故を起こさなくても、酒気帯びで、かつ捜査車両を運転したというだけでも、上に知られたら、えらいことになる。厳重戒告だけで済まない。軽くても停職三ヵ月、減給六ヵ月だ。そうなれば、大沼は因果を含められて依願退職せざるを得なくなる。一緒にいた誠人もただでは済まない。大沼を注意制止しなかったことで、責任を問われる。厳重戒告以上の処分を受けるのは間違いない。

沼さんは、ほんとうに困った先輩だ。公安刑事としては、辣腕《らつわん》なのに生活はだらしなく、でたらめもいいところだった。

大沼は寝言を呟《つぶや》いた。助手席の背に寄り掛かり、鼾《いびき》をかいている。

いったい、大沼はどんな重大な情報を聞き込んだというのか？　そのため、日程をくりあげ、帰京しようというのだから、よほどの重大情報に違いない。

レベル5超？

誠人は頭を振った。信じられない。酔っ払って、与太話《よたばなし》を聞き込んだのではなかろうか。

燕三条《つばめさんじょう》で関越自動車道に上がった。

午前中のまだ早い時間ということもあって、上り車線は空《す》いていた。

ホンダCR－Vの走りは快適だった。重低音のエンジン音が快い。

ふと、中山裕美刑事のことが頭に浮かんだ。あれから、県警捜査一課の捜査は、どう進んでいるのか？　昨日の今日だから、まだ地取り、鑑取りははじまったばかりだ。すぐに成果は挙がるまい。

マル要Aは、いったい誰なのか？

それが、古三沢殺しの解明に、大きく影響を与えるに違いない。

「おい、マサ、いま、どこを走っている？」

大沼がサングラスを外し、道路の様子を窺《うかが》った。

「まもなく長岡インターチェンジです」

「なんだ、まだそんなところか。じゃあ、東京に着くまで、もう一眠りできるな」

「ま、ゆっくり休んでください」

「ああ。そうする」

大沼は大欠伸《おおあくび》をして、また背凭《せもた》れに軀を預けた。腕組みをして、寝る構えだった。

「沼さん、ひとつだけ、訊いていいですか？」

「なんだ？」

「昨夜、沼さんがいっていた、レベル5超の国の危機って、何なんですか？」

大沼はサングラスを上げ、じろりと誠人を見た。

「ある連中が柏崎原発を襲って暴走させようとしていると分かったんだ」

猪狩誠人は、きょとんとした。

「どうやって、原発を暴走させるというんです？」

「その方法は分からない。ともかく、ある連中が柏崎原発に侵入し、福島《ふくしま》第一原発事故を再現しようとしているんだ」

「柏崎原発は、いま休止し点検中ではないですか？」

「マサ、馬鹿だな。原子炉は休んでいても、使用済みの核燃料は、常時水で冷やさなければならないんだ。その水の供給が止まれば、核燃料は自然に核分裂をはじめて臨界に達して、人のコントロールがきかなくなる。そうなったら、核爆発する」

「まさか」

猪狩誠人の脳裏に、新津に住む母や妹、長岡の父の顔が過《よぎ》った。それればかりか、新潟市をはじめ、新潟県に住む人々が被災する。いや新潟県に留まらず、日本海沿岸の近隣県、さらには日本全土に被害が及ぶ。

核爆発は起こさなかったフクイチ（福島第一原発）でも、水素爆発によって、あれだけ大量の放射能をばらまき、いまも故郷に帰れない人々がいる。

もし、柏崎原発が核爆発を起こしたら、フクイチ以上の大災禍《だいさいか》を引き起こす。東京や関東六県にも、大量の放射能が襲いかかるだろう。

新潟県をはじめ、長野県や富山県、福島県、群馬県、栃木県から、大量の避難民が太平洋岸側に流れ出す。日本は未曾有《みぞう》の大混乱に陥《おちい》るだろう。たしかに、レベル5超の日本存亡の危機といっていい。

「沼さん、そんなことを画策する連中というのは、何者なんですか？」

大沼は煩《うるさ》そうにいった。

「マサ、おれは眠い。詳しい話は、真崎理事官に説明する時に話す。いまは眠らせてくれ」

大沼は腕組みをし、背凭《せもた》れにぐったりと身を預けていた。話すのも億劫《おっくう》だという雰囲気だった。

「了解です。東京まで、ゆっくり眠っていてください」

誠人は笑いながら、うなずいた。

しかし、沼さんは、昨夜、どこで、誰から、そんな情報を聞き込んだというのだろう？　酒場での与太話だったら、沼さんも、すぐには騒がない。その情報を裏付ける、何らかの確かな証拠を握ってのことに違いない。

誠人は、暗澹《あんたん》たる思いで、車を高速で飛ばしていた。

2

猪狩と大沼が、蒲田のマンションにある本部に帰ったのは、午後の一時過ぎだった。

東京に近付くと、突然、大沼は目を覚まし、家に寄っていくと言い出した。シャワーを浴びて、しゃきっとしたい、というのだ。誠人は同意した。大沼の軀からは、昨夜の名残《なごり》の臭いが濃く残っている。

誠人は首都高速を芝《しば》出口で下り、大井町《おおいまち》の大沼のアパートに寄った。十五分ほど、車で待っていると、大沼は新しいシャツに着替えて、車に戻って来た。かすかにコロンの香もした。

「行くか」

大沼はいつもの調子を取り戻したようだ。


本部のテーブルには、真崎理事官、黒沢《くろさわ》管理官、班長の海原光義警部、班長代理の田所修《おさむ》警部補、主任の飯島舞衣警部補が顔を揃えていた。廊下や隣室には、大島《おおしま》巡査部長や氷川《ひかわ》きよみ巡査部長ら海原班のメンバーたちが、互いに密にならぬよう、分散して椅子に腰掛けている。全員がマスクを掛けていた。

窓は全開し、エアコンでも換気を行なっている。公安捜査員は、優先的にワクチンを接種しているものの、安心は出来ない。新型コロナに感染しても、ワクチンを打ってあれば、症状が重くならないというだけのことだ。

いつになったら、新型コロナウイルスの感染を怖れずに、以前のように仕事が出来るようになるのか。

猪狩はパイプ椅子を飯島主任の隣にセットして座った。飯島が、そっと顔を寄せ、小声で「おめでとう」といった。警部補昇任のお祝いだ。猪狩は頭を下げ、礼をいった。

班長の海原光義警部がワイヤレスマイクを手にデスクの前に立った。マスクを外し、静かに話しはじめた。

「これより捜査会議をはじめる。まず、新潟に出掛けていた沼さんから、最新の捜査報告をしてもらう」

大沼は海原班長からワイヤレスマイクを受け取り、海原の隣の椅子に座った。

「昨日、新潟市内において、自分のマルトク（特別協力者）から、きわめて重大な危険情報を入手しました。東京オリンピック期間中に、新潟の柏崎刈羽《かりわ》原発施設に浸透した北朝鮮の工作員が、原発施設の破壊工作を行なう恐れがあるというものです」

「マジか」

「ほんとかよ」

捜査員たちはどよめいた。

大沼はいったん言葉を切り、真崎理事官や黒沢管理官の反応を窺った。

真崎理事官がテーブルに置いた両手を握り締めた。

「その情報の確度は、どのくらいだね？」

「正直いって、分かりません」

大沼は顔をしかめた。

黒沢管理官が呆《あき》れた顔をした。

「分からんだと。沼さん、そんないい加減な情報を上げて来るのかね」

大沼はむっとした顔でいった。

「情報が確実かどうか、いまの段階では、誰も分からない。知っているのは神様か悪魔でしょう。だが、何か、不穏な動きがあるのは確かです。だから、万一に備えて、最悪の事態を想定して動いておく。敵の動きを封じ、事件にならぬようにする。それがうちら公安チームの役目じゃないんですかね」

「それはそうだが、肝心の情報があやふやだと困る。誤った情報だと、捜査をあやまり、防げるものも防げないということになる。そうですな、理事官」

黒沢管理官は真崎理事官の顔を見て、同意を求めた。真崎理事官はうなずいた。

「管理官のいうことも、もっともだ。沼さん、少し、詳しく情報について全て説明してくれんか」

「はい。分かりました。努力します」

大沼は海原班長と顔を見合わせ、頭を掻《か》いた。

海原班長が大沼に代わって、ワイヤレスマイクを握った。

「沼さんが得た危険情報について、私の方から補足の説明をしておきたい」

海原班長は真崎理事官の顔を見て、いいでしょうか、という顔をした。真崎は何もいわずにうなずいた。海原班長は、それを見てから切り出した。

「みんなも周知のことと思うが、理事官の特命を受けて、私と沼さんは、背乗《はいの》りされた古三沢忠夫が、誰に、なぜ、殺されたのかを捜査してきた。現在は、猪狩も加わり、新潟まで足を延ばして、古三沢殺しを捜査している。とくに今回は、猪狩が新潟県警捜査一課の捜査協力をとりつけ、捜査情報を共有し、新しい視点から、古三沢事案の洗い直しをしている。そのことは、後で、猪狩から報告してもらう」

海原班長は、いいな、という目で、じろりと猪狩を見た。猪狩は背筋を伸ばし、海原班長にうなずいた。

海原班長は続けた。

「古三沢事案についての我々の筋読みはこうだ。マルトクの古三沢こと黄永南《ファンヨンナム》は、韓国の国情院のスパイだが、我々にも協力を約束し、マルトクにもなった。これまでの動きを見るに、表向きは我々に協力しているが、実は北朝鮮の工作員として、なんらかの任務を負って、我が国に来て新潟に入った可能性が高い」

海原班長は言葉を切った。

「十年前、ファンは脱北、中国に越境し、さらに韓国に亡命した。ファンは自ら国情院に出頭して北朝鮮のスパイであることを告白した。韓国への亡命を受け入れてくれるなら、韓国内に潜入していた北のスパイ十数人の名前を挙げ、摘発に協力した」

海原班長は、みんなを見回した。そして話を続けた。

「ファンは北朝鮮を裏切ったことを恐れ、きっと北朝鮮工作員から報復されると、国情院に泣きついた。このまま韓国内にいては殺される。だから、なんとか日本に逃がしてほしいと。国情院はファンを日本に潜入させ、日本国内にいる北朝鮮秘密工作員を炙《あぶ》り出すのに役立つと考えた。そこで、国情院は、密かにファンを日本人の古三沢に背乗りさせ、我が国に潜入させた。それを見破ったのが、沼さんだった」

海原班長は大沼の方を見た。大沼は照れ臭そうに頭を掻いた。

「いやあ、俺じゃねえ。俺のマルトクが教えてくれたんだ」

「沼さんが獲得していたマルトクが教えてくれたにせよ、沼さんの功績だ。しかし、国情院が、秘密裏に我が国で背乗りさせたりしているのは、看過《かんか》できないと、我々は黄永南について国情院に厳重抗議をした」

海原班長は真崎理事官に目を向けた。真崎理事官は小さくうなずいた。真崎理事官が国情院に抗議したのだな、と猪狩は思った。

「その結果、古三沢に背乗りしたファンヨンナムは、我々に協力することになった。ファンは、我が国に潜入している北朝鮮の工作員たちを見付け、我々に教えてくれる任務についた。この任務は、国情院の目論見《もくろみ》と合致していた。これで、ファンは我々にも協力するトリプルスパイになった」

海原班長は、また話を切ってから続けた。

「だが、私はファンを信用していない。ファンは表向き、北朝鮮を裏切っているような顔をしていたが、心の底の底では、北朝鮮の真正《しんせい》のスパイだったのではないか、と私は考えている」

「それは、どうしてかね」

真崎理事官が問うた。

「二つの理由からです。一つは、我々に事前に相談もせず、勝手に新潟への移住を決めた。それを密かに手伝ったのは、国内にいる土台人《どだいじん》（北朝鮮の秘密協力者）と思われます」

「国情院の支援者が動いたのではないのかね」

真崎理事官が訊いた。

「国情院も、ファンの新潟行きは知らなかったといい、我々公安の指示でファンは動いていると思っていたと。はたして国情院を、どこまで信じたらいいのか、分かりませんが、今回のファンについては彼らも自分たちは動いていない、といっていました」

真崎理事官は唸《うな》った。

「国情院は、どうも信用できんから困る。で、二つ目の理由というのは？」

「ファンは、密かに誰かと接触していた。その相手は、まだ不明ですが、おそらく北朝鮮の潜入工作員と見られます。そして、何らかの理由で、その相手にファンは自殺を装《よそお》って殺された」

「国情院や我々のスパイだとばれたために、北朝鮮の工作員に殺されたのではないのかね？」

「いや、北朝鮮工作員は、ファンが国情院や我々の協力者であることを知っていたと思います。それで、ファンを逆スパイとして、国情院や我々の情報を得る役目を担《にな》わせていたと思われます。だから、まだ利用価値があるファンを、裏切り者として、そう簡単に殺すとは思えない。もし殺すなら韓国内にいる時に、やっていたでしょう」

黒沢管理官が呻《うめ》くようにいった。

「しかし、ファンの告発によって、韓国内の北のスパイたち十数人が摘発されたではないか。その恨《うら》みを晴らすための処刑だったのではないのか？」

「もし、処刑だったら、自殺を装わせる必要などないでしょう。密かにファンを始末したことには、何か理由があったはずです。自殺なら、警察や世間から、あまり注目されない。彼らには何か隠す理由があった」

「それは、何だというのかね」

「ここからは、私の見立てです。新潟の地において、我々が知らない、何か重大なことが、密かに計画されているのではないか、と思われます」

猪狩は思わず、大沼を見た。大沼がマルトクから得たという危機情報というのが、海原班長の見立てにからんでいるというのか？

真崎理事官が笑みを浮かべた。

「そうか。それが沼さんの摑《つか》んだ重大情報にあたるというのか？」

黒沢管理官も、飯島主任も、腑《ふ》に落ちたという顔をしていた。真崎が口を開いた。

「班長、見立てはそれでいいと思うが、まだ、いくつか疑問があるな」

「何でしょう？」

「もしファンが北朝鮮に忠誠を誓う真正の北の工作員だというのなら、韓国に亡命した時、なぜ、北の同志を国情院に売ったのだ？」

「私も、それが気になり、国情院に問い合わせて、摘発された北の工作員たちを調べたのです。十三人が北のスパイとして摘発され、身柄が拘束されたのですが、その後、国情院の取り調べに、全員が完落ちし、スパイだと白状し、韓国への亡命と庇護《ひご》を求めた」

「ほほう。軟弱なスパイたちだな」

黒沢管理官は冷笑した。海原班長はうなずいた。

「国情院の取調官たちは、自分たちの手柄のようにいっていたが、私は違うと思ったのです。彼らは韓国に潜入して暮らすうちに、韓国での生活がいいと思いはじめた。北の考えでいえば、資本主義の生活に慣れ堕落した。北への忠誠心が薄れた腐敗分子となったのでしょう。つまり、ファンは、そうした腐敗分子を摘発したわけですから、韓国当局を使っての粛清ともいえる。ファンは、諜報工作網から腐ったリンゴを取りのぞく役目を果たしたのではないか、と」

「なるほど。そうも見えるな」

真崎理事官は黒沢管理官と顔を見合わせた。

海原班長は続けた。

「国内に入ったファンの足取りを調べると、はじめは大阪で、国情院の手助けで古三沢の戸籍を入手して背乗りした。ついで神戸や名古屋《なごや》を巡り、三浦半島に拠点を設けて、横浜、川崎に活動域を広げている。そこで、我々が国情院からファンを譲り受け、マルトクにした。ところが、しばらくすると、ファンは突如《とつじょ》、新潟に移住した。疲れた、しばらく休みたいという口実で」

「そうだったな」真崎理事官はうなずいた。

「私が思うに、ファンは新潟の諜報工作員の視察に入ったのではないか、と。新潟でも、堕落した腐敗分子を摘発するか、処分しようとしていたのではないか、と思うのです」

「ところが、新潟に浸透していた北の工作員は、古三沢に背乗りしたファンを敵のスパイと疑い、殺してしまった。そうなるのか？」

　黒沢管理官がいった。海原班長はうなずいた。

「とりあえずは、そうしておきましょう。問題は、ファンを殺した動機です。腐敗分子が粛清を恐れて、ファンを殺したとも考えられる。あるいは、管理官がおっしゃる通り、自分たちの計画がファンを通して、我々に洩れるのを恐れたのかも知れない。ここは、今後の捜査によって明らかになるでしょう。だが、それでもまだ大きななぞがある」

「なぞ？」

「なぜ、自殺を装わせたのか、です」

「うむ。さっきも話に出たが、もし、他殺と分かると、日本警察が乗り出し、大騒ぎになり、知られたくない背後関係などが捜査される。それを恐れて、自殺に見せかけて殺した？」

「それが理由だとは思うのですが、犯人たちの思惑《おもわく》としては、ファンを殺したことを本国に知られたくなかったのではないか、とも思うんです」

「なぜかな？」

　真崎理事官が尋ねた。海原班長は答えた。

「ファンは新潟に乗り込み、秘密の計画の進捗状況の視察を行ない、もしかすると計画実行の督促《とくそく》をしたのではないか、と私は見ています。それに対して、現地の工作員たちは、本国の督促を拒み、指令を出したファンを、密かに葬《ほうむ》り去った。ファンが自殺したとなれば、本国は疑っても文句のつけようもない。現地の工作員たちの内部に、何か対立か権力争いがあったのかも知れない」

「どうして、そう思う？」

「先日、国情院がネットの中から見付けた、古三沢ことファンの遺体写真です。なぜ、六年も過ぎた今になって、ネットに上げられたのか？　飯島主任、あの写真は、国情院によると、北朝鮮の工作員と思われるＩＤからネットに上げられたものだということだったな。それもステガノグラフィーが掛けられていたと」

「はい。そうです」

飯島主任はうなずいた。

「どんなステガノグラフィーなのだ？」

「実は進展もありました。あの遺体の画像に、さらに透かし画が隠されていたのです」

飯島は開いたＰＣのキイボードに指を走らせた。

海原班長の後ろにあったテレビのディスプレイが点灯し、映像が浮かび上がった。

猪狩は目を凝《こ》らした。間違いなく、古三沢が首吊りをして、力なくぶら下がっている映像だった。

「この映像を、こうすると……」

飯島はカーソルを動かし、キイを押した。

映像に透かし画のような数字と文字が浮かび上がった。

四桁の数字が、何千何百と並んでいる。暗号だった。その中の一カ所だけアルファベットの大文字のＫＫが透かし文字になっていた。

「この乱数は、何を意味する暗号かね？」

真崎理事官が訊いた。飯島は両肩をすくめた。

「分かりません。いま、警察庁サイバー局の暗号解読班に解読を依頼しているところです」

　海原班長が飯島に代わって答えた。

「理事官、一つだけ推察できます。透かし文字になっているＫＫですが、これは柏崎刈羽原発の略称ではないでしょうか」

　真崎理事官は黒沢管理官と顔を見合わせた。

「そうか。ＫＫ、柏崎刈羽原発を狙っているということか」

「おそらく」

「ふうむ」黒沢管理官は唸った。「それで、沼さん、話を戻せば、きみのマルトクの話では、このＫＫに対する破壊工作の計画が進行しているというのだね」

　大沼は、ようやく自分の番が回って来たと見て、マスクを再び外した。

「そうなんです」

　黒沢管理官は顎《あご》をしゃくった。

「私は対中国諜報が専門ですので、対朝鮮諜報については少々疎《うと》いのですが、理事官は沼さんのマルトクの情報について、いかがお考えなのですか？」

「真贋《しんがん》についてかね」

「はい。一応、信用できるマルトクなのかどうか、もありますが」

「うむ。沼さんからマルトクにしたいという申告があって、徹底的に身元を洗ったが、問題はなかった。そうだね、班長」

「はい。誰でも叩けば、埃《ほこり》は出るものですので、まっさらというわけではありませんが、一応、不審な経歴はなく、身元もはっきりしています。問題ありません」

「管理官、そういうことだ」

「分かりました。そういうことなら、マルトクを信用しましょう」

黒沢管理官は笑いながら、うなずいた。

「で、沼さんのマルトクは、どんな人なのかね。私も一応、知っておかないとな」

「ですが、世間に正体が知られてしまうと、マルトクの身に危険が及びかねないので、ここでお話しすることは、みんなも絶対保秘をお願いします」

大沼は、隣室にいる班員にも念を押した。

「もちろんだ。沼さん、安心してくれ。みんな口は堅い。保秘を守る」

真崎理事官は大きくうなずいた。

「マルトク獲得のあたりから、どうして、いまに至ったのか、概略でいい」

大沼はうなずいた。

「了解しました。私が彼女をマルトクとして確保したのは八年前だった。その時、マルトクは川崎のコリアンタウンで、飲み屋をやっていた。そのマルトクが五年前、今度は新潟市の遊興街古町に移転し、その一角で、韓国風パブ『美花《ミファ》』を開いたのです」

猪狩は隣の飯島と顔を見合わせた。飯島は、ほら、行きつけの飲み屋のママだといった通りだったでしょう、という顔をしていた。

「マルトクは在日韓国人三世の美人ママということもあって、店には日本人だけでなく、在日たちも大勢出入りするようになった。これはいい機会だと思い、自分も応援する、とママにいった」

大沼は照れたように鼻を擦った。

「いい機会だというのは、仲良くなったということかね？」

黒沢管理官が笑いながら尋ねた。大沼は少しむっとした表情になった。

「……まあ、彼女には複雑な事情がありましてね。彼女の弟は両親と将来の進路をめぐって大喧嘩《おおげんか》し、家を飛び出したまま、帰らなかったのです。いまも弟は消息不明になっているんです」

「いったい、進路の何で揉《も》めたのだね？」

真崎理事官も興味を示した。

「弟は朝鮮学校に通い、ついで朝鮮大学を優秀な成績で卒業した若者だった。だが、日本の企業は、どこも彼を採用しなかった。在日朝鮮人だということだけで」

「それで?」

「弟は、自分の祖国は共和国だ。自分は共和国に帰り、祖国のために役立つ人間になると言い出して聞かなかった。日本のマスコミは、いつも共和国の悪口ばかり喧伝《けんでん》している。そんなごまかしには騙されないと。両親や姉をはじめ、回りの人間がみんな、彼を説得しようとしたが、彼は聞く耳を持たなかった。それで父親と大喧嘩し、彼は親を祖国の裏切り者、売国奴《ばいこくど》とののしり、もう親とは思わないと宣言して、家を出て行った」

「ふうむ。それから?」

「もう十年になるのだけれど、弟からの便りも何もない。そのうち、父親が交通事故で亡くなった。母親は絶望のあまり、自殺未遂を何度も起こし、いまは病院で寝たきりの状態になってしまった。自分が生きているうちに、もう一度、息子に会いたいと、彼女に泣き付いた。彼女は、必死になって、友達の伝手《つて》や知人に弟の消息を聞き回った。そのために、店を開き、生計を立てるとともに、弟の消息を求めていた」

「それで、沼さんも、弟捜しを依頼されたのだな」

「そうです。彼女から事情を聞くと、在日コリアンの世界が見えてくるので、我々の仕事にも役立つ。その一つが、古三沢情報だったんです。若いのに戸籍上の年齢がかなり上のように見える人がいるって。戸籍を買って成り代わっているんじゃないか、ということを聞き込み、古三沢を押さえることができた」

「なるほどね。ベテランの沼さんだから、釈迦《しゃか》に説法《せっぽう》だが、彼女を支援するあまり、彼女に取り込まれないように気をつけてほしいな」

「分かってます、理事官。そこは抜かりなく……」

大沼は頰を崩しながら、うなずいた。

黒沢管理官が尋ねた。

「なぜ、彼女は新潟に移住を決めたのだ？」

「それには事情があるんです。新潟は北朝鮮との入り口だったこともあって、在日コリアンやその家族が大勢住んでいるからです」

「ほう。どうしてかな」

黒沢管理官は怪訝《けげん》な顔をした。大沼は困った顔をした。

「誰か、おれの代わりに説明してくれないかな」

「いいわよ」

飯島舞衣が手を挙げた。大沼はワイヤレスマイクを飯島に手渡した。

「新潟港は、在日朝鮮人の帰還事業の拠点となった港でしたよね。一九八四年まで、北朝鮮の万景峰号《マンギョンボン》が在日朝鮮人の帰国希望者やその家族を乗せて、何度も清津《チョンジン》と新潟を往来していた。表向き万景峰号は帰国船とされていたが、裏では北朝鮮の工作員を日本や韓国に潜り込ませたり、日本にいる工作員に本国からの指令を出す工作指令船でもあった。時には、輸出禁止されていた電子機器や禁制品も、万景峰号で北朝鮮へ運んでいた」

「うむ」

「当時の韓国は、北朝鮮の帰還事業に反対し、事業を妨害しようと、テロ工作員を新潟に送り込み、新潟日赤センターの爆破未遂事件を起こしたりしていた。つまり三十数年前、新潟は北朝鮮と韓国の諜報戦の戦場だった。そのため両国とも新潟に、多数の工作員を浸透させて地下諜報網を作り上げていた。北朝鮮は、その地下工作員を使って、数々の日本人拉致事件を起こしたのは衆知《しゅうち》の事実です。いまも北朝鮮も韓国も、新潟に何人もの潜伏工作員《スリーパー》を埋め込んでいる。スリーパーたちは何食わぬ顔で、普通の人として暮らしているんです。本国からの指令が来るまで、目覚めず眠っているわけです」

黒沢管理官は納得したようにうなずいた。

「なるほど。そういうことだったのか」

大沼は飯島からワイヤレスマイクを受け取り、話しはじめた。

「家出した弟の消息が、姉の耳にもとぎれとぎれに入って来ていたらしいのですが、一番新しい消息は、弟と親しかった同級生だった男が、新潟市内の居酒屋で飲んでいたら、弟の風貌《ふうぼう》にそっくりの男が入ってきたのを見かけたというものでした」

同級生の男は、「おい、徳男《とくお》じゃないか。こんなところにいたのか」と声をかけたら、その男は、ぎくりとすると、返事もせず、身を翻《ひるがえ》して居酒屋から出て行った。

同級生から話を聞いたマルトクは、すぐに新幹線に飛び乗って新潟に駆け付けた。親しかった同級生が弟を見間違うはずがない、きっと弟は新潟市内にいる。

そう考えたマルトクは繁華街の古町の居酒屋を何軒も訪ね歩き、弟の顔写真を店員たちに見せて回った。するとある居酒屋の店員のひとりから、写真の男ならときどき仲間たちと一緒に飲みに来たといわれた。

マルトクは、何日も新潟市内の旅館に泊まり、その居酒屋に張り込んだが、結局、弟と巡り合うことはなかった。

そこでマルトクは川崎に戻ると、店を売り払い、資金を作って、新潟市古町に小さな店を借りて開いた。彼女はそこで弟がいつか現われるのを待つことにした。

「店の名は、川崎でやっていた時と同じ『美花』と付けた。美花はマルトクの名前で、弟が気付けば、きっと店にやって来ると思ってのことだった」

そして、五年が過ぎた。

いまだ弟は姿を見せていない。しかし、五年の間に、韓国風パブ『美花』は、口コミで、若くて美人のママが作る、安くて美味しい本格韓国家庭料理と、地元新潟の銘酒が揃っているという評判の人気店になった。

いつしか『美花』は日本人客たちだけでなく、市内在住の在日コリアンたちも、出入りする溜まり場になった。

まだ若いのに誰に対しても、マルトクは母親のように優しく接し、親身になって相談に乗り、またある時は、逆に厳しく叱《しか》った。そんな姐さん気質の美花の存在が店の魅力だった。

「以上が、マルトクが新潟市古町に韓国風パブ『美花』をオープンしたおおまかな経緯です。おお、ありがとさん」

大沼は、氷川きよみ巡査部長が気をきかせて用意したコップの水をごくりと飲んだ。

「沼さん、喋《しゃべ》っていて、声が嗄《か》れたようだったから」

大沼は口を手で拭《ぬぐ》った。

「助かった」

「どういたしまして」氷川はにっこりと笑って、廊下の椅子に戻った。

「韓国風パブを経営するマルトクのことは分かった。それで、どうしたのだ?」

真崎理事官は尋ねた。

「ここからが問題なんです」

大沼は気を取り直した様子で続けた。

「大勢の常連客たちのなかに、このマルトクを姉のように慕《した》って店に通う若い男がいた。男の名は光村鉄雄《みつむらてつお》、在日四世で、本名は金光鉄《キムグアンチヨル》、二十八歳。この光村は工業専門学校を出て、下請け会社で配管工として働いていた」

「それで？」真崎理事官が促した。

「マルトクは、弟の徳男とほぼ同じ年代の男だったので、気になって目をかけていた。その光村が、ある夜、どこかでだいぶ深酒したらしく、よろめきながら店に入ってきた。それでマルトクに、どうしようか迷っていると相談した。会社辞めて他所《よそ》に行こうかと思っていると。マルトクは、何があったのだと訊いたら、おれ、死ぬかも知れないって、泣きだしたそうです」

「ほう」

「ほかの客もいたので、何があったのか、訊くこともできない。それで水を飲ませて落ち着かせ、少し休んでいなさいといって、二階の空き部屋に上げた。布団を敷いて、光村を休ませた。そうしたら、まもなく数人の半グレかやくざもんが店に現われ、光村が来たろう、どこにいる？　隠すとただじゃおかないぞ、と凄《すご》い剣幕《けんまく》でマルトクを脅した」

　大沼はにんまりと笑った。

「マルトクは川崎で、似たような半グレやネトウヨたちと日頃争っていたから、そういう手の者を扱うのは慣れたものだった。それで、その男たちを適当にあしらい追い返した。店仕舞いして二階の部屋に上がったら、光村は布団の上に寝ていない。押し入れを開くと、正座してぶるぶる震えていた。酔いはすっかり覚めたらしく、マルトクに迷惑をかけたと平謝りに謝った」

「うむ。それで？」

「理由を訊くと、ＫＫを破壊する計画に自分は組み入れられた、このまま新潟にいたら、自分は特攻隊となってＫＫに突入し死ぬことになる、と。マルトクは、ＫＫが何か知らなかったので、光村に訊いた。すると、ＫＫは柏崎刈羽原発のことだ、といったので、内心仰天《ぎようてん》した」

「それで」

「光村によると、すでにサボタージュをしているとのことだった。具体的には、下請けで原発施設の配管工事をしているが、上からいわれて、溶接をいい加減にしたり、間違った配管をして、原発が稼働した時に不具合が生じるようにしているらしい」

「とんでもないサボタージュだな。規制委員会が調べたら、即稼働禁止措置を取ることになるな」

　黒沢管理官が唸った。大沼は続けた。

「マルトクは気を静め、なぜ、そんなことをするのかと訊いた」

「すると？」

「共和国のためだ、と。でも、なぜ、あなたが共和国のために動くのか、と訊いた。すると、光村は自分は脱北者で、北朝鮮に両親や姉妹を残している。上から脅され、おまえが共和国のために動かないと、家族がどうなるのか、分かっているのだろうな、と」

「よくある手だな」

　黒沢管理官は頭を振った。大沼は続けた。

「どうして、柏崎刈羽原発を狙うのか、と訊くと、光村は柏崎刈羽原発の点検工事の下請け業者として働いているといった。柏崎刈羽原発は警備がゆるいので、大勢の北の工作員が原発作業員となって働いている、と」

「問題だな。原発作業員の身元調査は、誰がやっているんだ？」

　黒沢管理官は腹立たしげにいった。真崎理事官も唸った。

「電力会社は専門の調査会社に依頼して、厳重に作業員の身元調査しているはずだが。どこかに穴が開いているんだな」

　海原班長がいった。

「沼さん、話を続けろ」

「マルトクは、光村にいつ決行する計画だと訊いた。すると、オリンピック期間中ではないか、と。新潟県警も五百人規模の機動隊を東京に派遣する。警備は手薄になる。その機会を狙っているようだ、と」

「ふうむ」

「柏崎刈羽原発を暴走させ、爆発させることが、どうして共和国のためになるのか、とマルトクが訊くと、アメリカとの戦争が始まるからだ、と」

　黒沢管理官と真崎理事官は顔を見合わせた。

「マルトクは馬鹿なことをいうと笑い、アメリカと共和国が戦争をするのか、と訊いた。すると光村は、いや、そうではなく、中国が台湾に侵攻する、すると、かならずアメリカと日本が組んで中国との戦争になる。共和国は中国を支援するため、後方の日本国内の原発を暴走させ、いくつものフクイチを作る。そうすれば、日本は戦争どころではなくなる。アメリカは同盟国日本の後方支援なしには戦えない。そう上はいっている、と光村は告白した」

「マジか」

黒沢管理官は呻いた。

「あり得る想定だな」

真崎理事官は腕組みをし、しかめっ面《つら》をした。海原班長が口を開いた。

「沼さん、まだ話があるのだろう？　続けろ」

「了解。マルトクは光村の話が信じられず、私に新潟に来たら、店に来てくれと連絡して来た。それで古三沢事案の捜査を兼ねて、新潟に行った時に、マルトクを訪ねた。そうしたら、なぜ、もっと早く連絡して来なかったのか、となじられた。というのは、光村が、マルトクに告白した翌日、行方知れずになった。自分が訪ねた日には、光村は水死体となって発見された。埠頭から車ごと海に落ちて、本人は水死していた」

「消されましたね」

黒沢管理官は真崎理事官の顔を見た。

「うむ。沼さん、マルトクは、大丈夫か？　光村が喋った相手は危険ではないか？」

大沼もうなずいた。

「班長に報告したので手を打ってくれました」

海原班長も真崎理事官にいった。

「県警の警備部に連絡し、念のため、警備要員を店に派遣させ、マルトクの身辺警護をさせています」

黒沢管理官はいった。

「理事官、これは重大な危険情報ですな。それも証人が殺されたとすれば、かなり確度が高い情報だ。直ちに、捜査チームを出して、北朝鮮の工作員の摘発捜査を開始しましょう」

真崎理事官はうなずいた。

「うむ。班長、何か意見はあるか?」

海原班長は考え込んだ。

「沼さんのマルトク情報は重大で緊急性がありますので、そちらに捜査チームを投入するのはいいのですが、どうも、古三沢事案が気になるのです」

「どういうことか?」

「くりかえしになりますが、古三沢ことファンは、なにゆえ新潟に入ったのか? 私は、沼さんのマルトクが聞き込んだKK破壊工作に、どこかで古三沢の事案がからんでいるように思うのです」

黒沢管理官が訝《いぶか》った。

「古三沢が関係するとして、どういう筋読みになるんだ？」

「自分の読みでは古三沢が新潟に乗り込んだのは、潜在工作員《スリーパー》を覚醒させるためではないか、と考えるのです」

「スリーパーを目覚めさせるというのは、どういうことだね」

真崎理事官が訊いた。

「KK破壊工作は、もしかするとダミーかも知れません。うっかり、そればかりに目を奪われていると、裏で別の謀略工作が進行しているのではないか、と怖れるのです」

「別の謀略工作が進行しているだと？　なんだ、それは？」

黒沢管理官が目を剝《む》いた。真崎理事官も腕組みをし、考え込んだ。

「班長、なぜ、そう思うのだ？」

「一つには、古三沢ことファンの動きは、人捜しのように見える。もし、KK破壊工作に関係しているとしたら、それを疑わせるような動きをするのではないか。どうも、そうは見えない。誰かと接触するのに、のんびりとスキヤキを食べるようなことをしている。どうも、緊迫感がない。本人は、KKの破壊工作について知らなかったのではないか、という気もするのです」

「では、ファンは何をしようとしていたと推測するのだ？」

「問題は、ファンが新潟で何をしようとしていたのか、それをもう少し調べれば、分かるのではないか、と」

海原班長は、いったい、何を考えているのか、と猪狩は心中で思った。

真崎理事官は立ち上がった。

「よし。では、捜査方針はこうする。海原班長は、班を率い、新潟に移動、KK破壊工作計画を捜査追及する。現地での指揮は、管理官が執《と》る。なお、他班の応援も要請しておく。県警警備部には、私から協力するように要請しておく。なんとしても、KK破壊工作は阻止しろ」

「分かりました」

海原班長は班員たちを見回した。

真崎理事官は、猪狩に目をやった。

「猪狩と飯島主任の二人は、引き続き古三沢事案を追え。ファンが新潟で誰に接触し、何をしようとしていたか、二人で解明しろ」

「はい」

猪狩は思わず声を上げた。飯島がにこっと笑った。

「以上。とくにKK破壊工作は、日本の命運にかかわる。なんとしても敵の工作を阻止しろ」

「はいッ」

真崎チームの捜査員たちは姿勢を正し、一斉に声をそろえて返事をした。

「猪狩、ちょっと来い」

真崎理事官は猪狩を呼んだ。

猪狩が真崎理事官の前に立つと、笑いながらいった。

「やったじゃないか。班長代理や主任と同じ警部補だな。昇任おめでとう」

「ありがとうございます」

「だが、補の扱いは、うちのチームでは当分、お預けだ。これまで通りやってもらう。いいな」

「もちろんです。よろしくお願いします」

猪狩は腰を折って敬礼した。

「とはいえ、補である以上、班長代理や主任に次ぐ上官としての責任がある。みんないいな。よろしく」

「猪狩、頼むぞ」

海原班長が猪狩の肩をぽんと叩いた。

「きばれよ」

田所班長代理も、にやっと笑った。

飯島主任はしらっとした表情で、「これまで通りよ、いいわね」といった。

「もちろんです」

猪狩は大きくうなずいた。

3

猪狩誠人は自宅の部屋に戻った。

急いで汗ばんだシャツを脱ぎ、真っ裸になって、風呂場に飛び込んだ。熱いシャワーを頭から浴びた。

この数日に、一挙にさまざまなことが起こり、じっくりと考えることも出来ずにいた。これから、一つずつ整理して、片付けていかねばならない。

シャワーは気分を一新してくれる。誠人は新しい下着を身につけ、パジャマを着込んだ。

食器棚からグレンフィディックのボトルを下ろした。グラスに氷の塊を入れ、スコッチを注ぎ入れる。レコードラックから、ドビュッシーのLPレコードを抜き、レコードプレイヤーに載せた。レコード盤に針を落とし、ソファにゆったりと軀《からだ》を沈めた。ドビュッシーの『月の光』のメロディが部屋の中に流れはじめた。シングルモルトのスコッチを舌の上に転がしながら、さて、何から整理するか、と考えた。

部屋の固定電話の留守電機能が点滅していた。誠人は手を伸ばし、サイドテーブルの電話機を引き寄せた。留守電は七件入っていた。

一件ずつ再生していった。一件目は録音がなかった。非通知番号だった。二件目の再生がはじまって、誠人は思わず、口に含んだスコッチをごくりと飲み込んだ。

『ハーイ、マサト、元気？　またお出かけなのね』

山本麻里の弾んだ声が聞こえた。

『ケータイにかけたら、繋がらないんで家電《いえでん》にした。ようやく帰国できそう。ワクチンも二度打ったし。日本に帰っても二週間は、どこかに待機し、PCR検査を受けなければならない、とか面倒だけど、日本もパンデミックだから仕方ないわね。がまんがまん』

そうか。麻里は帰って来るんだ。誠人は、ほっと心が綻《ほころ》んだ。チェイサーのコップの水を飲んだ。

『また連絡するね。できたら、羽田《はねだ》に迎えに来てね。じゃあ。シーユー』

誠人はボトルを傾け、グラスに琥珀《こはく》色の酒精《アルコール》を注いだ。

三件目、四件目は着信だけで、留守電に録音が入っていない。見知らぬケータイ番号だった。五件目の留守電は、聞き覚えのある声だった。

『……わたし、日本に帰って来てる。香港、いまたいへん。いろいろ話したいことがあります。このケータイ番号に電話をして。約束したこと果たすから。待ってます』

鄭秀麗《ていしゅうれい》だった。

誠人は身を起こし、留守電に表示された番号にかけた。受話器を耳にあてていると、呼び出し音が聞こえていた。

『はい』

「秀麗さんですか？」

『はい。猪狩さんですね』

嬉しそうな声が耳に響いた。

「元気そうでなにより。留守電、聞きました」

『その節には、いろいろお世話になりました。御礼をいいたくて』

「よかった。無事で。香港情勢を聞いて、心配していた。アグネスも、大丈夫ですか？」

『アグネスも、元気です』

「いま、一緒ですか？」

『いえ。彼女は香港に残って頑張っています。彼女は大丈夫。用心してますから』

「よかった。それを聞いて安心しました。それで、留守電にあった、約束したことというのは……」

『待って。何もいわないで。おそらく電話は盗聴されているので。大事な話は、直接お目にかかった時に』

「了解です。いつだったら」

『急いでます。明日、いかがです？　昼の時間に、うちのオフィスの近くで、お食事でもしながら』

「了解です。お昼に電話をして、あなたを呼び出します」

『お会いするのを楽しみにしています』

「こちらも」

　電話は終わった。秀麗は日本に戻っても、警戒している。香港がもはや以前のように自由ではないことが、そんなところからも窺える。悲しいことだ。

　六件目、七件目の留守電とともに音声が録音されずに切れていた。二件とも見知らぬケータイ番号だった。

レコードも終わっていた。誠人は立ち上がり、レコードラックから、チャイコフスキーのLPを抜き出した。レコードをプレイヤーに載せ、針を盤の上に静かに落とした。

『ピアノ協奏曲第1番　変ロ短調　作品23』が部屋中に厳《おごそ》かに流れ出した。

誠人はスコッチのオンザロックを飲みながら、目を閉じた。盲目のピアニスト辻井伸行《つじいのぶゆき》がしなやかに弾くピアノが、オーケストラの奏でる荘重な音を背景にして、彩りのある旋律を醸し出す。

その旋律を不意にかき乱す着信音が響いた。

誠人はポリスモードを覗《のぞ》いた。ディスプレイに飯島舞衣の名前が表示されていた。

誠人は音のボリュームを下げ、通話ボタンを押した。

「はい、猪狩です」

『あら、チャイコフスキーね。お邪魔だったかしら。誰かと一緒なの？』

「いや、一人です」

飯島は耳を澄ました様子だった。こちらの空気を聞き取ろうというのだろう。やがて、一人しかいそうにないと分かったらしく口を開いた。

『じゃあ、仕事の話をしよう。あなたが知りたがった古三沢の足取りが分かってきた。主な行動確認データを整理したので、あなたのPCにメールした。あなたも見て』

「了解です」

誠人はテーブルの上のノートPCを開き、メールボックスを出した。飯島からのデータ付きメールが入っていた。

古三沢ことファンヨンナムの行動確認記録が、月日ごとに一覧表になって並んでいる。

『どう？　見た？』

「いま見ています」

『一応、私が変だなと感じた行動を選んで、一覧表にしてある。古三沢がいつも行く場所ではないとか、いつもとはまったく違う動きをした日の行動だけを選んでいる』

「了解です」

誠人は飯島舞衣の女性特有の鋭い勘や観察眼を信頼していた。男の誠人がうっかり見逃すような事物、事象でも、飯島はしっかりと見付け出す。

行動確認の記録は、それでも膨大な量だった。紙に印刷したら、おそらく何百枚にもなるだろう。

「主任が見て、特におかしな動きというのは、どれですか？」

『古三沢は、何度か川崎の小さな貿易商を訪ねている。貿易商は東南アジア諸国やアフリカ諸国に、リサイクル品の衣類や中古車などを輸出している会社で、経営者は在日コリアン。なぜ、そんな会社に古三沢は出掛けていたのか』

「なるほど。調べてみる価値がありそうですね」

『ほかに、古三沢は、妙な新興宗教に関心を持っているらしい』

「何という新興宗教ですか？」

『世界救民救世教《せかいきゅうみんきゅうせいきょう》。知っている？』

「いや知らない。そんな宗教があるんですか？」

『日本には、それこそ、何千となく、怪しげな新興宗教があるのよ。その大部分は、税金逃れだけど』

「税金逃れ？」

『宗教団体には、課税されないのよ。だから、信者たちから、どんなにお布施《ふせ》を頂こうが、蓄財しようが、信仰の自由のため、税金は取られない。それをいいことに怪しげな教祖が宗教団体を立ち上げて、金儲けをする』

「ふうむ。それで、古三沢は、どこの救民救世教に？」

『新潟に行く前に、神奈川にある救民救世教の教会を訪ねているのよ』

誠人は行確データの六、七月の表を開いた。すぐに、一件、横浜にある救民救世教教会を訪ねたという記録があった。

「この救民救世教の本部というのは、どこにあるんです？」

『ソウルらしい』

「じゃあ、世界救民救世教は、世界と名乗っているけど、韓国の新興宗教なんですか？」

『そう。ネットで検索すると、一応、韓国人の申起洪《シンキボン》という人物が教祖となっている』

「どういう信仰なんですか？　キリスト教系、それとも仏教系？」

『それは分からない。ネットでは教義までは明らかにされていない』

「日本の信者数は、少ないでしょうね」

『少なくても、熱狂的な信者はいるから』

「ほかに気付いたことは？」

『あなたも調べて。明日、蒲田の本部で話し合いましょう』

「了解です」

『ところで、ドクター周のことだけど、ショーンによると生きているって』

「できれば、ショーンに会いたいですね。どうなっているのか、その後の情報が知りたい」

『分かったわ。ショーンに連絡する。あなた、香港のアグネスとは連絡取れているの？』

「いや。しかし、鄭秀麗は日本に戻って来ているとのことなので、明日お昼に彼女と会う予定です」

『秀麗も無事なのね。よかった。じゃあ。明日、本部で』

スマホの通話は終了した。

誠人はPCのディスプレイに向き直った。

レコードの音楽は終わっていた。手を伸ばし、レコードからFMラジオに替えた。FMの深夜放送のDJが流れだした。ポップスの軽快なメロディが部屋に拡がった。

誠人は、古三沢の行確記録に目を通しはじめた。

4

蒲田の本部では飯島舞衣が一人、PCに向かっていた。

「おはようっす」

猪狩誠人は大声で飯島に挨拶した。黒沢管理官や海原班長たちは、全員が新潟に出掛けた様子だった。

「おはよう。で、マサト、行確データに目を通した?」

飯島はPCのディスプレイから目を上げずに訊いた。

「はい。通しました」

　おかげで朝まで徹夜になり、ろくに眠らないで本部に上がった。

「何か気付いたところはあった？」

「たしかに、主任がいっていたように、妙な新興宗教の教会を訪ねていますね。新潟に移る少し前の七月三日、十日、二十一日の三回」

　古三沢忠夫ことファンヨンナムが、糸魚川市に移住して来たのは、八月の中旬の非常に暑い日だった。上越の夏は、結構暑い。連日、摂氏三十三度超えになることもある。

　そんな暑い日に、猪狩の巡回地域の空き家に、突然引っ越して来た古三沢は、ほとんど家財道具がなかったこともあって、猪狩は妙に覚えていた。古三沢は会社員というわけでも、絵描きとか物書きでもなさそうだった。いったい、何の仕事をしているのか、と興味を覚えたのだった。

　そして、その古三沢が四ヵ月後のクリスマス近くの雪が降る日に死体となって発見された。発見者は、地域の巡回パトロールをしていた警官の猪狩だった。

　その猪狩が公安刑事として、こうして古三沢ことファンヨンナムを調べているというのも、何かの縁なのであろう。

「そうね。その三日、横浜野毛《のげ》にある救民救世教の教会を訪ねている。何のためかしらね？」

「あとで、教会を訪ねてみましょう」

「いいわね。私も一緒に行くわ。ほかに、行確で気になったことは？」

「同じ七月の何日かに、わざわざ住んでいた三浦から、大森の地獄谷《じごくだに》の飲み屋に出掛けていた。それも、行きつけでもない飲み屋に、突然三度も立ち寄っている。何か気になります」

「地獄谷？」

「大森駅を出て、すぐ右手の階段を下りると、谷底のような低地に飲み屋街があるんです。山王小路《さんのうこうじ》商店街。一度入ったら、なかなか出られないという地獄のような飲み助たちの安酒場街」

「へえ。おもしろそうねえ。古三沢は、そんなところに出入りしていたのね。どれ」

飯島はパソコンのディスプレイに表示された古三沢の行確記録のデータを開き、七月の日付をチェックした。

「ほんとだ。四日と十一日と二十二日の夕方ね。いずれも、救民救世教の教会を訪ねた翌日じゃない？」

「地獄谷のお店は居酒屋フクロウ屋ですね。午後にでも、乗り込んでみます」

「私も行く」

飯島は興味津々の顔をしていた。

「主任、遊びに行くんじゃないですからね」

「分かっているわよ。私は、あなたの上司よ。そんなこといわれなくても……」

猪狩はポケットの中でポリスモードが着信音を立てているのに気付いた。

ポリスモードを見ると、新潟県警捜査一課中山裕美刑事の名前が表示されていた。

猪狩はポリスモードを耳にあてた。

「はい。猪狩です」

『地取りの結果をお知らせします』

中山裕美の他人行儀な涼しげな声が聞こえた。

「そばに誰かいるのかい？」

『はい。係長が』

「いいのかい？」

『はい。情報共有しろ、と係長からいわれています』

「そうか。ありがたい」

猪狩は田所純也係長の顔を思い浮べた。同じ田所でも、海原班の田所修班長代理とはだいぶ性格が違う。田所班長代理は、切り込み隊長タイプで、やや直情径行《ちょくじょうけいこう》の気がある。それに対し、新潟県警捜査一課の田所純也係長は、慎重で地道な捜査を行なう刑事らしい刑事だ。

『マル要Aの候補は四件のマル対（捜査対象者）五人でしたが、巡回連絡カードを基にして聞き込みをした結果、まず、第一のマル対市川あやさん。かずえさんの介護を担当しているケアマネですが、五年前に富山に引っ越してしまっていました。聞き込みの結果も、シロ。古三沢と立ち話をしていたという証言はあやふやで、本人も古三沢を知らないといっています。一課としてはシロとして、マル対から外しました』

「なるほど。では、二人目の保健師の女性は？」

『保健師の岸本波津江さんは、巡回連絡カードの住所のままでした。薬局の女性に面通ししたところ、薬局にクスリを受け取りに来た女性に似ていないと分かりました。それで、シロとしました』

「三番目の美容師母娘がいたな？」

『美容室「ラブ」を経営している都村さん母娘ですね。母は都村遥子さん、現在四十九歳。娘の瑠里さん、現在三十歳。瑠里さんは五年前に結婚し、いまは東京で暮らしています』

「じゃあ、いま能生にいるのは母親の都村遥子さんだけか？」

『そうです。遥子さんは、いまも美容室を一人でやっています。捜査員が彼女に聞き込んだら、もう六年前のことだから、記憶が曖昧《あいまい》になっている。古三沢については、知っているような気もするが、よく覚えていないといっていました』

「前は、母も娘も、古三沢とは面識ない、といっていたんじゃなかったか？　供述を変えたのか？」

『はい。変えました。それで、一応、一課としての心証《しんしよう》は灰色のままです』

「娘は東京のどこに住んでいるのだ？」

『江戸川《えどがわ》区です。名前も、結婚したので変わりました。いまは田丸《たまる》姓となっています』

「田丸瑠里か。旦那は何をしている？」

『そこまではまだ調べていません。必要ですか？』

「一課は調べるのだろう？」

『ええ』

「じゃあ、分かったら、こちらにも教えてほしい」

『了解です』

「マル要A候補は、もう一人いたな。四番目の保険外交員の女性は？　たしか、在日コリアン四世だとかいっていた」

『金原雅江ですね。それが、三年前に死にました』

「なんだって？　死んだ？　どうして？」

『交通事故です。彼女は車を運転し、北陸自動車道を新潟市に向かっていたのですが、大型トラックに追突され、自動車道から飛び出してクラッシュ。即死してしまいました』

「殺されたのではないのかい？」

『捜査一課としては、殺しの線も考慮して事故を捜査したのですが、どうも、本当に事故だったらしい。追突したトラック運転手の居眠り運転が原因で、彼が気付いた時には、彼女の車が目の前にあったと』

「保険外交員が、いちばん怪しかったが」

『そうでしたね。一課も期待していたのですが、死んだとなると、どうしようもない』

「一応、その交通事故を一課は調べるのだろうね」

会話が途切れた。すぐに、田所係長の声に替わった。

『猪狩、俺だ。いま、事故をあらためて調べている。俺も、どうも、臭いと思っている。事故じゃないかも知れない。洗い直す』

「そうですね。自分もそう思います。ところで、中山刑事から聞きました。古三沢の死後まもなく郵便物や本、何かのＤＭが古三沢の住所に送られていたと。それらは保管してありますかね」

『うむ。まだ検察に保管してあるはずだ。死者に送られた郵便物ということで、遺族か親族に引き渡す手筈になっていたが、そのままになっているかも知れない』

「調べてないんですか？」

『死んだ人とはいえ、プライバシーは守らないとな』

「古三沢は背乗りされていたと分かったのですから、それらの証拠品を開示してもらえるのでは？」

『分かった。一課長と相談してみよう』

「先輩、お願いします。何か重要な手がかりになるかも知れないので」

『そうだな。ところで、そっちも古三沢を調べているのだろう？　何か分かったか』

「いま古三沢が新潟に行くまでの足取りを辿ろうとしています。どうして、新潟へ行ったのか、何か分かるかも知れません」

『もし何か分かったら、こっちにも教えろ』

「もちろんです。もう少し待ってください」

『じゃあ。今日のところは以上だ』

通話が切れた。

猪狩は肩をすくめた。

「県警捜査一課は、気合い入っているなあ。やる気満々だ」

「こっちも古三沢に背乗りしたファンヨンナムが、新潟に行く前の足取りを辿り、どうしてファンは新潟に乗り込んだのかを調べなければね」

猪狩は机の上に模造紙を広げた。マジックインキで、紙の真ん中に古三沢忠夫と大書した。その脇に背乗りと書き、ファンヨンナムの名を併記した。ついで、右側に世界救民救世教の教会と書き、〝？〟マークを付けた。

左側に、大森地獄谷の飲み屋フクロウ屋と書き込んだ。

さらに新潟と記し、マル要Aと書いて、美容師の母都村遥子、娘瑠里と書き、瑠里の結婚相手田丸の姓を書いて、二重線で繋ぐ。

「古三沢を取り巻く相関図ね」

「こうして古三沢の周辺の人間関係を可視化すると、分かりやすくなる。この図に添って捜査を進めていきましょう。新しい情報は、順次追加して書き入れる」

猪狩は腕組みをし、相関図を睨んだ。すぐにマジックインキを取り、模造紙の上辺に、韓国国家情報院、アメリカＣＩＡ、イギリスＭＩ６を並べて書き込んだ。国情院と古三沢の間に太い線を引いた。

「じゃあ、こうも書いておくべきね」

飯島は上辺に公安という文字を書き加え、線で古三沢と結んだ。

スマホがぶるぶると震えた。

猪狩はスマホを取り上げた。画面に科捜研の板倉《いたくら》研究員の名が表示されていた。

「何か分かりましたか?」

『預かった留守電のICチップだが、録音された音声を解析したところ、いくつか面白いことが分かった』

「どんなことです?」

『おそらく電車は115系。直接吊架《ちょうか》式のシングルパンタグラフの音だ。間違いない』

「レール音ではなく?」

『分析すると、レール音に混じって、パンタグラフがトロリー線と擦《こす》れる音が入っていた。その音が強弱に波打っている。これは、直接吊架式のパンタグラフってわけだ』

「話がよく分からないんですが」

『JRとか普通の私鉄が使っている通常の架線ではないということ。路面電車とかトロリーバスとか、あまりスピードが出ない簡易電化方式のトロリー線を使っている電車だということさ』

「ということは？」

『JRの路線では、越後《えちご》線や弥彦《やひこ》線、JR西日本なら和歌山線、そのほかには、千葉の銚子《ちょうし》電鉄が、直接吊架式のパンタグラフを使っている。電話は、そうした線路沿いや駅から掛かったものだ』

「なるほど。そういうことか」

猪狩は納得した。亜美と思われる女は、新潟の越後線か弥彦線の沿線から、新津にある猪狩の実家に電話をして来た可能性が高いというわけだ。

『それから、電話の背後に入っていた波音だが、あれは岩場に打ち付ける波音だ。普通の砂浜の波音ではない。もう少し調べれば、どこの岩場に打ち寄せる波の音か、ある程度特定出来るかも知れないが』

「ありがとう。板倉さん。忙しいところを、時間を割いて調べてくれて」

スマホの通話は切れた。

猪狩はスマホを手に考え込んだ。もし、亜美だったら、どういうことなのか？　拉致された後、解放され、新潟に戻ってきたというのだろうか？

「マサト、そろそろデートの時間よ。お昼時の約束があるんじゃなくって？」

「お、そうだ。秀麗に会わなければ」

猪狩は思い直した。

いつの間にか十一時になろうとしていた。猪狩は、急いで出掛ける支度をはじめた。

5

新橋駅《しんばし》前ビル一号館は、昼食時とあって、大勢の会社員たちが押し寄せ、どこの食堂もほぼ満杯だった。

猪狩は秀麗から指定された二階フロアのエスカレーター前に立っていた。

上りのエスカレーターには、つぎつぎに連れ立ったサラリーマンやＯＬたちの群れが上がって来る。彼らは思い思いの店に吸い込まれて行く。あたりから、食欲をそそる焼き肉や鰻《うなぎ》の蒲焼《かばや》きの匂いが漂って来る。

やがて、エスカレーターにショッキングピンクのノースリーブのワンピースを着た若い女性の姿が現われた。マスクを掛けているが、大きな目が魅力的に輝いている。

お、綺麗な女性だ。

猪狩は思わず上がって来る女性に見とれた。女性はにっこりと笑い、猪狩に白い腕を上げた。

秀麗じゃないか！

「猪狩さん、お待たせ」

秀麗はにこやかに目を細め、つかつかと猪狩の前に歩いて来た。

通りすがりのサラリーマンたちが、ちらっと秀麗を振り返って行く。

「しばらく」

猪狩は秀麗と肘と肘を突き合わせて挨拶した。

「こんなところにお呼び立てして、御免なさい」

「いえ。どこか、静かなところへ行こう」

「私が知っているところに行きましょう。どうぞ、こちらに」

秀麗はあたりを見回した。階段を駆け上がって来た男が慌てて顔を背《そむ》け、何食わぬ顔で猪狩と秀麗と反対方向に歩み去った。

尾行者だ。

秀麗は目で笑い、エレベーターの前に立った。扉が開き、秀麗はすぐに箱の中に入った。猪狩も続いた。

扉が閉まると、秀麗は七階のボタンを押した。すぐにエレベーターは動きはじめた。

「七階に我が社の隠れ部屋があるんです」

「隠れ部屋？　セイフハウス？」

「ええ」

鄭秀麗は、台湾と日本人のハーフである。アメリカ系貿易会社のソロモン商会のリサーチャーだが、ＣＩＡのエージェントであり、また台湾諜報機関の要員でもある。いわゆるダブルスパイだ。

七階のフロアにエレベーターが止まった。扉が開くと、通路の両側にはずらりとオフィスが並んでいた。

秀麗は通路を進み、突き当たりを右に曲がった。黒々とした鋼鉄製の頑丈な扉が通路全体を塞いでいた。天井の両隅から、二台の監視カメラが睨《にら》んでいた。

秀麗はカメラに手を挙げた。ついで扉に備えられた電子装置に、ＩＤ身分証をかざした。鋼鉄製の扉の中央にぽっかりと入り口が開いた。

「さあ、どうぞ」

秀麗は猪狩に入るよう促した。

猪狩は入り口から入った。秀麗が後ろから入ると、入り口だった箇所は静かに閉じた。どこが出入口か分からなくなった。

中では、黒人と白人の屈強な男が二人、秀麗と猪狩を迎えた。二人とも、マスクとサングラスを掛け、揃いのブラックスーツに、赤いネクタイをしている。

「ようこそ、ミス秀麗」

「今日は、お客さまをお連れしました」

「ウエルカム、ミスタ・イガリ」

黒人の警備員がいった。

白人の警備員が軽く猪狩のボディチェックをした。脇の下に下げた拳銃のホルスターに触れると、大きな手を差し出した。

「お帰りまで、お預かりします」

猪狩は自動拳銃シグを白人警備員に渡した。白人警備員は恭《うやうや》しく拳銃を受け取り、傍らの保管庫に納めて蓋《ふた》を閉じた。

「ここはアメリカ大使館の分室になっています。ですから、この階は、日本ではなくUSAだと思ってください」

秀麗が笑いながらいった。

猪狩は秀麗に導かれて、次のドアを開け、中に進んだ。そこは、白いクロスが掛けられたテーブルが並んでいる広々としたレストランだった。

どこからか、ジャズの旋律が流れて来る。

テーブル席には、数組のスーツ姿の男やドレス姿の女が座り、静かに歓談しながら料理を食べていた。

東洋人の支配人が、秀麗と猪狩を迎え、窓際の見晴らしのいい席へと案内した。窓の外には汐留《しおどめ》のオフィス街が拡がっていた。夜になると、景色は一変するだろう。

支配人は椅子を引き、まず秀麗に座らせて愛想を振り撒いた。猪狩は秀麗の向かい側の椅子を引いて座った。

「何にします？」

「まだ昼間なので、軽くランチ風なものを」

「じゃあ、私に任せてくれます？」

「どうぞ」

「ワインは、いかがいたします？」

支配人が親しげに秀麗にいった。

「日本産の赤で」

「キスヴィンのシャルドネ・レゼルヴがございますが」

「それでお願い」

「お食事は？」

秀麗は支配人に手慣れた様子で、ランチを二人分頼んだ。支配人は緩やかに笑い、厨房の方に引き下がった。

「驚いたでしょう？　新橋にこんな場所があるなんて」

「たしかに」

「アメ大に行かなくても、ここで大使館員や通商代表部、情報機関の人間は会議をしたり、懇談することが出来るんです。警備もがっしり。万が一の際には、屋上からヘリコプターで脱出できるのです」

「驚いたな。こんな施設があるとは、気付かなかった」

「ＣＩＡは、こんなセイフハウスを都内にいくつも持っています。さらに、大阪や神戸、佐世保《させぼ》、八戸《はちのへ》、仙台《せんだい》、沖縄にも」

秀麗はマスクを外した。

ウエイターがワインボトルとグラスを運んで来た。グラスに赤ワインが注がれた。

「ともあれ、感謝の気持ちです」

秀麗はグラスをかかげた。猪狩もマスクを外し、グラスを持った。

「秀麗が無事、香港から日本に帰還したことを祝って」

「アグネスの無事を祈って」秀麗はいった。

猪狩も応じ、秀麗と静かにグラスをあてた。

「何から話しましょうね。話すことがたくさんあって」

「そうだね。こちらも、聞きたいことがたくさんあって」

猪狩は、豊潤な香りの赤ワインを飲みながら決めた。

「ドクター周が生きていると聞いた。本当なのか？」

秀麗は恋人でもあった一色刑事がドクター周に殺されたことに怒り、仇《かたき》を討つといっていた。だから、ドクター周を逮捕しても、国外追放してほしい、といった。その後は、秀麗とアグネスがドクター周を処分するとも。

「ドクター周を殺すことはできた。でも、あの時、死なせるよりも、生かして、もっと人々のために役立たせる方がいい。そういわれて考え直した」

「誰に、そういわれた？」

「ボスに」

ボスとは、CIAのアジア局長、それもダーティ部門の指揮官のことだろう。

MI6のショーン・ドイルによれば、CIAのアジアでのダーティ部門のトップは、アリソン・パーカーという男だといっていた。

「じゃあ、いまドクター周は、どこに？」

「香港のある場所に拘禁してある」

「どうするつもりなのだ？」

「中国のワクチン外交を担ったドクター周が、どの国の誰にワクチンや麻薬をばらまいたか、その政財界人や軍人のリストを作成している。それらが明らかになれば、中国の一帯一路戦略の犯罪性を暴露することが出来る。ドクター周は、その生き証人です」

「なるほど」

「それができなくても、最悪、人質交換の交渉で民主活動家たちを自由にするための材料になるでしょう。いずれにせよ、一色刑事の恨みは、そういう形で晴らすことができるでしょう」

秀麗は赤ワインをごくりと喉を鳴らして飲んだ。秀麗は、ドクター周を話題にするのは、あまり好まない様子だった。きっと恋人だった一色刑事を思い出したからだろう。

猪狩は話を変えた。

「以前、対北朝鮮コントラのことを教えてくれる、といっていたね」

「教える。対北朝鮮コントラは、対中コントラと協力しあっている。習近平《シージンピン》中国共産党と北朝鮮の金正恩《キムジョンウン》が協働しているので、それに対抗するためにね」

秀麗はバッグから手帳を取り出した。ボールペンを走らせ、頁にメモすると、引き千切り、猪狩に渡した。

「その人物にあたって。私の紹介だったら、あなたを信用するから」

メモには、「光村春雄《はるお》」とあった。連絡先の店の名と電話番号、クラブ銀の鈴、合言葉も記してある。

「彼は『東光丸《とうこうまる》』爆破事件にかかわっている。だから、中国と北朝鮮の両方から、疑われている」

光村春雄？　どこかで聞いた覚えがある。

もしかして、自動車事故で死んだ光村鉄雄と関係があるのではないか？

「どうしたの？」

「この光村春雄、在日コリアンかい？」

「そう。在日四世。本名は金光春《キムグアンチユン》。それで、日本名、光村春雄を名乗っている」

似ている。もしかして、兄弟とか、親戚関係なのではあるまいか。

「年齢は？」

「三十歳ぐらいかしら」

鉄雄は、たしか二十八歳だった。

「兄弟はいるかい？」

「そうしたことは、聞かなかった。知らない」

「仕事は何をしている？」

「いまは、ナイトクラブの店長をしている」

「対北朝鮮コントラでは、何を担当しているのか？」

「連絡係」

「分かった。当たってみる」

「電話番号は書いたけど、きっと盗聴がかかっている。できるだけ電話は避け、直に接触して。中国と北朝鮮の両方から睨まれていると思うから。店にも、きっと敵の目や耳がある。用心して」

「分かった。用心する」

猪狩は、メモされた名前と番号、店の名前、合い言葉を記憶した。猪狩は灰皿の上で、メモ用紙にライターで火をつけた。紙は一瞬にしてめらめらと炎になって燃え上がった。

「それから、もう一つ、古三沢忠夫という名を聞いたことはない？」

「古三沢忠夫？　いえ、ないわ。何者？」

「背乗りされた日本人の名」

「誰が背乗りしたの？」

「ファンヨンナム。脱北者で、どうも北朝鮮の偵察局要員らしい。韓国に寝返って、国情院のダブルスパイになった」

「……ファンヨンナムなら聞いたことがある」

「え、本当か？」

「もしかすると、ファンは対北朝鮮コントラの一員かも知れない」

「なんだって」

「さっき教えた連絡係の光村春雄さんなら、知っているはず」

猪狩は思わぬ話に驚いた。

「お待ちどおさま」

支配人とウエイターがランチの料理を載せた盆を持って現われた。

猪狩は、支配人の存在も忘れて、秀麗の顔をまじまじと見つめた。

第四章　フクロウは神の使い

1

妙高山麓《みょうこうさんろく》の樺林《かんばばやし》の中に建つ鉄筋コンクリート三階建ての建物は、今夜は異様な雰囲気に包まれていた。

建物の照明はすべて消され、代わりに昔ながらの篝火《かがりび》や松明《たいまつ》があちらこちらで焚《た》かれて炎が揺らめいている。

祭りだ。だが、コロナ禍《か》のため、信者だけに限られた祭りになっている。

建物の周辺には猟銃や棍棒《こんぼう》で武装した男たちが、信者以外のよそ者の立ち入りを拒《こば》み、不用な者はすべからく追い返していた。

三階建ての建物の地下室に造られた武道場は、正面に祭壇が設けられ、その前に数十人の信者たちが集まり、礼拝していた。祭壇前には導師様が座り、朗々《ろうろう》と祝詞《のりと》を上げていた。導師様の左右には巫女《みこ》が一人ずつ控えていた。

祭壇には、向かって左に剣が、右に鏡と勾玉《まがたま》が、真ん中に「天照大御神《あまてらすおおみかみ》」の御札が祀《まつ》られていた。

祭壇の背後の壁には、左からキリスト像の絵、アラビア語で「神は偉大なり」と刺繍《ししゅう》されたコーランの言葉の織物が吊るされている。そして、威風堂々と立った故金日成《キムイルソン》主席を描いた肖像画、一番右に大日如来《だいにちにょらい》像の掛け軸が祀《まつ》られていた。

祭壇の前に置かれた香炉から青白い煙が立ち昇り、妖《あや》しく甘い香の匂いを立てていた。白い作務衣《さむえ》を着た信者たち五百人ほどが、祭壇の前に整列して正座していた。

祭壇の前には、淡い橙《だいだい》色の水干《すいかん》を着込んだ女導師が座り、厳《おごそ》かな祝詞を奏上していた。

女導師は真っ白な白粉《おしろい》を顔に塗っており、まったく表情が分からない。

女導師の左右には、白い小袖《こそで》に緋《ひ》色の袴《はかま》姿の巫女が二人座り、一緒に祝詞を唱えている。巫女たちは、二人とも白い布で覆面し、顔を半《なか》ば覆っているので顔は分からない。女導師は、二人の巫女を阿《あ》、吽《うん》と呼んでいた。

女導師は祝詞を奏上しながら、手に持った榊《さかき》の葉を振った。最後に深々と礼をした。信者たちもそれに合わせて一斉に平伏した。

やがて女導師は立ち上がり、信者たちを振り向いていった。二人の巫女が三宝《さんぽう》を捧げ持った。

「これより、神の子たちに天照大御神様の慈愛《じあい》の玉を授けよう。慈愛の玉を授かった者は、極楽浄土への道へ歩み出すことが出来る。なお、一層修行を重ね、自己犠牲によって、神様に奉仕せねばならない。いいな」

女導師は、そういうと目の前に座った男の信者の頭に手をあて、祝詞を呟《つぶや》いた。信者は目を瞑《つむ》り、神妙な面持《おもも》ちで、口を開けた。女導師は三宝から白い錠剤を一個摘み上げ、信者の口に入れた。

男の信者は引き下がり、次に並んでいた信者が前に進み出た。女導師は信者の頭に手を載せ、祝詞を唱《とな》えながら、白い錠剤を信者の口に含ませた。

信者たちの列が進み、半ばほど来たところで、突然、女導師が、男の信者を指差し、大声で叫んだ。

「ここに裏切り者がおる」

「滅相《めっそう》もありません。私は裏切り者ではありません」

指摘された信者は、うろたえていた。女導師は居丈高《いたけだか》に指差してなおもいった。

「嘘《うそ》を申すな。おぬし、敵のイヌであろう。おぬしの魂《たましい》がそう申しておる」

「……そ、そんなことありません」

「ならば、作務衣を脱げ。脱いでみよ」

いつの間にか、数人の黒い作務衣姿の男たちが現われ、裏切り者とされた男を取り囲んでいた。

「そんな……自分は裏切り者ではありません。お許しを」

黒作務衣たちは、信者の男に摑《つか》みかかり、作務衣を引き剝《は》がした。信者の軀に無線装置らしい機器が絆創膏《ばんそうこう》で貼り付けられてあった。

「神の名において裏切り者には死をいいわたす。阿《あ》、殺《や》れ」

女導師は左側の巫女に顎《あご》をしゃくった。

巫女の軀が滑るように、半裸の男に動いた。手にした短剣がきらめき、男の喉元に走った。

男の喉から血潮《ちしお》が噴き出した。黒作務衣の男たちが半裸の男を抱え、道場外に運び去った。

白衣に血を浴びた巫女は、短剣を鞘《さや》に戻し、女導師に一礼すると、黒衣の男たちを追うようにして道場から走り去った。

白作務衣の信者たちは、一瞬の出来事に凍り付いていた。

「ほかに裏切り者はおらんだろうな」

女導師は信者たちを見回し、猫なで声でいった。

「おらねばよし。吽《うん》こちらへ」

吽と呼ばれた巫女は、先刻までと変わらぬ態度で、三宝を捧げ持ち、女導師の傍《かたわ》らに座った。

信者たちは、また一列に並び、女導師の前に一人ずつ出て座る。口を開き、女導師が差し出す錠剤を口に含んで飲んだ。

「うむ。おぬしらは、神様にしっかりと奉仕するのだぞ」

女導師は祝詞を唱えながら、信者たちに錠剤を含ませる儀式を続けた。

信者たちは、錠剤を口に含むと訪れる桃源の世界に、うっとりとして身を委《ゆだ》ね、すべての憂《うれ》いや煩悩《ぼんのう》を忘れるのだった。

床に立ったロウソクの光がゆらめき、道場での儀式が別世界の出来事のように見えた。

2

猪狩は蒲田の本部に戻った。飯島はパソコンに向かい、何事かを調べていた。

猪狩はポリスモードを通話モードにして、鄭秀麗《ていしゅうれい》から聞いた話を、海原班長に報告した。ポリスモードでは一度に九人までが会話出来る。

『なんだ？　北朝鮮コントラの連絡係の光村春雄？』

海原班長が訝《いぶか》った。大沼が喜んだ。

『もしかすると、殺された光村鉄雄と兄弟か何かってことか。偶然にしても、おもしれえ』

「沼さん、新潟で光村鉄雄こと金光鉄《キムグアンチヨル》の身元を調べてください。金光春《キムグアンチユン》という兄がいないかどうか」

猪狩はポリスモードに話しかけた。

『猪狩、おまえは光村春雄に直当たりして、鉄雄のことを聞け。もし、兄弟だったら、気の毒だが鉄雄が死んだことを教えてやれ』

海原班長の声が聞こえた。

「了解です。本日夕方にでも光村春雄にあたってみるつもりです。ところで、捜査の進《しん》捗《ちょく》状況はいかがですか？」

『まあ、来たばかりだからな。ぼちぼちだな。本日の上がりは二十時だ。二十時から捜査会議をする。猪狩と主任も、なんとかテレワークで出席しろ』

「了解です」

「了解しました」

隣で飯島主任も答えた。

ポリスモードの通話は終了した。

「さて、今日はどうするか」

猪狩は腕組みをし、壁に貼られた模造紙の、古三沢ことファンの相関図を睨《にら》んだ。

飯島主任は、猪狩がポリスモードに出ている間に、その後気付いた項目を追加して書き込んでいた。

古三沢が立ち寄った会社は、川崎にある小さな貿易会社二社。

「ニライカナイ貿易」

「東風《とうふう》貿易」

世界救民救世教関係。横浜野毛の日本本部教会に三回。

「誰が担当したのですか？」

「沼さん、島《しま》さん、剛毅《ごうき》の三人だった」

島さんは大島潤一《じゅんいち》部長刑事、剛毅は井出《いで》剛毅刑事の愛称だ。

飯島はプリントアウトした行確記録表をめくり、たしかめた。

猪狩は行確表にあった野毛の本部教会の住所を手帳にメモした。

「ニライカナイ貿易」と「東風貿易」には、ファンは一度ずつしか行っていない。行確報告でも、何のために訪ねたかは分からないが、古三沢はすぐに会社から出て来た。事件との関係は薄いとあった。

それよりもファンが何度も訪ねている救民救世教の本部教会だ。

「古三沢は、なぜ、こんな新興宗教の教会に足を踏み入れていたのか？」

「沼さんたちは、そこまでは調べていないわね」

猪狩は模造紙の行確日付を指で差した。

「七月四日、十一日、二十二日の三回、住んでいた三浦から、わざわざ大森の地獄谷の飲み屋フクロウ屋に出掛けている」

猪狩は腕時計に目をやった。十三時を回った時刻だ。夕方までには、たっぷり時間がある。

「マサト、これから、私は海保本部に行く。海保から、東光丸爆破沈没事件のその後の捜査の情報をもらう約束になっている。あなたは？」

「俺は地獄谷の飲み屋フクロウ屋を覗いてみます。どうも、気になる」

「昼間から地獄谷の飲み屋は開いているの？」

「コロナ蔓延《まんえん》防止措置のため、夜遅くまでは営業出来ないから、昼間に開いているみたいです。もし、開いてなくても店を覗いてみます。何か分かるかも知れないので」

「間に合えば海保の後で合流する」

「了解です」

猪狩は立ち上がった。

3

大森駅近くの山王小路商店街、通称地獄谷は、昼の最中《さなか》とあって、ほとんど人気《ひとけ》がなく閑散《かんさん》としていた。コロナ自粛なので、夜は八時閉店、お酒は出さないとあって、地獄谷の飲み屋街はほぼ完全に干上がっていた。国や都の助成金だけでは、どの飲み屋も生きていけないと悲鳴を上げている。

苦肉の策として、テイクアウトの手作り弁当を出したりして凌《しの》いでいるのだが、一部の飲み屋は、アメリカの禁酒法時代のように、密かに常連客のほんの数人だけを店内に入れ、表向き閉店しているかのように見せ掛け、お酒の提供を行なっていた。コロナ感染はいやだが、その危険を冒《おか》しても、生活費を稼がねば生きていけないという確信犯だ。所轄署の警察官も、地元酒販売店主や飲み屋の経営者たちの窮状《きゅうじょう》を慮《おもんぱか》り、大目《おおめ》に見ていた。

猪狩は階段を下り、谷底のような場所にある飲み屋街の通路に立った。いずれの店も扉を閉じ、ひっそりとしている。だが、クーラーの室外機のファンは静かに回っているので、その店が営業しているのが分かる。

奥行五十メートルもない通路の両脇に、昭和の臭いをぷんぷんとさせた飲み屋が軒を連《つら》ねて並んでいた。

フクロウ屋は通路の中程の左側にあった。

大きな丸い目をした可愛らしいフクロウが扉に掛かっている。クーラーの室外機が動いていた。

扉をノックした。扉の向こう側で人の動く気配がした。扉が薄目に開き、「どなた?」という女の声がした。

「警察です」

暗い店内は静まり返っていた。

「警察？　うちは閉店しています。蔓延防止措置に協力して、店は開きません。お酒は出しません」

「安心してください。そちらの関係で来たんじゃないんです。古三沢忠夫を御存知ではないか、と思って来たのです」

「誰ですって？」

細目に開いたドアの陰から、不安そうな女の目が猪狩を見つめた。

「古三沢忠夫です」

「知りません。お帰りください」

ドアがばたんと力一杯に閉じられた。中から鍵が掛かる音がした。

「女将《おかみ》さん、六年前、古三沢忠夫がこちらに来たはずです。開けてください」

扉の向こう側の女が躊躇したように感じた。

「……そんな人、知らないです。よそに行って訊《き》いてください」

扉は固く閉じられたままだった。

猪狩は、どうしたものか、と頭を掻《か》いた。

正面から行ってだめなら、プランBの搦《から》め手から攻めるしかない。

猪狩は通路に立ち、密かに開店している飲み屋を探した。

三軒ほど先に、焼き鳥専門の居酒屋があった。そこはガラス戸を開け、焼き鳥の煙を外に出している。店の中からお客の声もした。

猪狩は居酒屋『武蔵《むさし》』の引き戸を開けて、中を覗《のぞ》いた。カウンターだけのこぢんまりとした飲み屋だった。中年の親父が、カウンターの中の女将を相手に酒を飲んでいた。

「一杯、いいですか?」

「だめだめ、常連だけ。満席だ」

中年の親父は真っ赤な顔で猪狩にいった。

「いいですよ。どうぞどうぞ」

女将は笑いながらいい、カウンターの席を手で差した。

「トメさん、商売の邪魔しないで。一人でもお客に入ってもらいたいんだから」

「てやんでえ。一杯だけだぞ。おれは、いま女将《おかみ》といい仲になってんだ。邪魔したら……」

「トメさん、うるさいと、あんたこそ、出て行ってもらいますよ」

「分かったよ。客人、入りな」

「すみませんね。邪魔してしまって」

猪狩はカウンターの端の丸椅子に座った。

「なんにします」

猪狩は壁にかかった品書きを見ていった。

「ホッピー、黒で」

「はい。お待ちを」

猪狩は、それから、焼き鳥を三本焼いてくれるように頼んだ。

「おい、若いの。おまえ、学校の先公か？　そうじゃなかったら、マッポじゃねえか？」

マッポ？

猪狩はずばりいわれたな、と酔っ払いの中年男に目をやった。マッポは、やくざや暴走族が使う警察官を指す隠語だ。

「この暑い昼間によ、ばりっと決めてよ。どうも、マッポの臭いが、ぷんぷんするぜ」

「いやあ、まいったな。どんぴしゃりだ」

「やっぱ、マッポだったのか」

酔っ払いの中年男は「けっ」と吐き捨てた。

「冗談よ、トメさん。この人が刑事のはずがないでしょ。あんたの方がよっぽど目付きが悪い。刑事のようよ」

「俺の方が目付き、悪いか？」

中年男は女将を睨んだ。

「はい、お待ちどおさま」

カウンター越しに女将が黒ホッピーの小瓶と、氷と焼酎を入れたジョッキーを寄越した。

「お客さん、ごめんなさいね。この人、すぐ他人を見ると刑事じゃないかって騒ぐの。なんか、悪いことをしていて、後ろに手が回るんじゃないかって恐がっているんだから」

「なにを！　女将、おれは警察なんか恐くないぜ。なあ、そこの若《わけ》えの。おめえがたとえマッポだって、おれは少しも恐くねえ」

トメと呼ばれた男は、グラスの焼酎をぐいっと一息で空けた。女将が呆《あき》れた顔でいった。

「トメさん、今日はそれで終わりだよ。打ち止め。いいね。さっきそう約束したよ」

「てやんでえ」

トメさんは、ふと立ち上がった。

「小便してくらあ」

トメさんはガラス戸を引き開け、よろめきながら通路に出て行った。

「ほんとに仕方ないのんべえでねえ。コロナのせいで仕事がなくなり、ろくに働く気力もなく、ああやって年金や生活保護のカネが入ると、毎日飲んだくれているんですよ。はい、お待ちどお」

女将は焼きたての焼き鳥の串を皿に載せて、猪狩の前に出した。

「そうですか。気の毒に」

猪狩はねぎまの串を一本持ち上げ、口に運んだ。

「ところで、女将さん、フクロウ屋はやってないんですかねえ。訪ねたら閉店ですっていわれてしまった」

猪狩はジョッキーの焼酎にホッピーを注ぎ足して、マドラーでかき回した。ビールを飲むように、喉を鳴らして飲んだ。

「ああ、素子《もとこ》さんね」

「素子さんというのか。苗字は？」

「杉原《すぎはら》さん」

杉原素子。行動確認記録には、フクロウ屋の経営者について、何も触れていなかった。大沼も、そこまで手が回らなかったのかも知れない。

猪狩は二本目の串のレバーに七味唐辛子をかけ、タレに浸《ひた》してから頬張った。

「あの店は美人の素子さん目当てで通う人ばかりでね。ほとんど常連さんしか行かない店。一、二度顔を出したくらいでは、店に入れてくれないわよ」

「そうか。女将は杉原素子さんと仲がいいのかい？」

「まあ、この飲み屋街の組合の中では、一番話をしている方だから、仲はいい方ね」

猪狩は三本目の手羽に取り掛かった。

軟骨がこりこりとしていて食感がいい。

「旨い。女将さん、オススメを適当に見つくろって、焼いてくれる？」

「はいよ」

女将はうれしそうに返事をした。

猪狩はジョッキーのホッピーを飲みながら、どうやってフクロウ屋を攻略しようか、と考えた。焼き鳥を焼く芳《かんば》しい匂いが漂って来る。

ガラス戸ががらりと開き、トメさんが戻って来た。

「へ、まだいやがったのか」

「トメさん、うちの新しい客なんだからね。文句いわないの。ごたごたいうなら、カネはいらないからすぐに出ていって」

「なんでえ。常連のおれ様をこけにしやがってよ。おれ様が常連になってやっているから、フクロウ屋みてえに、変な野郎にいちゃんもんつけられたりしねえんじゃねえか」

「なにさ、トメさん、あんたが変ないちゃもんをつけたから、フクロウ屋から出入り禁止になったんじゃないの」

「へ、女将の知ったことか。俺がいちゃもんをつけられたから、相手と喧嘩《けんか》になったんじゃねえか」

猪狩は女将に訊いた。

「何かあったんですか？」

「いえねえ、トメさんは、うちに出入りする前は、フクロウ屋の常連だったんですよ。女将の素子さんに入れ揚げてね」

「てやんでえ」

「ほかの常連さんと、素子さんをめぐって大喧嘩をして。それで素子さんから、出入り禁止にされたんです」

「おい、女将、ぐずぐずいわずに、焼酎を出せ」

トメさんは苦虫を噛《か》んだような顔で怒鳴った。

「もう打ち止めといったでしょ。お金もないんでしょうし、ツケもだいぶ溜まっているでしょ。もうだめ」

「そんなこといわずに。お願いだ。もう一杯。そしたら帰る。男トメ吉、カネはないが、嘘はつかねえ」

トメさんは両手を合わせて懇願した。

猪狩が笑いながら口を出した。

「女将さん、トメさんに、もう一杯、出してあげて。カネはおれが払うから」

「おう、若えの、あんがとよ。マッポにしては話が分かるな。女将、ほら聞いたろ」

「しようがないわねえ」

女将は笑いながら、氷の塊を入れたコップをカウンターに置き、焼酎の一升瓶を差し出し、コップに焼酎をなみなみと注いだ。

「トメさんは、まだ素子さんに気があるんですよ」

「誰が、あんな亭主持ちの女に惚《ほ》れるかい。でいいち、あの女は……」

「トメ、お黙り。それ以上いったら、ここも出入り禁止だからね」

「へ。なんでえ」

トメさんはコップを口に運び、焼酎を喉を鳴らして飲んだ。

「はい。出来ました」

女将はつくねやねぎま、キモなどを焼いた串の皿を猪狩の前に置いた。

「トメさん、よかったら、どうぞ」

猪狩は焼き鳥の皿をトメさんの前に置いた。

「なんでえ、気やすく、俺の名を呼びやがって」

トメさんは、焼きたての焼き鳥の串をじろりと眺めた。

「どうぞ、遠慮なく」

「トメさん、お客さんのおごりだよ。せっかくだから頂きな。すいませんね、トメさんは、あまりカネがないんで、いつもツマミも取らずに、焼酎だけを飲んでいるんですよ」

「うるせいやい。余計なことをくっちゃべって。じゃあ、若いの、遠慮なくキモを頂くぜ」

トメさんは舌なめずりをし、キモの串を取り上げた。すぐにタレに浸《つ》けて頬張った。うまそうに口を動かして食べ、コップの焼酎をちびりと飲んだ。

「やっぱ、女将の焼き鳥は一番だなあ。あんがとよ」

「礼は、お客さんにいいな」

「あいよ。うめえな」

トメさんはキモを全部口に入れた。

「もう一本、ごちになるぜ。じゃあ、このつくねをもらうぜ」

猪狩はジョッキーのホッピーを飲みながらさり気なく訊いた。

「フクロウ屋の女将さんって、どんな人なんです？」

「そりゃあ、別嬪《べっぴん》でよ。歳は四十代の年増《としま》だけど、そんじょそこらの飲み屋の女将とは大違いでよ」

「悪かったわね。大違いで」

カウンターの中から、女将が笑いながらいった。

「ここの武蔵の婆《ばば》あは別格だ。こうして旨いもん食わせてくれっからよ。ともかく、フクロウ屋のママはいい女でよ」

トメさんは、皿の上のレバーを一本取り上げ、食い千切った。

猪狩はつくねの串を取って食べ、ジョッキーを空《から》にした。女将に焼酎と氷を追加注文した。

「フクロウ屋の常連だったのに、どうして、出入り禁止にされたんですか？」

「ママの前でいっちゃあならねえことをいったんよ。店に通っていたやつと口喧嘩になって、つい悪い言葉をいっちまった」

「ほんとにトメさんは馬鹿だねえ。素子さんは脱北して帰国した気の毒な身の上の人でねえ。朝鮮人と日本人の血が半分ずつ混じっている。その人の前で、この馬鹿は、喧嘩になった相手に怒鳴ってしまった。素子ママさんは、泣きだし、トメさんにもう二度と店に来ないでといった。そうなんでしょ」

「……ってこと。俺も馬鹿なこといっちまったなあ。いやあ参った参った」

トメさんはぐいぐいっと、コップの焼酎をあおるようにして飲み干した。

「トメさん、大丈夫だよ。店に行って、謝れば、ママさんもきっと許してくれるよ。信頼していたトメさんが、突然、そんなことをいったから、素子さんはショックを受けたんだと思う。真摯《しんし》に反省して謝れば、再び店に入れてくれるようになる」

「マッポ、はんとにそう思うかい?」

「うむ」

「女将、このマッポ、いいこというじゃないか」

女将が呆れた顔でいった。

「トメ、いいかい。マッポも人を馬鹿にした呼び名だよ。いわれた相手の身になってみな」

「そうかい。若えの、おめえ、マッポっていわれても平気だよな」

「平気ですよ」

「ほらみやがれ。このマッポはいい野郎だ」

不意にポケットの中でスマホが震動した。

猪狩はスマホを取り出した。飯島舞衣からだった。スマホを耳にあてた。

『まだ地獄にいる？』

「はい。まだ谷底に」

飯島は笑った。

『抜けられないのね。すぐに助けに行く』

「了解です」

『フクロウ屋ね？』

「そこには入れないので、近所の居酒屋『武蔵』で飲んでます。だけど……」

一方的に電話は切れた。

猪狩はため息をつき、スマホをポケットに戻した。

「仲間が来るってえのかい」

「いや、上司が出向いて来るって」

「上司が来るってえのかい？　おめえ、よほど信用ねえな。気に入った」

トメさんは一人喜んでいた。

猪狩は女将にホッピーを追加注文した。女将は笑いながら「あいよ」と答えた。

「フクロウ屋の素子さんにどんな用事があって会いたいというの？」

「実は殺された人の足取りを追っているんです。それで、その男が素子さんを訪ねたことがある。素子さんが何か事情を知っているかも知れないということで、話が聞けないか、と思っている」

「人捜しだと？　誰を捜しているんだ？」

「六年前に殺されて亡くなった人がいる。その人の生前のことを知っている人を捜している」

「やっぱ、おめえはマッポだったか」

トメさんは赤い目を剝《む》いた。女将がカウンターの中で煙草《たばこ》を吹かしながらいった。

「その殺されたという人は何という名？」

「古三沢忠夫。六年前の夏、地獄谷の飲み屋街に足を踏み入れている」

「六年前ねえ。知らないねえ」

女将は首を傾げた。トメさんが顔をしかめた。

「そういえば、六年前といえば、フクロウ屋にあまり見かけぬ妙な野郎が押し掛けていたな」

「トメ、あんたが一番妙な野郎だったよ」

「女将、そんなこというなよ。そのころ、おれは、おとなしくフクロウ屋に出入りしていたんだからな」

「まあ、そうね。その男の写真か何かある？」

女将が猪狩にいった。

猪狩はスマホを出した。運転免許証の古三沢の顔写真をディスプレイに出した。それを女将に見せた。トメさんが覗き込んだ。

「おう。こいつだ。間違いねえ」

「どうして、顔写真だけでそうだと断言出来るのよ」

「実をいうと、フクロウ屋から出てきたこいつをとっ捕まえてよ。フクロウ屋のママに手を出すなって脅しをかけたことがあるんだ」

「そうしたら？」

「自分は親戚の者だ、そんなことをするはずがないって、嘲笑《あざわら》われた」

「トメはほんとに馬鹿だねえ。恋敵だと見ると見境無く噛み付くんだから」

「べらぼうめ。もう昔の話だぜ。俺がカウンターで転寝《うたたね》していた時、この男が入って来て、近々、新潟へ引っ越すとママにいっていたんだ。それで、そうか、もう店に来ることはねえなって安心した」

「その時、ママさんはなんといっていた？」

「危ないから、ほんとに気をつけてといっていたな」

「危ない？　どうして危ないというのだ？」

「知らねえよ。酔っ払って聞いていたんだから」

トメさんは空のコップをとんとんと叩いた。

「だけんど、もう少し飲めば思い出せるかもしんねえ」

女将が笑いながら猪狩にいった。

「お客さん、だめだよ。その手に乗っては。トメさんは調子に乗ると、際限なくなるんだから。飲ませてはだめ。分かった。そんなに素子さんに会いたいなら、私がなんとか話をつけてあげる。待ってな」

女将は電話機をカウンターに載せた。受話器を取り上げ、ダイヤルを押した。

「あ、素子さん、向かいの『武蔵』の沢子《さわこ》」

女将は相手と親しげに話しはじめた。

後ろのガラス戸を叩く音がした。振り向くと、黒いスーツ姿の飯島舞衣がにこっと笑っていた。

「あ、主任」

猪狩は椅子から立った。飯島はガラス戸を引き開け、店の中に入って来た。

「いらっしゃいませ」

女将が受話器を手にしたまま、飯島にいった。トメさんは、あんぐりと口を開け、飯島に見惚れていた。

「上司ってマッポの女……いやこんな美女が……」

「マサト、この人は誰？」

「協力者です」

「あら、ありがとうございます」

飯島は大きな目でトメさんを見据え、にっこりとひまわりのような笑顔を見せた。

「いえ、どうも。協力者だなんて」

トメさんは頭を掻き、カウンターに空のコップを載せた。

「女将、ちょっと一杯おくれ」

「酒はもうだめ。水でも飲んでな」

「じゃあ、水。冷えたやつ」

「自分で入れな」

女将は受話器を耳にあてたまま、カウンターの上の水差しを顎で差した。

「私が入れましょう」

飯島は水差しを取り上げ、トメさんのコップに水を注いだ。

「す、すまねえな」

トメさんはコップの水を喉を鳴らして飲み干した。飯島はまた空になったコップに水差しの水を注いだ。トメさんは、飯島にどぎまぎしながら、コップの水を飲んだ。

女将が受話器を手にしたまま、猪狩に聞いた。

「ねえ、お客さん、ほんとに警察の婦警さん？」

「はい。いまは婦警とはいわず、女性警察官ですけど」

「いやあ、マッポも変わったねえ」

トメさんは目を丸くした。

カウンター越しに女将が猪狩にいった。

「ホンモノのデカさん。……お客さん、ちょっと、警察手帳を見せて。相手が信用しないのよ」

「はい。どうぞ」

猪狩は胸の内ポケットから、警察バッジを取り出して、女将に掲げた。

「私も見せるわ」

飯島もバッグから警察バッジを取り出し、女将に見せた。

隣のトメさんは硬直した顔で息をつめて、飯島を見上げていた。

女将は受話器にいった。

「大丈夫、本物のデカよ。ふたりとも。さっきから、ここで話をしているけど、真面目そうな男。その上司の女性刑事さんも」

女将はうんうんとうなずいた。

「組合長の私が保証する。会って協力してあげて。悪い人たちじゃないわ。いざとなったら、きっと助けてくれる」

猪狩は女将に大きくうなずいた。

「分かった。これから、二人が店に行くから、入れてあげて」

女将は受話器を置いた。

「会うって。前にニセモノの刑事たちが訪れたことがあって、それで警戒しているのよ」

「ニセモノの刑事たち？」

猪狩は飯島と顔を見合わせた。

4

猪狩はフクロウ屋のドアをノックした。飯島が後ろに控えている。

ドアが開き、白いマスクを掛けたエプロン姿の黒髪の女性が顔を出した。手には布巾《ふきん》が握られていた。

「お掃除中なのでしょう?」

飯島が目敏《めざと》くいった。

「ちょうど、終わったところです。どうぞ。お入りください」

「では、失礼します」

猪狩と飯島は頭を下げ、フクロウ屋の店内に入った。

猪狩は薄暗い店内を素早く見回した。

店はカウンターに七、八人分のスツールが並んでいるだけのシンプルなバーだった。

「検温します」

バーのママは検温器を猪狩の額《ひたい》にかざした。ついで飯島の額にあてた。二人とも三十六度台の平熱だった。

猪狩と飯島は、備え付けられたアルコール消毒液で手を消毒した。

店内は塵《ちり》一つなく掃除され、カウンターやスツールも清潔に磨かれている。花の薫りがする。カウンターには、カラーやストレリチアの花を活けたフクロウ模様の花瓶が置かれていた。

壁に可愛らしいフクロウの時計が掛けられている。フクロウの大きな黒い目が、左右に動き、時を刻んでいる。

カウンターの上に、フクロウを象《かたど》った瀬戸の貯金箱が置かれている。カウンターの棚にもフクロウの縫いぐるみがところ狭しと身を寄せ合っている。

「ほんとに警察の方なのでしょうね？　『武蔵』の女将さんを信用しているけど」

猪狩は黙って警察バッジと身分証を掲げた。傍らの飯島も警察バッジと身分証を提示した。

「…………」

女は、猪狩の身分証を見ると、一瞬たじろいだ。女の目が大きく見開かれ、まじまじと猪狩の顔を見つめた。猪狩は、一瞬どぎまぎした。マスクで顔の半分は隠れているが、大きな眸《ひとみ》や広い額、顔の形から、美人だと分かる。『武蔵』でトメさんがいっていた別嬪さんという言葉が猪狩の耳に残っていた。

猪狩は女を見返した。

女はすぐに気を取り直したかのように、隣の飯島の身分証に目を移した。

「……あなたは、女性なのに警部補。お偉いのですね」

飯島は少しむっとした顔をした。だが、マスクで顔が隠れているので、相手には分からなかったろう。飯島はいった。

「あなたのお名前を伺いたいのですが」

「このバーの経営をしている杉原素子です。私に何か御用ですか?」

猪狩がいった。

「六年前、亡くなった古三沢忠夫について、少々、お話をお聞きしたいのです」

「だいぶ前のことですね。まずは席にお座りください」

杉原は、そういいながら、カウンターバーの中に入った。

猪狩と飯島は、それぞれ高いスツールの上に腰掛けた。杉原素子は、カウンターの中の椅子を引き寄せて座った。

「古三沢忠夫さんが亡くなられたことは、知っています。自殺なさったとか」

飯島が頭を振った。

「それが自殺ではなく、他殺だったと分かり、再捜査をしているのです」

「六年前でしょう?　いまごろ他殺だって分かったんですか?」

飯島は答えに詰まり、言い淀《よど》んだ。猪狩がうなずいた。

「初めは自殺だと見てしまったために、いまのいままで捜査が遅れてしまったのです」

「それにしても、事件直後ならともかく、六年も経った今頃になって聞き回るなんて、少し遅すぎるのではありませんか?」

杉原素子は、あいかわらず猪狩を咎《とが》めるような目で見つめた。

猪狩は正直に答えた。

「犯人が巧妙に自殺を装わせていたのです。それでも、よく調べると自殺にしては、あまりに不自然なことがある。だが、手がかりが少なくて、捜査は難航し、時間だけが経ってしまったのです」

「そうですか。まあ、ご苦労さまなこと」

杉原素子はため息をついた。猪狩が尋ねた。

「生前、古三沢忠夫さんは、こちらに何度かおいでになった」

「ええ。おいでになられました。でも、三回ぐらいですね」

杉原素子は、猪狩の目を凝視した。

「もう、お調べのことなのでしょう?　古三沢さんは古三沢さんではない、というのも」

猪狩は飯島と顔を見合わせた。

「杉原さんも、すでに御存知でしたか」

「ええ。本人がそう告白していましたから」

「何と名乗っていました？」

「それは、あなたたちもお調べのことなのでしょう？」

「はい。ですが、もしかして、我々が調べた人間と違うかも知れない。古三沢は、あなたには別人を名乗っていたかも知れない」

「ファンヨンナム、私にはそう名乗っていましたが」

杉原素子は探るような眸で猪狩の目を見た。猪狩はうなずいた。

「間違いありません。我々も古三沢に背乗《はいの》りしたのは、ファンヨンナムだと分かっていました」

「背乗り？」

「他人が本人に成り代わることです」

杉原素子の目が優しく光った。

「そうですか。ファンさんは、私に嘘はつかなかったんですね」

「正直に打ち明けたと思います」

「古三沢さんが亡くなった時、警察が身元を調べれば、きっとファンヨンナムさんだと分かると思っていました。でも、古三沢さんが亡くなってから六年も経って……遅いですね」

杉原素子は猪狩を詰《なじ》るようにいった。猪狩は頭を振った。

「申し訳ありません。警察関係は誰もいままで来なかったのですね」

「ニセ刑事以外はね」

「ニセ刑事というのは、何です？」

「公安刑事のふりをした韓国の国情院の捜査官です。すぐに、そうと分かったので、私は何も知らぬふりをして追い返しました」

「いつのことです？」

「四年ほど前かしら。古三沢さんが亡くなってから、およそ二年ほど経って」

飯島が猪狩に替わって質問した。

「杉原さん、あなたと古三沢ことファンヨンナムさんとのご関係は何なのです？」

「何の関係もありません。男と女の関係も含めて。ただの客と店主の関係です」

杉原素子は飯島に答えてから、猪狩に顔を向けた。

「それよりもあなたたちに聞きたい。どうして、古三沢さんのことで、私のところに訪ねて来たのです？」

杉原素子は、じっと大きな眸で猪狩を見つめた。猪狩は答えに詰まった。

どこまで捜査内容を話していいものかと躊躇した。飯島が猪狩に代わって答えた。

「古三沢さんについては、当初から私たちが視察していました」

「視察って？」杉原素子は訝った。

飯島の目が苦笑いした。

「失礼。我々が使う用語でした。普通にいえば、古三沢さんの行動を見張っていたということです」

「監視していたのですか」

「監視というほどきついものではありません。古三沢さんは、我々の特別協力者でしたから、視察といっても、いたって緩《ゆる》く、事前に申告してもらう条件で、自由に動いてもらっていた」

「ファンヨンナムさんが、あなたたちの協力者だったというのですか？」

杉原素子の目が大きく見開かれた。猪狩がうなずいた。

「特別協力者でした。私たちのために、捜査に協力してくれる人だった」

「スパイ？」

「スパイというと語弊《ごへい》がありますが、情報提供者だったのです」

「……知らなかった」

「でも、協力者にもプライバシーはある。それで緩く監視はしていたが、彼が息抜きに遊びに行く飲み屋さんやプライベートなお付き合いは、我々も視察の対象にしなかった。怪しいと思われる時は別でしたが。隠さずに申告してくれている限り、ファンさんを信用していたのです。その申告の中に、こちらのフクロウ屋が入っていたのです」

「ファンさんは、私のことを、なんと報告していたのですか？」

猪狩は飯島の顔を見た。飯島が頭を左右に振った。

「ファンはあなたのことは何も報告していませんでした。ただの飲み屋のママさんとしか記録には残っていません」

「そうでしたか」

杉原素子は、いくぶん意外だったのか、怪訝《けげん》な面持《おもも》ちをしていた。

「古三沢ことファンさんが、フクロウ屋を訪ねるようになったのは、何かわけがあるのですか？」

猪狩が素子の目をじっと見ながら尋ねた。

「……ほんとに何も御存知ないんですね？」

「すみません。調べてなかったので、事情も何も知りません」

杉原素子の目がしばたたき、ふっと笑ったように感じた。

「分かりました。お話ししましょう。古三沢さんは、私が脱北者だったのを御存知だったのです」

「あなたも脱北者だった？」

猪狩は意外な話に、飯島と顔を見合わせた。

居酒屋『武蔵』でのトメさんと女将のやりとりで、フクロウ屋のママさんが在日コリアンらしいとは予想していた。

「私の父親は朝鮮人で、母が日本人です。両親は七十年代の帰国運動に応じて、小さな子どもの私たちを連れて、共和国に帰ったのです」

素子は遠くを見る目付きになった。何かを思い出している目だった。

「ほんとうに共和国での生活は厳しく、貧しいもので、誰が地上の楽園などといったのでしょう？　楽園なんか、とんでもない、私たちにとっては、生き地獄の毎日でした」

猪狩はうなずくしかなかった。

「それで脱北して日本に帰国した？」

「そうなんです」

「ご家族みんなで？」

　飯島がきいた。

「いえ。父親と母親は弟とともに共和国に残りました。姉と私の二人だけが脱北し、日本に帰国したんです」

「いつの話です？」

「いまから三十数年前になります」

「その時は、お二人はいくつでしたか？」

「日本に帰った時、私は十七歳、姉が二十歳でした」

「どういう経路で脱出したのです？」

　杉原素子は猪狩に顔を向けた。

「私と姉は案内人に連れられ、国境の川を渡り、なんとか中国に脱出した。そして大連《だいれん》の日本領事館に逃げ込んだんです」

「よく無事で脱出しましたね」

「いまでも信じられないような大変な苦労でした。必死の思いで脱北しました」

「ご両親はあなたたち姉妹の脱北を知っていた？」

「ええ。むしろ両親が私たちに脱北するように勧《すす》めたんです。密かに脱北を請け負う案内人にお金を渡し、送り出してくれたんです」

「ご両親が……よくまあ、そんな危険なことを」

「母がひどく心配していました。父は何もいわず、黙って出してくれました。このまま共和国に残っても、娘の未来はない、と考えたらしい」

「でも、あなたたちが脱北したと、国家保衛部が知ったら残ったご両親や弟さんは収容所送りになったのでは？」

「おそらく、そうなったと思います」

飯島がきいた。

「弟さんは、なぜ、一緒に脱北しなかったのです？」

「弟の忠《ただし》は愛国少年でした。首領様への忠誠の心が強く、私たちが脱北をするなんていったら、すぐに当局に通報したでしょう。私たち姉妹よりも首領様の方が大事だったのです」

「ご両親は、なぜ、あなたたちと一緒に脱北しなかったのです？」

「後で知ったのですけど、案内人に支払うお金が私たち二人分しかなかったのです。両親は弟を連れて、必ず後から脱北するといっていたのですが、無理だったようです」

猪狩が飯島に替わってきいた。

「大連の日本領事館に入ってから、どうなさったのです？」

「私たちは、しばらく領事館内に足留めされましたが、その間に日本国籍がある日本人だということが確かめられ、日本に帰って来られたのです」

「その後のご両親と弟さんの消息は？」

「連絡が取れませんでした。噂では、強制収容所に三人とも送られたと」

「やはり」

「姉も私も必死になって、外務省や北朝鮮友好団体などを通して、両親たち三人と連絡を取ろうとしたのですが、結局駄目でした」

「そうだったのですか」

「そのうち、姉と私は仲違《なかたが》いしてしまい、お互い別々の道を進むことになった。その後、私と姉はまったく連絡も取らなくなってしまったんです」

　猪狩は飯島と顔を見合わせた。

「もうだめか、と思っていた時に、突然現われたファンさんが両親からの手紙を預かってきてくれたので、三人とも、収容所にも行かずに、どうやら無事に暮らしていることが分かったのです。ほんとにありがたかった」

　杉原素子は涙ぐんだ。

飯島が鋭く質問した。

「互いに知らない間柄なのに、ファンはよくあなたを訪ねて来ましたね。ご両親からあなたのことを聞いたのかしら？　でも、ご両親とは連絡が取れていなかったのでしょう？」

「いわれてみれば、そうですね。私が知らぬ間に、姉が連絡を取っていたのかも知れません。姉に確かめていないので、分かりませんが」

「ファンは、誰にあなたのことを聞いたか、いっていませんでしたか？」

杉原素子は頭を左右に振った。

「古三沢さんはいったのです。自分もあなたと同じく脱北者で、韓国に亡命した人間だ、と。実は共和国にいるご両親からの手紙を預かっている。受け取った手紙には、確かに母の字や父の字で、父母や弟の様子が書いてあって、それで古三沢さんを信用したのです」

「その手紙には、なんとあったのです？」

「母も父も高齢になったが、なんとかいまも生きている。父は科学技術者として、大首領様に忠誠を誓い、共和国のために貢献している。だからおまえたち姉妹が脱北したのは許されぬことだが、残った者たちは反省し、共和国のために必死に働いているので、収容所送りにはされなかったとあったのです」

猪狩が訊いた。

「お父さんは、どんな分野の科学技術者なのです？」

「原子物理学関係です」

「ふうむ」

猪狩は飯島と顔を見合わせた。

北朝鮮にとっては、願ってもない人材に違いない。

猪狩は訊いた。

「失礼ですが、北朝鮮におられるご両親のお名前は？」

「え？」

一瞬、杉原素子は面食らった顔になった。

「杉原姓ですか？」

「いえ。朝鮮社会では夫婦別姓です。子どもは父の姓を名乗ります。父はイスヒョン。ですから、私たち子どもは、みなイ姓になります」

猪狩はうなずいた。

「そうでしたね。朝鮮人の場合、夫姓主義で、夫の姓が主でしたね。すると、いまのあなたの杉原姓は？」

「私は日本に帰ってから結婚しましたので、夫の姓になります」

「では、お母さんのお名前は？」

杉原素子は鼻白んだ声を立てた。

「なんか、尋問されているみたいですね。そんなプライバシーについても、いわねばならないのですか？」

「これは身元確認のための、形式的な質問なんです。答えたくなければ、もちろん、お答えしないでも結構です」

飯島が猪狩を手で制し、杉原素子に謝った。

「ごめんなさい。マサト、だめじゃない。杉原さんに失礼なことを訊いては。捜査に協力していただいているのよ」

「あ、申し訳ない。つい話に夢中になって、しつこくプライバシーにかかわることまで質問してしまいました。謝ります」

猪狩はカウンターに両手をつき、杉原素子に頭を下げた。

「ほんとにマサトはしようがないんだから」

杉原素子の目が穏やかになった。

「いや。いいんですよ。仕事熱心なあまりなんでしょうから。私の母は、日本名織田小百合《おださゆり》です」

「ありがとうございます」

猪狩は吐息をついた。とりあえず、杉原素子の機嫌を損ねずに済んだ。本当は、帰国後に結婚した相手、杉原についても訊きたかったところだが、これ以上の無理は禁物だった。

杉原素子は笑いながら、猪狩と飯島に流し目をした。

「お二人とも、何かお飲み物でも出しましょうね。飲みながらだと、尋問のようにはならないでしょうから」

「いや、どうぞ、お構いなくお願いします」

飯島が慌てて遠慮した。

猪狩は頭を下げた。

「すみません。喉が渇いたので、水か、あるいは、冷えたビールでもいいのですが、お願いします」

「マサト、仕事中よ」飯島が睨んだ。

「主任、ここは飲み屋ですよ。いくら蔓延防止措置が発令中といえ、水一杯も飲まずに居座るというのは失礼でしょう。ママさん、お願いします」

「はいはい。猪狩さんのいう通りです。ビールででも喉を潤さねば、熱中症になってしまいますよ」

杉原素子は冷蔵庫からビールを一本取り出した。丈の高いグラスを二つ出し、猪狩と飯島の前に置いた。ビールの栓を抜き、二つのグラスに泡立つビールを注いだ。

「ママさんも、一杯いかがですか」

杉原素子はちょっと躊躇したが、すぐにうなずいた。

「……はい。では、私もいただきます。話し過ぎて喉が渇きましたものね」

杉原素子は棚から、もう一つグラスを取り、カウンターの上に載せた。猪狩がビールの瓶を傾け、グラスに注いだ。

「では、乾杯」

猪狩はマスクを顎の下に掛け、ビールのグラスを掲げた。飯島もマスクを外し、乾杯に応じた。

「乾杯」

杉原素子もグラスを掲げた。猪狩と飯島がグラスのビールを喉を鳴らして飲んだ。

「恥ずかしい」

杉原素子は猪狩たちに背を向け、マスクを持ち上げ、グラスのビールを軽く飲んだ。

猪狩はビールを飲み干してからいった。

「ファンは、何の目的で日本に潜入したのか、いっていませんでしたか？」

杉原素子はマスクを掛け直して振り向いた。

「古三沢さんは、誰かを捜しているようなことをいっていましたね」

「誰を捜している、というのです？」

「冗談めかして、この店の名であるオルッペミを捜しているといっていました」

「オルッペミ？　誰のこと？」

飯島が怪訝な顔をした。猪狩が飯島にいった。

「フクロウは韓国語では、オルッペミというんです」

「あら、猪狩さんは韓国語が出来るんですか？」

「多少です。まあ日常会話が分かる程度ですが」

杉原素子は、いきなり韓国語で猪狩にぺらぺらと何事かをいった。猪狩は韓国語で即答したが、ギブアップの仕草《しぐさ》で両手を上げた。

杉原素子の目が優しく笑った。

飯島は猪狩に「なんていったの」ときいた。

「そんな早口でいわないでくださいって。俺、まったく分からないと」

「なんだ、だめじゃない」

飯島は笑い、頭を振った。

猪狩は杉原素子に尋ねた。

「ファンは、オルッペミ、フクロウを捜しているといったんですね」

「はい。古三沢さんは、幸せの青い鳥ではなく、幸せを呼ぶオルッペミを捜したいと」

「杉原さんは、それを聞いて、どう思いました？」

「別にどうとも。古三沢さんは見かけによらずロマンチストだなと思いました」

杉原素子は笑いながらいった。

「でも、古三沢さんは、結構本気だったかも知れません。まるで私がオルッペミと呼ばれる人を知っていて、フクロウ屋を名乗ったと思っていたようでした」

猪狩はビールを飲みながらきいた。

「あなたがこの飲み屋にフクロウと名付けたのは、何か特別な理由があったのですか？」

杉原素子は少し考えてから応えた。

「フクロウは、神様の使いとされ、不苦労とか福老とも書きます。北朝鮮にいたころ、私たちの生活は、ひどく困窮して苦しんでいたのですが、いつかきっとフクロウが幸せを運んで来てくれると信じていた。北朝鮮では宗教も一切禁じられていますから、キリストの十字架を拝むことも出来ない、神仏も祀れない。でも、フクロウの絵なら、誰からも何もいわれないし、怪しまれない。それを思い出し、フクロウを店の名にしたのです」

飯島はちょっと考えてからいった。

「ファンは共和国の作戦総局の秘密工作員だと、私たちは見ていたのですが、それらしいことはいってましたか？」

杉原素子はうなずいた。

「ええ。ファンは、実は自分は共和国の工作員で、韓国に潜り込み、さらには日本に浸透した、と。いまは、韓国国情院や日本公安に協力しているふりをしているが、自分はあくまで共和国の工作員であることに変わりはない、と。自分は上から特命をいい渡されていると」

やはり、ファンは海原班長の読み通り、北朝鮮の工作員を続けていたのだ。と猪狩は思った。

「特命というのは？」猪狩がきいた。

杉原素子はマスクの中で笑った。

「そんなことは訊けません。訊きもしません。もし、私が訊いても、彼は決して教えてくれなかったと思います」

猪狩は唸《うな》った。

「自分がある筋から聞いていた話では、ファンは北朝鮮コントラのメンバーだといわれたのですが」

「北朝鮮コントラ？　何です、それは？」

「北朝鮮の独裁体制を打倒しようとする反体制組織です」

素子は目を丸くした。

「そんなものがあるのですか。古三沢さんがその反体制組織のメンバーだというのですか？　信じられない」

「本人が死んでしまったいまとなっては、真相は分かりません」

飯島が猪狩に目配せした。今度は私が訊くといっていた。飯島はバッグから、プリントアウトした行動確認記録を出した。

「六年前のことですが、古三沢は七月四日に、こちらフクロウ屋に来ていますね。その前日、ある新興宗教の教会を訪ねている。このことについて御存知でしたか？」

「ああ、世界救民救世教のことですね。ええ、存じています。古三沢さんは救民救世教を調べたい、といってました」

「どうして、ファンは素子さんに、そんなことを相談したのです？」

「実は姉の遥子が地方で救民救世教の支部長をしていたんです。それで古三沢さんは、救民救世教の内情が知りたいので、姉を紹介してほしいといったのです」

「お姉さんは、どちらにいるのです？」

「新潟です。新潟の糸魚川市に住んでいます」

「何をなさっています？」

「美容師です。親子で美容院をやっています」

「何という美容院です？」

「たしか美容室ラブです」

猪狩は思わず飯島の顔を見た。

美容室ラブは都村母娘が経営している美容院ではないか。

「もしかして、杉原素子さんのお姉さんというのは、都村遥子さんですか？」

杉原素子は驚いて、目を丸くした。

「どうして、そんなことを御存知なのです？　私のことを調べたのですか？」

「いえ。杉原素子さんについては、何も調べてありません。都村遥子さんが杉原素子さんのお姉さんとは、ここで初めて知りました」

「では、どうして、姉を御存知なのです？」

「そのことは、後でお話しします。それで、ファンにお姉さんを紹介なさったのですか？」

杉原素子は眉根《まゆね》に小さな皺《しわ》を作った。

「いえ。お断わりしました」

「どうしてです？」

目が哀しげに曇った。

「日本に帰国し、しばらくは一緒に暮らしていたのですが、私が杉原と結婚して所帯を持ち、姉と別れて生活するようになった。姉も縁があって結婚し、互いに別々の道を進むようになった。ところが、あることをめぐって、姉と大喧嘩し、それ以後、私は姉と縁を切り、ずっと会っていないんです」

「何がきっかけで、喧嘩したのです？」

素子は冷蔵庫から、もう一本のビール瓶を取り出し、猪狩と飯島の空いたグラスにビールを注いだ。

「恥ずかしい話なんですが、姉は世界救民救世教に凝《こ》ってしまい、一時は導師の男と一緒になりました。姉は私の夫にまで、入れ入れとしつこく迫った。そうすれば貧乏から抜け出し、幸せになれる、と。おかげで私たちの夫婦関係まで、ぎくしゃくするようになって」

杉原素子は思い出すのも腹が立つという風情だった。

「姉は私の家庭のことや夫婦関係にまで、あれこれ口を出すようになった。私が夫と離婚することになったら、姉はそれみたことか、私が救民救世教の悪口をいったりして不信心だから、バチがあたったんだといった。それ以来、姉の顔も見たくないと、喧嘩別れし、そのままなんです」

猪狩はビールを飲みながら、杉原素子の気持ちが収まるのを待った。杉原素子は猪狩たちに背を向け、マスクを上げて、グラスのビールを飲み干した。

飯島が訊いた。

「ファンは、なぜ救民救世教を調べようとしていたのですかね？」

「救民救世教には巨額の隠し資金があるといっていました」

「どういうお金だというのです？」

「信者から掻き集めたお布施《ふせ》や事業で儲けた利益など非課税になっているのを利用し、莫大な資金を貯《たくわ》え、それを運用して利益を上げている。そればかりか、悪いことをして稼いだカネのマネーロンダリングをしたりしているといっていました」

「どうしてファンが救民救世教の金のことを調べようとしていたのですか？」

猪狩が尋ねた。

「ファンの話では、世界救民救世教は、ソウルに本拠を置き、日本と韓国の信者たちを誑《たぶら》かして、上手にお金を稼いでいる。そのお金は、共和国の金《キム》体制の維持のための資金源になっているそうなのです」

「救民救世教の背後に北朝鮮がいるというんですか？」

杉原素子はうなずいた。

「ところが、最近、その資金の流れが滞《とどこお》っている。教団内部の誰かが、共和国へ送るべき資金をくすねているらしい。それを調べて本国に知らせるのが自分の役目だといっていました」

猪狩は唸った。飯島が肘で猪狩の腕を突いた。目が細くなっていた。余計なことはいわないようにといっている。

了解、と猪狩はうなずいた。

飯島が訊いた。

「ところで、ファンは、何度も救民救世教の野毛教会を訪ねていますね。素子さんは、何を教えたのです？」

「横浜の野毛には、世界救民救世教の日本本部教会があるのですが、そこには姉の連れ合いでもある導師の都村神人《かみと》がいるのです。そのことを古三沢さんに教えたからだと思います」

　導師の都村神人？

　猪狩は、飯島と顔を見合わせた。

　また新しいマル対（捜査対象者）が増えた。

「古三沢は都村神人に会えたのですかね」

「いえ、古三沢さんは、都村神人に会えなかったようです。野毛の本部教会に行って、都村神人に面会を求めたそうでした。しかし、二回とも門前払いで追い払われた」

「それで？」

「姉を紹介してほしい、となったんです。古三沢さんは姉と会って、なんとしても都村神人を紹介してもらおうとしていたのです」

　猪狩がいった。

「ファンは、あなたの紹介がなくても仕方がない、なんとしても、まずはお姉さんに会って信頼を得ようと、新潟の糸魚川市能生町に乗り込んだ。ファンはお姉さんたちに接触した。そして、ファンは都村さん母娘に会った後に、何者かに殺されてしまった」

　杉原素子は訝った。

「もしかして、姉が犯人だと疑われているのですか？」

「それはまだ分かりません。いまは何か事情を知っているのではないか、という重要参考人です。今後の捜査で明らかになるか、と」

「いくら、絶縁しているといっても、血を分けた姉です。姉たちが、そんなおぞましいことに手を染めるとは、私は思えません」

素子は目をしばたいた。

ドアが急に開き、大柄な男がマスクをかけた顔を覗かせた。

「ママ、やっているかい？」

「あら、先生。まだ開店していないんですよ」

杉原素子は声を上げた。

猪狩は壁にかかったフクロウ時計に目をやった。針は午後四時過ぎを指していた。

「長居しました。私たちは引き揚げます。マサト、これ以上いたら営業妨害になる。行きましょう」

飯島がスツールを下りた。猪狩もスツールを下り、ジャケットの内ポケットから財布を取り出した。

「お勘定を」

「猪狩さん、いりません。久しぶりだったので、私の奢《おご》りです。これからも、いい仕事をしてください」

杉原素子は目を細めていった。

猪狩は驚いて杉原素子の顔を見た。

久しぶり？　今日初めて会ったばかりなのに。

杉原素子は、慌てて訂正するようにいった。

「久しぶりに姉のことやら、昔苦労したころを思い出しました。嫌なことばかりでしたが、それもいまとなっては懐かしい思い出です。ありがとう」

猪狩は笑った。

「いや、我々こそ、貴重な時間を割《さ》いていただき恐縮してます。コロナ禍で営業不振なのは知っています。これはぼくと主任からの支援カンパです」

猪狩は一万円札二枚をカウンターの上に置いた。

「駄目です、誠人さん、そんな」

杉原素子が慌ててカウンターから出て来ようとした。

「ぜひ、カンパ、受け取ってください」

猪狩は杉原素子に頭を下げた。杉原素子は困った顔になった。

「また来ます。必ず」

「ほんとですね。じゃあ、カンパはありがたく頂いておきます」

「さ、主任」

猪狩は飯島の腕を取り、ドアを開けて、店の外に出た。先生といわれた大柄な男が慌てて出入口の前から飛び退《の》いた。

「失礼」猪狩は大柄な男に頭を下げた。大柄な男は何もいわずうなずいた。

通路に出ると、灼熱の太陽が地獄谷を照らしていた。むっとした熱気が立ち籠めている。

「ありがとうございました。また来てください。お待ちしてます」

杉原素子は店の前に立ち、猪狩たちに頭を下げていた。猪狩と飯島は逃げるように通路を急ぎ、地獄谷からの脱出を図った。

5

飯島はタクシーの後部座席の奥に乗り込んだ。猪狩が続き、飯島の隣に座った。

猪狩は運転手に乃木坂《のぎざか》に行くように告げた。

「マサト、あの杉原素子さん、あなたのことを知っているんじゃないの?」

飯島はじろりと猪狩を見た。飯島も杉原素子同様、黒目勝ちで魅惑的な大きな眸《ひとみ》をしている。居酒屋『武蔵』にいたトメさんが、飯島の登場に仰天し、目を白黒させていたのを思い出した。トメさんは、杉原素子や飯島のような美人系に弱いようだ。

「俺も、昔、どこかで彼女と似たような女性に会ったような気がしないでもない。でも、ありえないし、はっきりと思い出せない」

「顔、ほんとに見覚えない？」

「マスクを掛けていたからなあ。顔が半分以上マスクで隠れていた。目や額、頭の形だけでは思い出せない。ビールを飲むとなった時、顔を見るチャンスだと思ったんだけど」

「だめだったわね。彼女、ビールを飲む時、背を向け、そっとマスクを上げて飲んでいた。私たちに顔を見られないようにしたのか」

「それとも、恥じらいの自然の仕草だったのか？」

「微妙なところね。でも、別れ際、あなたにいったわね。久しぶりなので、自分の奢りだと。私は、彼女、きっとあなたのことを知っていると思った。その後、慌ててごまかしていたけど」

「ううむ。そういわれてもなあ」

猪狩は腕組みをし、過去に似たような女性はいなかったか、記憶を探った。杉原素子の年齢はおよそ四十代後半だ。客商売なので、化粧によって、実年齢より十歳ぐらい若く見えるが、おそらく母の夏枝と同じぐらいの世代だと思った。

別れ際、素子は「誠人さん」といった。飯島や山本麻里が呼ぶマサトとはまた違った親しみを感じる呼び方だ。

「着きました」

運転手が車を止めた。

「ありがとう」

飯島が表示された料金を見て、お金を払った。猪狩はタクシーを下りながら、素早くあたりを見回し、尾行車がいなかったか点検した。

支払いを済ませた飯島が後部座席から下りると、タクシーはドアをばたんと閉め、走り去った。

猪狩はスマホのナビアプリの画面を出した。店名の「クラブ銀の鈴」を入れて検索した。地図上に目的地を指すピンが立った。

秀麗に教えられた「クラブ銀の鈴」は、乃木坂の通りから一本裏に入った通りにあった。周囲には大使館や公館、美術館や富豪の屋敷、高層マンションが建ち並んでいる。

猪狩は飯島と一緒に歩き出した。さり気《げ》なく背後に不審な動きをする人影がないか、点検をする。

「クラブ銀の鈴」のネオンが点滅している。マンションビルの谷間のような緑地の陰に二階建ての洋館が建っていた。

洋館は夕闇に隠れていたが、玄関アプローチに一歩足を進めると、通路の左右に人工の松明《たいまつ》が並び、洋館の玄関を幻想的に浮かび上がらせていた。

猪狩と飯島を追い抜いて、つぎつぎにハイヤーや高級車のベンツが玄関先に乗り付けていた。車からVIP扱いらしいイブニングドレスに着飾った女やファンシータキシード姿の男たちが降り立ち、黒マスクを掛けた黒服の男たちに恭《うやうや》しく迎えられて、玄関口から洋館の中に姿を消して行く。VIP客の女も男も、マスクを掛けていなかった。

玄関先にはカジュアル姿の若いカップルたちが列を作って並んでいた。彼らはVIPではなく一般客らしい。

玄関のドアの前には、黒服の男たちが立ち、階段を上がってくるカップルや若者たちを手で制し、いちいち入場券をチェックしていた。

黒服の男たちは全員黒マスクで、半分以上、顔を覆っている。入場券を手にした客たちも、ほとんどが白いマスクや黒いマスクを掛けていて人相が分からない。

飯島は頭を振った。

「マンボウ（蔓延防止措置）が出ているというのに、なにこの騒ぎは？」

「どうします？」

「私たちは遊びに来たんじゃないんだから行くしかないでしょ。強行突破します」

「了解」

飯島はポケットからサングラスを取り出し、マスクの上に掛けた。飯島は黒のスーツに白のブラウス、黒のスラックスで決めている。長い黒髪は後ろに引っ詰めにして束ね、ポニーテイルにしている。サングラスをかけると、見るからにＦＢＩの女性捜査官風だった。

一方、猪狩は夏用の薄い布地の鼠《ねずみ》色のジャケットを着込み、下はジーンズだ。見るからにカジュアルな服装だ。

飯島と猪狩は足並みを揃え、玄関の低い階段を軽快に駆け上がった。二人は客たちの列の脇を抜けた。

黒服の男が素早い身のこなしで、飯島と猪狩の前に立ち塞がった。

「お客様、入場券はお持ちですか？」

黒服たちは慇懃《いんぎん》な態度で飯島と猪狩を見下ろした。黒服たちは猪狩よりも頭ひとつ上背がある。

「警察です」

飯島はバッグから警察バッジを出し、立ちふさがった黒服の顔の前に突き出した。猪狩も警察バッジを掲げた。

黒服たちは顔を見合わせた。後ろにいた黒服のリーダーらしい男が前に出て来た。

「捜査令状を見せてください」

「令状はありません」

「ない？」

猪狩が飯島に代わって、黒服のリーダーにいった。

「店長の光村春雄さんに面会したい」

「どういうご用件でしょうか？」

「あなたでは分からない。店長でなければ」

「少々、お待ちを」

黒服のリーダーはスマホを取り出し、どこかに電話を掛けた。

その間にも、一般客たちが入場券を黒服たちに渡し、玄関から入って行く。

黒服のリーダーが猪狩に向いた。

「店長は非常に忙しいので、別の機会にしていただけないか、と申しています」

「急いでいます」

黒服のリーダーはスマホに同じことを伝えた。

「電話で話させてください」

猪狩は手を出した。黒服のリーダーはスマホに電話を替わるといい、猪狩に手渡した。

「光村春雄さんですか？」

『はい。そうですが』

「秀麗さんから紹介されました」

猪狩はついで、合言葉をいった。相手は一瞬黙った。

『……分かりました。電話をリーダーに返してください』

猪狩は電話を黒服のリーダーに返した。リーダーはスマホを耳にあててうなずいた。スマホの通話を終えた。

「お入りください。どうぞ。ＶＩＰルームにご案内します」

リーダーは飯島と猪狩に頭を下げた。一緒について来るようにいい、先に立って歩き出した。黒服たちは、さっと身を退き、玄関ドアを開けた。

飯島と猪狩は黒服たちの間を抜け、ロビーに足を進めた。

大音響のリズミカルなダンス・ミュージックが地下階への階段から漏れて流れて来る。

クラブのホールは地下階にあるらしい。

黒服のリーダーは地下階へは行かず、ロビーの奥にあるエレベーターの前に二人を案内した。ドアが開き、二人はリーダーと一緒に中に入った。リーダーは三階のボタンを押した。

エレベーターは三階に止まり、ドアが開いた。そこは地下階からの音楽も聞こえず、回廊は静寂に包まれていた。

赤い絨毯《じゅうたん》が敷かれた回廊を進み、一番手前のドアを押し開けた。豪華な革製のソファセットが備わった応接室だった。

「こちらで、少々お待ちください。すぐに支配人が参ります」

リーダーはそう言い置き、応接室から出て行った。猪狩と飯島は、ソファの長椅子に腰を下ろした。

「お待たせしました」

リーダーと入れ替わるようにして、がっしりとした中肉中背の青年が現われた。ダークスーツを着込み、頭は黒々とした髪を七三に分けている。いかにも、やり手のビジネスマンだった。男はマスクをいったん外して顔を見せた。眉毛が濃くて太い。顎は張っており、頑強な面構《つらがま》えだった。

「私が光村春雄です」

光村は名刺入れから名刺を二枚取り出し、飯島、ついで猪狩に差し出した。飯島も猪狩もマスクを外し、それぞれ名乗りながら、名刺を出した。名刺の交換が終わると、三人はまたマスクを掛けた。

「お忙しいところを、申し訳ありません。少々、お尋ねしたいことがありまして」

猪狩はいった。光村は笑った。

「秀麗さんのご紹介だとなると、お断わりすることは出来ません。どのようなご用件でしょうか？」

「古三沢忠夫こと、ファンヨンナムを御存知ですよね」

「はい。六年前に殺されたファンヨンナムですね？」

「そうです。いまファンヨンナムが殺されたことについて再捜査をしています。まず被害者のファンヨンナムは、いったい何者だったのか、です」

「ファンヨンナムねえ。彼は少し事情が複雑でしてねえ」

光村はソファに深く身を沈めた。

「はじめ、私たちは彼を総偵察局の潜入工作員と見て警戒していました。日本に潜入して来たのも、反キム体制活動をしている、我々を摘発するためだろう、と。ところが、ある時、ファンヨンナムは、信頼できる筋を通して、自分も北朝鮮コントラに加わりたいといって来たのです。北朝鮮の工作員を装《よそお》いながら、反体制活動をしたい、と」

「その信頼できる筋というのは、もしや、ＣＩＡ？」

光村はにやっと笑った。

「ご想像に任せます」

「それで、ファンを信用したのですか？」

「いや、いくら友好関係にある機関が保証しても、すぐには信用できません。私たちは、ファンにコントラに集まる人間を国家保衛部に通報されるのではないか、と警戒していた。そこで危険な仕事をファンに頼んで、本当に信頼できるかどうかを試したのです」

「何を依頼したのです？」

「コントラの中にいる北朝鮮当局のもぐらを炙《あぶ》り出してくれといったのです。当時、コントラの情報が、どこからか漏れていた」

「そうしたら？」

「ファンは見事にもぐらを炙り出してくれたのです。そのもぐらというのも、なんとコントラの創設グループの最高幹部の一人だった男でした。放置していれば、そのもぐらに通報されて、私たち全員が北朝鮮当局に始末されるところだった。ファンは、事前に、もぐらを暴露してくれたおかげで、私たちは命拾いしたのです」

「危なかったですね。で、もぐらは？」

「もぐらは、その後、帰国させられ、その失敗を理由に処刑されたと聞いています」

「なるほど。それでファンは北朝鮮コントラに信用されたのですね」

「コントラでは、まだファンを信用しない者も多く、もう少し様子を見ようとしているうちに殺されてしまったのです」

飯島が尋ねた。

「様子を見ようというのは、ファンは何をしようとしていたのか、知っていたからでしょう？　ファンは何をしていたのです？」

「ファンは、オルッペミを捜すといっていました」

猪狩は飯島と顔を見合わせた。

「オルッペミとは、いったい何なのです？」

「北朝鮮が日本に送り込んだ浸透工作員の暗号名です。オルッペミの名前はもちろん、性別、年齢などすべて不明ですが、確実に日本国内に潜んでいる。時が来るまで何もせず静かに眠っているのです。諜報世界ではスリーパーと呼ばれている」

「北のオルッペミは、いったい、何をしようとしているのか？」

「さあ、それは我々も分からない。ただ、オルッペミは、漏れ伝わって来る噂《うわさ》では、とんでもない凄腕のテロリストらしい」

「テロリストですか？」

猪狩は緊張した。

「ファンは、ある知り合いには救民救世教の資金作りを調べているといっていた。オルッペミと救民救世教とは何か関係があるのですかね？」

「ファンは深謀遠慮の男です。非常に用心深い。表で救民救世教を調べているふりをしなら、本当はオルッペミ捜しをしていたのかも知れませんね」

「ということは、救民救世教の組織のどこかにオルッペミがいる？」

「いまの話を聞くと、その可能性が高いですね。もしかして、ファンは知らぬ間に、オルッペミに近付き過ぎて殺されたのではないか？　そんな気がします」

「では、オルッペミは、すでに目覚めたのですか？」

光村は頭を振った。

「おそらくオルッペミはまだ眠っていると我々は見ています。いずれ起きることになるでしょう。その前になんとしても見付けたい。我々コントラも、オルッペミは何者なのか、必死に探っているところです」

「本来なら、我々公安外事がやらねばならない仕事なんですがねえ」

猪狩は飯島を見た。飯島は苦々しくいった。

「私たちは何でもやれる万能の神ではないの。出来ることしか出来ない。ひ弱な人間のチームよ」

「それはそうですが」

飯島は、光村春雄に向いた。

「何かオルッペミを見付ける手がかりはないのかしら？」

光村春雄は、うなずいた。

「北の暗号通信を解読する手ですかね。誰から誰にあてた暗号通信なのか、それが解読できれば、オルッペミの正体が分かる。何をしようとしているかも分かる」

「そうね」飯島はうなずいた。

「最近、北朝鮮はステガノグラフィーを使って、暗号指令をネット上で流している。暗号指令は、どうやらオルッペミを覚醒させよ、という指示らしいのですが、確証がない」

猪狩は飯島と顔を見合わせた。

ステガノグラフィーは昔から使われている情報隠蔽の技術だ。一見、普通の何でもない文章に、暗号文が被覆情報として埋め込まれていたりする。その埋め込まれた被覆情報はステゴ体と呼ばれる。

「先日、六年前の古三沢殺しの現場写真は、普通の風景写真に埋め込まれて、ネットに上げられていたのですね」

「知っている。うちのサイバー対策班が、古三沢殺しの現場写真を埋め込まれた被覆情報を入手して解析した」

光村春雄はにやりと笑った。

「ステゴ体を解析し、透かし写真を取り出したのは、あなたたち日本警察のサイバー対策班でしょうが、あのステゴ体は誰から提供されたものだったのかは御存知ですか？」

「まさか。あなたたちだったの？」

「我々もあなたたちの捜査に協力している、ということです」

光村はにんまりと笑った。

「そうでしたか。あなたたちの捜査協力に感謝します」

飯島はまるで公安外事を代表するかのようにいい、頭を下げた。

「なんのなんの。少しでも日本警察のお役に立てれば、我々もうれしいですな」

光村は鷹揚《おうよう》な態度で応えた。

猪狩が飯島に代わっていった。

「ところで、光村さんに、ぜひお聞きしたいことがあるのだが」

「ほう。何でしょう?」

「光村さんは『東光丸』爆破事件にも関係していたと聞きました」

「誰から、そのようなことを。ははあ、秀麗さんからですな」

「コントラは、あの『東光丸』を、なぜ爆破したのか、教えてくれませんかね」

光村はふーと吐息をついた。

「あの船の船倉《せんそう》には、中国製コロナワクチン・チーノスペシャルおよそ二千万人分、それと大量の麻薬が積まれていました」

「ワクチンと麻薬ですか」

猪狩は飯島と顔を見合わせた。

「なにより、ワクチンが問題でした。中国国家安全部対外工作局のドクター周が、日本に中国製不活化ワクチンを、特別に選んだ財界の大物や政府要人、高級エリート官僚などに、無料で接種し懐柔して、親中国派にしようと目論んでいたのです。当時、世界ではまだ新型コロナウイルスが、パンデミックになっておらず、日本にも感染が少しずつ広がりはじめる段階でした」

猪狩が笑った。

「中国製の新型コロナワクチンは、打ってもあまり効果がない、という評判でしたが」

「それは間違いです。私はなにも中国の肩を持つつもりはないが、それはワクチン製造に遅れを取ったアメリカやイギリス、ドイツなどの逆宣伝でもあります。中国製ワクチンには製造元がいろいろあって、ドクター周が日本の要人たちに広めようとしたのは、習近平《シージンピン》総書記ら中国共産党指導部の要人たちに接種した最高級の不活化ワクチンでした。だから、習近平指導部の要人は誰もコロナに感染していないでしょう?」

「なるほど」猪狩は考え込んだ。

「欧米諸国や日本の製薬会社が開発したワクチンはウイルスのＤＮＡの一部を抜き出して製造した未知のワクチンです。それに対して、中国のワクチンは、これまで人類の長い歴史の中で作って来た方法、つまりウイルスを不活化させて作る不活化ワクチンです。これは、コロナウイルスを培養し、安全とされるまで不活化させて作ったワクチンです。だから作るのに一年も二年もかかる。製造量も限られる。しかし、安全安心なワクチンだ」

　光村は一息つき、話を続けた。

「一方、遺伝子操作したワクチンは短期間に大量に製造できるものの、効果があるのかどうかは未知数です。製薬会社は、90パーセント効いた、86パーセント効いたなどといっているが、まだ出始めたばかりで、本当に効くのかどうかは怪しい。しかも、超低温でワクチンを保管しなければならない、とか、二度接種しないと抗体が出来ない。その抗体もいつまで体内にあるのか、など未知なものばかり。さらには、極めて確率は低いといわれるが、副反応も出る可能性がある。

ところが、不活化ワクチンは、ちゃんと製造されたものであったら、インフルエンザ・ワクチンやポリオ・ワクチンのように、ほとんど副反応なしに確実に効く。しかも、一度で免疫がつき、二度ワクチンを接種する必要はない。

ドクター周が日本でやろうとしたことは、安心安全なオリンピックを開催したい日本を救う一大プロジェクトだった。ドクター周が、もし、上手に最高級の中国製コロナワクチン・チーノスペシャルを日本の国民にばらまいていたら、日本は間違いなく親中国派の国になっていたでしょう」

飯島が目を光らせた。

「それを阻止するには、『東光丸』を爆破し、ワクチン二千万人分もろとも海に沈めるしかないというのですか」

「その通りです。それに一緒に積まれていた大量の麻薬、これも問題でした。この麻薬は北朝鮮で製造された上質品のホワイトスノウで、末端価格五百億円にもなる。これが、ワクチン同様に、日本の若者たちの間にばらまかれたら、日本はアメリカ以上の麻薬国になりかねなかった。飯島さんも、猪狩さんも、これを黙って見逃せますか？」

「分かりました。光村さんのいう話が本当なら、私たち日本人と日本は、あなたたちに救われたわけですね」

「私の話を信用なさらない？」

「いえ。信じます。今日海保を訪ね、担当者から『東光丸』爆破事件の捜査状況を伺《うかが》ってきました。捜査は難航しているようです」

「船は、どういう状態ですか？」

「沈没した船体は三つに割れて、二千メートルの海底に横たわっているそうです。引き揚げは、おそらく無理だろう、ということでした。いまも船長以下、一等航海士、船務長、機関長らが行方不明となっています。生き残った船員たちはフィリピン国籍の人たちで、ほとんど事情を知りません。事故なのか、故意の爆破事件なのかも、はっきりしない。どうでしょう？　いまの話を匿名の捜査情報として提供していただけませんか。もちろん情報源は秘匿すると約束しますが」

　光村は笑いながらうなずいた。

「もし、私やコントラが罪に問われることがないということなら、いいですよ。提供します。飯島さんと猪狩さんを信用しましょう。今後のこともあるし、情報共有を図ることにしましょう」

「了解です」飯島もうなずいた。

猪狩は光村と握手の代わりに肘と肘を突き合わせた。光村は満足そうに笑った。

猪狩は、海原班長の指示を思い出した。

「そうだ。光村さんに、お訊きしたいことが一つあった」

「何です？」

「光村さんにはご兄弟がおられますか？」

光村は微笑んだ。

「ええ。上の兄と下に弟が一人ずつ」

「光村鉄雄さんは、弟さんですか？」

「鉄雄……。はい」

猪狩は飯島と顔を見合わせた。飯島が訊いた。

「本名金光鉄《キムグアンチヨル》さんで間違いないですか？」

光村春雄の顔色が変わった。

「弟が何かしでかしましたか？」

猪狩は落ち着いた口調でいった。

「数日前、新潟港の埠頭から乗用車が一台、海に転落し、車内から男性の水死体が発見されています。知人の一人が、亡くなったのは、光村鉄雄さんだといっていたそうです」

「……まさか、鉄雄が死ぬなんて。きっと殺されたんだ。そうだ、そうに決まっている」

光村春雄は、ぶつぶつと独り言をいいながら、ソファにどっかりと座り込んだ。

「いま、弟はどこに？」

「新潟大学医学部付属病院の霊安室に安置されています」

「会えますか」

「もちろんです。ご兄弟として身元確認をしてください」

光村春雄は両手を固く握りしめた。

「きっとオルッペミに殺されたんだ」

第五章　大いなる陰謀

1

日が落ち、街に薄暮《はくぼ》が訪れていた。

蒲田の盛り場は、ネオンも大半が光を落とし、街並に暗がりが拡がっていた。新型コロナウイルスの蔓延《まんえん》防止等重点措置のため、酒場も営業自粛《じしゅく》に追い込まれていた。ネオンのない街は、華やかさを失って、どこか寂しげな翳《かげ》を見せている。

猪狩誠人は、飯島舞衣と連れ立って本拠の蒲田マンションに戻った。マンションの警備はいつになく厳重だった。ロビーには警備担当の要員が二人張り付いている。二人の要員は、ソファで寛《くつろ》いでいるかのようだったが、猪狩と飯島にちらりと目をやり、見当たりをしていた。

本拠の部屋の前にも、二人の警備担当者の男女が立っていて、誠人と飯島を迎えた。二人は飯島と猪狩を見ると、何もいわず、ドアをノックした。ドアはなかから開かれ、猪狩と飯島を部屋に入れた。

部屋のテーブルには、真崎理事官をはじめ、警察庁警備局の浜田勇治《はまだゆうじ》管理官、警視庁公安部外事課の幹部や課員たちが集まり、深刻な顔で協議をしていた。

浜田管理官は、警備局国際テロリズム緊急展開班の浜田チームを率《ひき》いる長である。ほかの外事課幹部たちは、マスクを掛けているせいもあってよく分からないが、猪狩の顔見知りはいない。

猪狩と飯島主任が部屋に入ると、一斉に鋭《するど》い視線が二人に浴《あ》びせられた。

「ああ、主任、猪狩。いいところに戻った。きみたちも会議に加わってくれ」

真崎理事官は部屋の隅に並んだ椅子を指差した。

猪狩と飯島は、それぞれ椅子を持ち、テーブルの一角に並べて座った。真崎理事官は、みんなに二人を紹介した。ついで、猪狩たちに新顔の幹部たちを簡単に紹介した。

マスク掛けで出席していたのは、外事二課《ソトニ》の寺谷《てらや》課長、川田《かわだ》係長、新設された外事三課《ソトサン》の新任の百瀬《ももせ》課長と奥平《おくだいら》係長だった。

「この飯島主任と猪狩が、新潟の海原班長とは別に、背乗《はいの》りされた古三沢こと黄永南《ファンヨンナム》を捜査している。いま聞き込みから帰ったところだ」

全員が緊張した面持《おもも》ちで集まっていた。猪狩は、何か重大な事案が起こったのだな、と思った。

飯島が真崎理事官に尋《たず》ねた。

「何かあったのですか?」

「うむ。本日午後、総理官邸に脅迫状が届けられた」

「どのような?」

「主任、猪狩、これから話すことは極秘だ。特にマスコミに洩《も》れたら、えらいことになる。いいな」

「はい。了解です」「了解」

飯島主任と猪狩は思わず声を揃えて返事をした。

真崎理事官はいった。

「脅迫状の中身は、三十億ドルを指定するスイス銀行に振り込めというものだった」

三十億ドル?

猪狩は飯島と顔を見合わせた。飯島がふっと口元を緩《ゆる》めて笑った。

「日本円にして、三千億円ですか」

猪狩は、三千億円といわれてもピンと来なかった。せいぜい百万円か二百万円ぐらいなら実感がある。一千万円以上、まして億という単位のカネとなると、まったく実感がない。雲の上の数字のカネで、自分にとっては無縁なものだ。

飯島は信じられないという顔で笑った。

「冗談でしょう？　そんな巨額な金、それと何を引き換えるというんです？」

「原子力発電所一基を造る費用が、三千億円、それに見合う額を要求している。現在は、もっと費用は高騰しているが。もし、いうことを聞かなければ、日本国内にある原発いくつかを暴走させ、第二、第三のフクイチをつくるというのだ」

「なんですって、原発を暴走させるですって？」

猪狩は、すぐさま柏崎刈羽原発を思い浮かべた。いま海原班長が内偵《ないてい》捜査しているヤマではないか。

「三千億円の要求？　そんな馬鹿馬鹿しい脅迫が、簡単に通ると思っているんですかね」

飯島は集まった幹部たちがにこりともせず黙っているのを見て、笑うのを止《や》めた。

猪狩が切り出した。

「そんな要求をしてきたのは、いったい、どこの誰なんですか？」

真崎理事官は浜田管理官と顔を見合わせた。

真崎は浜田にうなずいた。浜田管理官は真崎理事官の代わりにいった。

「脅迫状の送り主は、神の使いのフクロウ、朝鮮語でオルッペミとあった」

「オルッペミだって」

猪狩は思わず声を上げ、飯島と顔を見合わせた。

「何か、心当たりがあるのか？」

真崎理事官が飯島と猪狩の顔を見た。

猪狩がいった。

「いま、我々が追っているマル対（捜査対象者）ですよ」

「ほほう。どういうことなのだ？」

猪狩は地獄谷の『フクロウ屋』の杉原素子から聞き込んだことを話した。

「古三沢に成り済ましたファンヨンナムは、そのオルッペミを捜していたというのか？」

幹部たちは騒《ざわ》めいた。

浜田管理官が勢い込んでいった。

「それで、きみらはオルッペミについても何か聞き込んだのか？」

「ファンがいっていたそうです。オルッペミは、浸透工作員《スリーパー》だそうです。長年眠っていて活動していなかったが、危険なテロリストだと。ファンは、そのオルッペミを見つけたい。そのためファンはオルッペミを捜して、都内各所や川崎、横浜、新潟などを、我々に内緒で動いていたらしいのです」

「黄永南《ファンヨンナム》は、きみらのマルトクだったのだろう？　そのマルトクの動向を、きみたちは把握しとらんかったのか？　しかも、ファンは何者かに殺されてしまったとは。なんたる失態だ」

浜田管理官が憮然《ぶぜん》とした顔になった。

猪狩は浜田管理官の叱責《しっせき》にむかっとしたが、我慢した。

「そうおっしゃいますが、もう六年も前のことですよ。いまさら、そんなことをいわれても、我々にはどうしようもありません」

「猪狩、分かった。話を続けろ」

真崎理事官が猪狩を促した。猪狩は、続けた。

「ファンは、そのフクロウを嗅《か》ぎまわっていたために、もしかするとフクロウに殺されたのかも知れません」

真崎理事官が穏やかに尋ねた。

「ファンは、フクロウを嗅ぎまわり、何をしようとしていたのだ？」

猪狩は頭を左右に振った。

「分かりません。北の密命で、フクロウを起こしに来たのか、それともフクロウを粛清《しゅくせい》しようとしていたのか？　あるいは、ファンはコントラの一員として、フクロウがやろうとしていたことを未然に防ごうとしたのか。もう少し調べてみないと」

「そうか。引き続き、ファンがどうしてフクロウを捜していたのか。さらに、そのフクロウとはいったい何者なのか、調べてほしい。大至急に、だ」

「分かりました」

猪狩はうなずいた。

飯島が真崎理事官に聞いた。

「フクロウは要求に対しての返事を、どう求めているのです？」

「フクロウは要求への返答は無用だとしているのだ」

「返答無用？」

「期限までに指定のスイス銀行の秘密口座に三千億円全額を振り込めとだけいってきている」

「その期日というのは？」

「東京オリンピック開会式当日だ」

「七月二十三日」

「その日の聖火が点火される時刻がタイムリミットだといってきているのだ」

「なんてこと」

飯島舞衣は唸《うな》った。飯島は室内にあるカレンダーに目をやった。

「今日は六月二十三日。あと一ヵ月ですか」

「そうだ。だから、官邸だけでなく、我々も焦《あせ》っているのだ」

飯島は猪狩と顔を見合わせた。

猪狩は思った。新型コロナウイルスのパンデミックの真《ま》っ只中《ただなか》に、日本が国民の命も守らず、無謀にも強行しようとしている東京オリンピック。その開会式当日に、日本のどこかの原発が暴走させられ、第二のフクイチの大花火が打ち上げられるというのか？　第二だけにとどまらず、第三、第四のフクイチが現出するかも知れない？

そうなったら間違いなく日本は崩壊する。

猪狩は背筋を這《は》い上ってきた戦慄《せんりつ》に、思わず身震いした。

「理事官、それで総理官邸は、フクロウの脅迫に、どう対処しようとしているのです？　まさか脅《おど》しに屈《くっ》してカネを払うのではないでしょうね」

「脅しに屈するわけではないが、総理官邸は、もし、万が一、第二、第三のフクイチが起こったらと危惧《きぐ》し、我々に大至急に捜査を命じたのだ」

猪狩は飯島と顔を見合わせた。

真崎理事官は何か隠している。普通ならガセの脅迫として笑い飛ばすところを、そう出来ない事情があったのではなかろうか？

飯島が目を細めて聞いた。

「理事官、もしかして、脅迫状と一緒に、フクロウから何か送られてきたのでは？」

真崎理事官は苦しそうにうなずいた。

「きみたちにはいっておこう。脅迫状と一緒に金属製の密封容器が送られてきた。爆発物処理班が、慎重に密封容器を開けたら、高濃度の放射性物質が入っていた」

「なんです、それって？」

「調べたら、使用済み核燃料棒の切片《せっぺん》だった」

「なんですって？　いったいどこの原発で使われた核燃料棒の切片だったのですか？」

「それが分からないのだ。いま原子力エネルギー庁や原子力規制庁が必死に使用済み核燃料棒を調べているところだ」

「本当に使用済み核燃料棒なのですか？」

「うむ。間違いない。日本のどこかの原発で使われたものだ」

日本の原発は五十四基ある。いま、そのほとんどが稼働していないが、使用済み核燃料は再処理もされず、各原発内に溜まりに溜まっている。

「使用済み核燃料棒を切断して、その切片を入手することが出来るのは、よほど原発や再処理に詳しい原発技術者がフクロウの関係者にいる、ということだ」

「使用済み核燃料棒の管理は、厳重なのでしょうね」

「もちろんだ。使用済み核燃料棒は、核兵器の原料となるプルトニウムが主成分だ。当然のこと厳重に管理されていたはずだ。そうした使用済み核燃料棒の切片を盗み出し、官邸に送り付けたということは、フクロウの本気度を示している。明らかに原発技術者を擁《よう》していることを考えると、本当にどこかの原発を暴走させるという警告だろう。官邸が深刻にフクロウの脅迫を受け取っていることが分かるだろう？」

真崎理事官は目をぎらりと光らせた。猪狩と飯島はうなずいた。

「なるほど」

「そんなフクロウの脅迫以前に、我々は柏崎刈羽原発を暴走させようという動きがあることをキャッチし、独自捜査を開始していた。これは内閣情報調査室に報告を上げてあったから、当然官邸も知っている。それで、フクロウの脅しは、さらに信憑《しんぴょう》性が高くなった」

「官邸はおかんむりだ」浜田管理官が吐き捨てるようにいった。

「フクイチ事故からの復興オリンピックにしようとしていたのに、新型コロナウイルスのパンデミックのため、一年延期させられた上に、無観客開催となった。オリンピックで景気浮揚しようという政府の目論《もくろ》みはおじゃんになった。それでもなんとか外国選手や要人だけでも来てもらってオリンピックを開催しようというのに、今度の脅しだ。オリンピック警備で全国から警察官が東京に集まり、原発を抱えた県は軒並み、警備が手薄になっている。そこを狙っての脅しだからな。総理官邸はかんかんに怒っている」

真崎理事官は飯島と猪狩にいった。

「官邸は、もし、万が一、オリンピック開催で、世界の目が日本に注目している最中に、どこかの原発が暴走させられたら、それこそ日本は破滅する。また日本が原発事故を起こしたかと、世界の信用を失う。実際に事故が起こらなくても、原発が危ないというニュースがマスコミで取り上げられるだけでも、我が国は打撃を受ける。だから、フクロウの脅しや企《たくら》みを、極秘のうちに処理しろというのが、官邸からの我々に対する厳命だ」

真崎理事官は、じろりと公安外事の幹部たちを見回した。

猪狩はまた飯島と顔を見合わせた。

公安外事は所詮《しょせん》、総理官邸の使い走り、ということか。国家のため、国のため、というが、結局は、その時の政権のためではないのか？

おれは国民の命を守るために警察官になった。時の政権を守るために警察官になったのではない。

　飯島は、いまにも爆発しそうな猪狩の憤懣《ふんまん》を見抜き、頭を左右に振った。

　駄目よ、気持ちは分かるけど、いまは抑えて。

　猪狩は飯島にうなずいた。

「振込先のスイス銀行の口座の名義人は、誰なのですか？」

「インターポールを通じて、スイス銀行に問い合わせたのだが、たとえ警察であろうが、顧客の個人情報は教えることは出来ないと拒否された」

「犯罪に使われているといっても、協力出来ないというのですか？」

「まだ振り込まれていないし、たとえ、特定の口座にお金が振り込まれたにせよ、そのお金が犯罪に絡《から》むお金であると証明されなければ、秘密口座について、何もお教えすることは出来ないということだ」

　真崎理事官は憮然として答えた。猪狩は唸るしかなかった。

「理事官、テレビ会議の準備が整いました」

　総務課員が真崎理事官にいった。

「うむ」

　真崎理事官はうなずき、テレビ会議用の大型テレビの前に座った。

テレビの大画面は、いくつもの区画に分かれ、黒沢管理官、海原班長、大沼部長刑事らの顔が並んでいた。新潟捜査組のメンバーだった。

真崎理事官が口火を切った。

「管理官、どうだ？　柏崎刈羽原発爆破計画の捜査は進んでいるか？」

黒沢管理官の顔が画面にズームアップされて映った。

『いま原発敷地内に入っている全下請け業者、孫請け業者の洗い出しをしています』

「班長、光村鉄雄が働いていた下請け会社は分かったのか」

海原班長が手元の資料を見ながら答えた。

『分かりました。地元大手の新海《しんかい》建設の下請けのさらに孫請けの小出《こいで》配管有限会社。七、八人の零細《れいさい》企業で、オーナーは小出九郎《くろう》』

「小出九郎の人定《じんてい》は？」

『元ヤクザ。広域指定暴力団丸菱《まるびし》組の第五次団体の小さな組の組長でした。前科二犯。恐喝と殺人未遂。十年ほど前に足を洗い正業《せいぎょう》についたという人物です。若い頃、配管工をしていたので、配管会社を創業したとしています』

「裏はありそうか？」

『ありそうです。そもそも親会社の新海建設がいろいろ問題ありです。叩けば埃《ほこり》が出てきそうです』

「どういうことだ？」

『新海建設の社長新海剛太郎《ごうたろう》は、新潟出身の保守党系の地元政治家を応援している黒幕。地元政治家とかなり癒着《ゆちゃく》しているといわれる。その政治家の口利《くちき》きで、柏崎刈羽原発の建設工事にからみ、ぼろ儲《もう》けした。そのため贈収賄容疑で、検察特捜の捜査を受けたこともあるので。もっともその時は不起訴処分になっていますが』

「原発利権屋か」

『建設工事のみならず、子会社として人材派遣会社も経営していて、柏崎刈羽原発には、かなりの作業員を派遣しているそうですからね。原発さまさまの恩恵を受けている会社です』

「ほかにも、そういう原発依存の会社はあるのか？」

『大手から零細会社まで含めると、ざっと三百は超えるでしょうね』

「三百社を超えるか。管理官、ことを起こしそうな連中は、どの会社に所属している？」

『電力会社から、従業員リスト、原発作業員リストを入手し、身元を洗っています。身元調査はちゃんとやっているんですかね。これまでに、要注意人物は十数人に上っています。リストを送ります。そちらでもチェックしてください』

「分かった。データを送れ。リストのなかに、ファンヨンナムと接点がある人物はないか？」

『これまでのところなしです』

テレビ捜査会議は、延々《えんえん》と続いていた。

猪狩は腕組みをし、会議のやりとりに耳を傾けていた。この分では、深夜まで会議は延びるかも知れない、と猪狩は覚悟した。

2

世界救民救世教妙高道場は、修行者たちの姿もなく静まり返っていた。

女導師は白い作務衣《さむえ》姿の女二人を両脇に侍《はべ》らせていた。全員が白いマスクで顔を覆《おお》っていた。

女導師の机の前の椅子に座った男は分厚い封筒を受け取り、中に数十枚の万札があるのを確かめてから、内ポケットに仕舞いこんだ。男は卑屈《ひくつ》な笑みを浮かべ、女導師に頭を下げた。

「導師様、ありがとうございました。こんなにいただけるなんて、思いもよりませんでした」

女導師はあらためて男にいった。

「ご苦労でした。阿《あ》が短刀で血糊《ちのり》の袋を切り裂いた時、怪我《けが》はしませんでしたか」

「いやあ。ちょっとばかり喉元《のどもと》に切傷ができましたが、大したことはありません。時代劇の映画やテレビで斬られ役になる時には、模擬《もぎ》刀で斬られるたびに生傷が絶えませんでした。それに比べると、軽いもんです。あんなもんで、信者さんたちは本当に私が阿《あ》様に斬られて死んだと思い込んだのでしょうかね」

「思い込んでますよ。さすが時代劇の斬られ役のベテラン役者。みんな、目の前で、警察のスパイが殺されたと思い込んでいます」

女導師は笑いながらいった。斬られ役の男はうれしそうに笑った。

「そうですか。大部屋の私でも、導師様のため、少しはお役に立てたとはうれしいですな」

「ですが、死んだはずのあなたが、新潟くんだりをふらふらしていて、うちの信者さんたちに見つかったら、なんだ、本当のことじゃなくて芝居だったのか、となりましょう。その時には、そのお金返していただきますよ」

「冗談じゃない。大丈夫です。さっそくにもこの地を離れ、すぐに東京に帰ります。ご安を下げた。


心ください。では、これで。失礼します」

　斬られ役の男はほくほくした顔で、黒マスクで顔を隠し、何度も女導師や阿吽《あうん》たちに頭を下げた。

　男は、作務衣姿の男に付き添われ、導師室を出ていった。

「阿吽、おまえたち、あの男をつけて監視しなさい。もし、警察や妙な者と接触するようだったら、仕方ありません。その時は、始末しなさい。教団に害になりましょう」

「分かりました」阿の女は傍《かたわ》らの吽に目をやった。

「では、さっそくに」吽の女はうなずいた。

　阿吽の二人は女導師に頭を下げ、その場でさっと作務衣を脱ぎ捨てた。二人は白ブラウスにジーンズ姿の普通の若い女になり、部屋をそっと抜け出した。

「姉さん、いいかい」

　入れ替わるように、パナマハットを被った男がのっそりと部屋に入ってきた。夏物の薄い布地のブルーのジャケット、下は白スラックス。白のワイシャツに無地の紺青色のネクタイを締めている。パナマハットはネイビーブルー。黒のサングラスを掛け、大きな黒マスクをして顔を隠している。

　女導師は笑いながらいった。

「忠《ただし》、突然に道場に現われるなんてだめじゃない。いまは、できるだけ会わないようにしていなきゃ」

男は、サングラスを取った。ついでマスクを外し、大きく深呼吸をした。整った顔が現われた。忠はパナマハットを帽子掛けに掛けた。

「たまにはいいさ。同じ新潟にいるんだから、顔を見たくてね。電話やメールのやりとりばかりだと、顔が見えないので気が滅入《めい》る。こうして姉さんと面と向かって話が出来ると、ほっと安心できる。お互いの信頼も深まる」

「やだねえ。そんな言い方をされると、信頼がないみたいじゃないの」

女導師は黒檀《こくたん》の机の引き出しを開け、ピースインフィニティの煙草《たばこ》箱を取り出した。

「姉さん、禁煙していたのでは？」

「いいの。こう緊張が続くと、たまに禁を破って喫《す》いたくなるの」

女導師は煙草を一本咥《くわ》えた。

忠はジャケットを脱ぎ、ハンガーに掛け、コート掛けに吊るした。脇下のホルスターから自動拳銃の銃把《じゅうは》が覗《のぞ》いていた。

忠は肩からホルスターごと拳銃を外し、吊り革でぐるぐる巻きして、自分が座っているクッションの下に隠した。

女導師は煙草に百円ライターで火を点《つ》けた。

「これまでは、順調にことが進んだけど、これからが正念場」

「姉さん、いまさら、こんなことをいうのは、可笑《おか》しいかも知れないけど、おれたちがやろうとしていることは、本当に間違っていないだろうか？」

女導師は肘《ひじ》掛け椅子に座り、煙を吹き上げた。

「はっきりいって、私たちは間違っていると思う。でも、どこの国も私たちを助けてくれないし、過去を清算するつもりもない。誰も、そっぽを向いて、過去と向き合おうとしない。だったら、私たちが、国が行なってこなかった過去の清算を、強制的にでもやらせようじゃないか。私たちが悪の権化《ごんげ》になって、国に責任を取らせようじゃないか。そう私たちは、昔誓ったでしょ」

「国といっても、日本だけではなく、同時に共和国の責任も問うのだよな？」

「共和国は、偉大なる首領の命令で、まったく関係のない、無辜《むこ》の日本人たちを拉致《らち》し、共和国の奴隷にした。私たちのようにね。日本は、かつて朝鮮半島を植民地としたことの負い目もあって、国民を守ろうともせず、口で抗議しただけ。真剣に拉致された国民を取り戻そうともせず、これまでずっと放置してきた。どちらも許されざる国家の犯罪よ。本当は誰かが、国の責任を追及すべきなのに、誰もしてこなかった。だから、私たちがやろうじゃないか、となった」

女導師の弁は熱を帯《お》びていた。

「うむ」

忠は吊るしたジャケットからメヴィウスの箱を取り出し、一本を咥えた。女導師がガスライターを差し出して、忠の煙草に火を点けた。忠は深々と煙を喫った。

「韓国も、アメリカ、中国、ロシアも、共和国の国民の窮状《きゆうじよう》を知りながら、見て見ぬふりをして、歴代の独裁者の首領たちを助け、キム体制を黙認していた。その結果、共和国は核兵器を持つようになり、アメリカや日本をはじめ、中国、ロシア、イギリス、フランス、ドイツなど世界中の国々を不安に陥《おとしい》れた。私たちからすれば、彼らも自業自得よ」

女導師は煙草の煙を吹き上げた。

「本当に、おれたちは共和国のため、あるいはどこかの国のためにやっているのではなく、おれたち自身のためにやっているということだね」

「そうよ。だれが共和国なんかのために、命を張るもんですか。私たちが大金を得るのは、民のため。それも生きるのに困っている窮民のため。窮民のためなら、悪も犯罪もためらわない。その覚悟が大事よ」

「そうだね」

「そうでなければ、世界の窮民を救い、決起させることにならない。民を救い、世界を救う。これが私たちの目的だし、最終の夢でもある」

「でも、やっているうちにどうも迷いが出るんだ。おれたちのやっていることは、本当に正しいのだろうか、ってね」

「忠、いっておくわ。私たちがやることは正義だなんていわない。国家にとっては悪そのもの。共和国にとっても、日本にとっても、国益にならない。でも、虐《しいた》げられた民のためになることだけは確か。私たちが、国家に私戦を挑み、国家に過去の清算を迫る。そのためには、私たちは悪になってもいい。そういうこと」

忠はうなずいた。

「世界救民救世教の教義、そのままだな」

「これまで、国家が払うべきものを払ってこなかったのだから、私たちの請求する金額を払うのは当然。過去の落とし前としては、少なすぎる額よ。これが成功したら、将来、何度でも請求する。そうやって、過去の清算をさせるのよ」

「うむ。少し、迷いがなくなった」

忠は大きくうなずいた。

「ところで、姉さん、警察が六年前の事件をまたぞろ洗いはじめたのを知っている?」

「ええ。もちろん。私の店や周りにも刑事たちが聞き込みをしている。どうせ、何も出ないけどね。用心に越したことはない」

「それはそうと、まさかやつが監察者だったとは知らなかった」

「上が何もいわなかったのが悪いのよ。監察者だと分かっていれば、私たちの対処もまったく違ったのに」

「今回も、きっと上は内緒で監察者を送り込んでくる。慎重にやらねばね」

ドアにノックがあった。男の声がした。

「導師様、本部道場からお使いの方が御見えになりました」

信者の声がした。

「お使い？　誰だろう？」

女導師は怪訝《けげん》な顔をした。本部道場は、夫で、日本本部長の都村神人が主宰《しゅさい》している。

「入って」

ドアが開き、作務衣姿の青年が顔を覗かせた。青年は忠にちらりと目をやり、女導師に頭を下げた。

「根藤《こんどう》、お使いというのは、誰？」

根藤と呼ばれた信者の青年は困った表情でいった。

「名前は名乗らず、ともあれ、教祖申起洪《シンキボン》様の使いといえば分かると」

「どんな風体《ふうてい》の人？」

「痩《や》せて陰険な感じの老人です」

根藤は小声でいった。

「分かりました。ここへ案内して」

女導師は根藤にいった。

根藤は静かにドアから廊下に出て行った。

「誰だろう？」

痩せて陰険な感じの老人？

女導師は頭を傾《かし》げた。ともかくも、シン教祖の使いということは、何か大事な話があるからだろう。

「姉さん、俺、席を外しておこうか」

「そこにいていい。そのソファだけは客用に空けて。あなたは後ろの予備のソファに座っていて。もし、変なやつだったら、追い出してもらうから」

「うむ」

忠はソファのクッションの下から拳銃を入れたホルスターを取り出した。部屋の隅にあった予備のソファセットに移った。

席を移る途中、執務机にあった新聞を一部取り上げた。ソファにどっかりと座り、足を組んで、膝《ひざ》の上に新聞を拡げた。

ドアにノックがあり、根藤がドアを開けた。

「お客様です」

「どうぞ」

女導師は肘掛け椅子に座ったまま、執務用の机の上で手を弄《もてあそ》んでいた。

猫背で痩せた体付きの老人が、のっそりと入ってきた。暑い夏なのに、黒いソフト帽に黒の背広上下を着込んでいた。

老人は、部屋に入ると、被っていたソフト帽をつまみ上げた。白髪《しらが》がびっしりと生えた坊主頭。黒いマスクを掛けていて、顔は半分以上隠れている。マスクの上の陰険な目がじろりと女導師を見た。

「なんだ、曾根《そね》さんじゃないですか」

女導師は思わず肘掛け椅子から立ち上がった。

老人は無言のまま、帽子を根藤に預け、ソファに腰を下ろした。

「水、冷たい水を」

老人はひんやりとした声でいった。女導師は根藤に、冷えた水を持ってくるように指示した。根藤は手にしたソフト帽を帽子掛けのフックに掛け、急いで部屋を出て行った。

曾根と呼ばれた老人は、予備のソファで素知らぬ顔で、新聞を読んでいる忠に目をやった。

「そいつは？」

「弟の忠です。忠、曾根さんに挨拶《あいさつ》しなさい」

女導師は忠にいった。忠は新聞を下ろし、「どうも」と、頭を下げ、また新聞に目を戻した。

「忠、曾根さんに何という態度なんです。曾根さんは、私たちが日本に戻る時、たいへんにお世話になった方なんですよ」

「…………」忠は何もいわず、曾根をじろりと見、また新聞に目を戻した。

「まあ、遥子さん、いいじゃないですか。弟さんは、わしとまったく面識がないんだから」

曾根老人はマスクの中で空気が洩れるような笑い声を立てた。

「ところで、曾根さん、このコロナ禍の最中に、よく韓国から日本に入れましたね。どうやって……」

「入国できたか、というのかね。わしは韓国選手団の顧問として入った。それに、もともとわしは日本国籍もあるんじゃからな。それから、いっておくが、ＰＣＲ検査は陰性だ」

根藤が氷を入れたコップと、水差しを持って部屋に入ってきた。根藤は机の上にコップを置き、水差しの水を注《そそ》いだ。

曾根老人は黒マスクを顎の下に掛け、コップの水を美味《おい》しそうに喉を鳴らして飲み干した。細面の顔は顎がしゃくれていて、頰の肉がげっそりと削げ落ちていた。何かの病いの後のように見える。

根藤が空《から》になったコップに水を差した。

「うん、もういい。若いの、ありがとうよ」

曾根老人は嗄《しやが》れた声でいった。

「曾根さん、本部からのお使いとのことですが、どういうことなのでしょうか？」

「本部は本部でも、横浜野毛の日本本部ではない。ソウルの本部教会の、つまりシン教祖様の代理として来ておる」

「どういうご用件でしょうか？」

「フクロウ、オルッペミに会いたいのだ」

「オルッペミに」

女導師遥子は、思わず弟の忠と顔を見合わせた。忠はじろりと曾根老人を睨《にら》んだ。

「どういう用件で?」

「頼みごとがあるんじゃ」

曾根老人はにやりと黒マスクを歪《ゆが》めて笑った。

3

猪狩は焦った。

タクシーが羽田の第二ターミナルに止まると、慌ただしく料金を支払い、車から飛び出した。首都高速が渋滞しており、山本麻里の到着便の時刻に間に合いそうになかった。

山本麻里のケータイに何度も電話をかけたが、「現在、この電話番号は使われておりません。もう一度お調べになってお掛け直しください」になってしまう。

新型コロナウイルスのせいで、外国からの入国制限があるため、到着ロビーはほとんど人気《ひとけ》なく閑散《かんさん》としていた。

猪狩は息急《せ》き切って到着ロビーに走り込み、通関の出口ゲートに駆けつけた。

山本麻里の乗ったＪＡＬ便は、とっくに到着しており、乗客は全員下りていた。ゲートからは、ちらほらと、外国人乗客が出てきて、出迎えの人たちと挨拶している。ソーシャルディスタンスを取って、ハグなどはせず、拳や肘をぶつけ合ったりしている。

周りを見回したが、麻里の姿はない。

蒲田からだったから、羽田空港は近いと思い、時間ぎりぎりまで粘って、調べていたのが失敗だった。もう一度と思い、麻里のケータイに電話をかけたが、繋がらなかった。

通関の出口には人の姿はなくなり、次の到着便まで人が出て来なくなった。猪狩は途方に暮れた。

麻里のことだ。当然に迎えに行くと約束していたのに、その猪狩が迎えに来なかったとなると、怒ってさっさとホテルに向かってしまったのではないか。

猪狩は到着ロビーの中をうろつきながら考えた。

もしかして、恋敵の蓮見健司なら、麻里の新しいケータイ番号を知っているかも知れない。

猪狩は癪《しゃく》だったが、スマホで蓮見健司の電話番号をダイヤルした。二回の呼び出し音で、蓮見健司が出た。

『マサト、遅いじゃないか。いまどこにいるんだ?』

「羽田の到着ロビー」

猪狩はスマホを耳にあてたまま、周りを見回した。

『しようがないやつだな。麻里さんの身柄は、おれがすでに確保してある。おまえの代わりにな』

「なんだって？　健司、おまえも迎えに出たのか？」

『おまえじゃあ、頼りないと、おれにもメールがあった。来てみたら、案《あん》の定《じょう》、麻里は通関を出てうろうろしていた』

「麻里は、どこに？」

『マサト、何しているの！』

いきなり麻里の声がスマホに響いた。

「麻里、着いていたのか。ごめん。迎えに来たんだが、途中渋滞に巻き込まれて……」

猪狩は腕時計を見た。便が到着してから、すでに二十分は過ぎている。

「遅れてしまった」

『刑事だったら、あらかじめ渋滞を予測して行動すべきでしょ。しようがないやつ』

「はい。おっしゃる通りです」

猪狩は頭を掻《か》いた。

麻里に帰国早々叱《しか》られてしまうとは、我ながら情けない。

『こんなこともあろうと、健司にもメールを入れておいたのよ。あなたにもメールを入れたはずよ』

「メール？」

猪狩はスマホのメールをチェックした。未読のメールに、麻里のメールが溜まっていた。三通も。いけねえ、電話をかけることばかり焦っていて、メールをチェックするのを忘れていた。

『だめねえ。メールもチェックできないほど忙しいの』

「そうなんだ。ものすごく忙しい」

いま、猪狩たちは総力を挙げて、オルッペミを捜していた。オルッペミを捕まえねば、そして、原発の暴走を抑えねば、日本はたいへんな危機に陥る。まさに、国家存亡《そんぼう》の危機だった。だが、そんなことは麻里にいえない。

「麻里、いまどこにいる？」

『私に会いたい？』

「うん、麻里に逢いたい。どこにいるんだ？」

『後ろを見て』

猪狩は思わず振り向いた。そこには、マスクを掛けた麻里と蓮見健司が立っていた。

麻里はケータイを健司に返し、まっしぐらに猪狩に突進してきた。麻里は猪狩の胸に飛び込んできた。

猪狩は麻里の軀《からだ》を抱き留めた。紛《まぎ》れもない麻里だった。

逢いたかった。猪狩は麻里の軀をぎゅうっと抱き締めた。思い切り。麻里が嬉しい悲鳴をあげるほどに。

「おいおい、二人とも、ソーシャル・ディスタンス、ソーシャル・ディスタンス」

蓮見健司がにやつきながら、猪狩と麻里にいった。猪狩は麻里の軀を離した。麻里は嬉しそうな笑い声を立てた。

「マサト、おれ、今月から異動が決まった。配属先が変わる。新設の警察庁サイバー隊だ」

蓮見健司は車を運転しながら、猪狩にいった。

警察庁サイバー隊は、警察庁創設以来、初めての直轄《ちょっかつ》部隊だった。戦前の内務省直轄の特別高等警察、いわゆる「特高《とっこう》」が、民衆の民主運動や左翼活動を弾圧する秘密治安警察だったことから、連合国軍GHQは、国家警察を解散させ、自治体警察を主体とする警察機構に改編した。

そのため、警察庁は四十七都道府県の警察を統括する機関だが、あくまで管理、運営、指導など行政部門であって、犯罪捜査の部局は持っていない。犯罪捜査はもっぱら都道府県警察が担当するよう法律で定められていた。新設されるサイバー隊は、警察庁が都道府県の警察に捜査させる部隊ではなく、警察庁自身が犯罪捜査できる初の部隊だった。

「健司、やるな。二課からサイバー隊への異動とはな」

助手席に座った麻里が振り向き、後部座席の猪狩にいった。

「マサト、私もまだ内定なんだけど、どうやら配属先、健司と同じサイバー隊なのよ」

「え？　なんだって？　麻里もか。二人とも、すごいな」

猪狩は麻里の顔に見とれながらいった。蓮見健司は、ちらりと麻里に目をやった。

「もっとも、俺は二課の尾を引いて、経済産業専門のサイバー犯罪捜査部門だ。麻里は、おそらくＦＢＩ仕込みのサイバーテロ捜査を担当するセクションだと思う」

「二人とも、羨《うらや》ましいな。いま最先端のサイバー捜査だものな」

猪狩はため息をついた。蓮見健司が慰《なぐさ》めた。

「そういうマサトも、おもしろそうな仕事をやっているじゃないか。公安捜査官なんて普通の警察官がなれるもんじゃない」

「マサト、いま何を捜査しているの？」

「聞いてくれるな。保秘《ほひ》なんだ」

猪狩はため息をついた。公安は、保秘で固まっている。

「でも、何を追っているのかぐらいは、話してもいいんじゃないの」

「国家的な大危機に陥りそうな犯罪捜査」

「えらく大げさだな。どんな国家的な危機だというのだ？」

「新型コロナウイルスのパンデミックよりも大きな国民的な危機ってわけ？」

「二人とも、おれを誘導尋問にかけて喋《しゃべ》らせようってんだろう？　やめてくれよ。おれ、教えたくても、公安刑事として喋れないんだからさ」

「いいじゃないの。私も健司も口は堅いわよ。拷問にかけられても、私は喋らないし。そういう訓練も受けてきたのよ」

麻里は助手席から、軀を捻《ひね》って、後ろを振り向いた。誠人を黒目がちの大きな眸《ひとみ》で縋《すが》るようにじっと見つめた。誠人は背筋がぞくぞくした。

誘導尋問ならぬ誘惑尋問だ。こんな風に麻里の魅惑的な眸で迫られたら、何でも喋りそうになる。健司が運転しながら笑った。

「麻里、マサトを困らせるのは止めろよ。マサトに公安刑事は似合わないと思うが、マサトに公安刑事を辞めるような目にだけは遭わせたくない」

「そうね。それでは、マサトが可哀相《かわいそう》だものね」

麻里は、誘惑尋問を止めてくれた。それだけでも感謝だった。

車は霞《かすみ》が関《せき》に入った。車は内堀《うちぼり》通りを走り出した。麻里は、とりあえず半蔵門《はんぞうもん》会館に入ることになっていた。明日は警察庁に上がって、辞令を受け取る予定だった。

「ね、ね。マサト、健司。三人で秘密にチームを組まない」

「チーム？　何それって？」

「私的な捜査チーム。ＦＢＩでも、いろいろ別の部局の同期のメンバーたちが、互いに信頼し合い、密かに私的なチームを作って捜査をしていたの。それぞれ別の部局の捜査員だから、一つの事案をさまざまな角度から見ることが出来る。それを捜査に役立てていた。上から組織されたチームではなく、同期の同志が手を結び、自分の仕事に役立つような連携をするの。もちろん、三人以外には絶対に洩らさない。捜査上の秘密は喋らないでもいい。どう、健司」

「ああ。おれはいいよ」

蓮見健司はハンドルを軽くさばきながらいった。誠人は考え込んだ。

「どう？　マサトは」

麻里、蓮見健司との三人組なら、何かできそうな気がした。いつまでも公安お得意の保秘ばかり振りかざしていたら、肝心《かんじん》の犯罪捜査は進まない。

「いいよ。麻里と健司となら、チームを作ってもいい」

「ディール（取引成立）！」

麻里は笑って手を誠人に伸ばした。誠人は麻里の手を握った。しっかりした柔らかで温かい手だった。

「ディール」

蓮見健司は左手の拳で、麻里とグータッチをした。

「チームの名は？」

「三人にしか分からないコード名がいいな。しかも、覚えやすい暗号名がいいわ」

「MMKというのはどうだ？」

誠人がいった。蓮見健司が笑った。

「麻里、マサト、健司の頭文字か？」

「別の意味もある」

「なんなの？」麻里が訝《いぶか》った。

「もててもてて、困るの頭文字だ」

三人は声を上げて笑った。

「親父から聞いた冗句だ。昔、持て男のことを、ＭＭＫといったそうだ。いまでいえば、ＤＡＩＧＯのウィッシュ語かな」

「いいわね。それで行こう。ＭＭＫ」

「ＭＭＫか。おれたちにしか分からぬ合い言葉だな」

蓮見健司はにんまりと笑った。

誠人は助手席の麻里を見た。麻里は身を捩《よじ》り、助手席から後部座席の誠人に顔を向けた。

誠人は久しぶりの麻里の顔を見つめた。麻里も優しい眸を誠人に向けた。

真っ赤な唇《くちびる》が、声に出さず、マ、サ、トと動いた。ついで唇が、ＬＯＶＥ　ＹＯＵと動いた。

4

新潟の空は雨模様だった。

光村春雄は、新潟県警港湾署を訪ねた。鉄雄の遺体は、新潟大学医学部で司法解剖に付された後、新潟中央署に移管されていた。

光村は死体安置所で、弟の鉄雄であることを確認した。解剖所見によると、死因は水死だったが、胃から睡眠導入剤が多量に発見されており、眠ったまま、車ごと海中に落とされて亡くなったということだった。

不思議に涙は出なかった。鉄雄とは喧嘩《けんか》別れをし、弟から兄弟の縁を切られても、春雄にとって血が繋がった弟は、ずっと変わらず弟だった。

馬鹿野郎。そんなことで兄弟の絆《きずな》が切れると思っているのか。

光村春雄は、真っ白になった鉄雄の死に顔を見ながら、心の中で叫んだ。

弟をこんな姿にした犯人は許せない。いつか必ず復讐してやる。おまえの仇《かたき》は討つ。いまに見ていろ。春雄は鉄雄の死に顔に心から誓うのだった。

「遺品は、これだけです」

県警の刑事は机の上に鉄雄が身に付けていた品々を拡げた。

腕時計、財布、免許証入れ、車のキイや部屋の鍵が付いたキイホールダー、ケータイ、汚れたハンカチ。

腕時計は十二時十五分で止まっていた。午後なのか、午前なのかは分からない。車が水に飛び込んだ時に止まったらしい。

ケータイは海水に浸《つ》かり、使用不能になっていた。おそらく内部の基板も海水に浸かり、復元は難しそうだった。

財布には、濡れて貼り付いた二枚の千円札があった。財布のコイン入れに百円硬貨や十円硬貨、一円硬貨などが入っていた。さらに、写真が一葉。笑顔で春雄と鉄雄が肩を組んでいる。兄弟でお台場に遊びに行った時に撮ったスナップ写真だ。弟は死ぬ時にも、この写真を持っていたのか、と思うと、春雄は思わず胸に込み上げてくるものがあった。

春雄は遺品の一つ一つを自分のバッグに入れた。

「光村春雄さん」

後ろから女性の声がかかった。

振り向くと、きりっとしたスーツ姿の小柄な女性刑事が立っていた。

「お手間は取らせません。少々事情をお聞かせ願えますか?」

女性刑事は名刺を差し出した。

名刺には、新潟県警捜査一課刑事、中山裕美巡査とあった。丁重《ていちょう》だが有無《うむ》をいわせぬ口調だった。

「任意の事情聴取ですね?」

「そうです。光村春雄さんのことは、警視庁公安部の猪狩刑事からお聞きしています」

「そうですか」

猪狩がどの程度まで中山裕美刑事に話をしているか分からないが、光村はともあれ、事情聴取に応じることにした。こちらから聞きたいこともある。

光村春雄が案内された部屋は取調室ではなく、署内の会議室だった。会議室には、もう一人、やくざを思わせるようなマル暴刑事が待っていた。いかつい顔に作り笑いを浮かべながら、名刺を出した。

「猪狩の相棒をしている。よろしく」

警視庁公安部、大沼彦次郎巡査部長とあった。

光村は、二人の刑事にちらりと目をやった。

捜査一課の女性刑事と、ごつい男の公安刑事が組んでいる？　まるで、美女と野獣じゃないか。

中山裕美刑事は真顔でいった。

「お亡くなりになった弟さんについて、心からお悔やみ申し上げます」

中山刑事は丁寧に光村に頭を下げた。大沼刑事は中山裕美の後ろで、無愛想《ぶあいそう》な顔のまま、ちょこんと頭を下げた。

光村は二人に礼をいい、あらためて二枚の名刺をテーブルに並べた。

中山と大沼はテーブルの向かい側に座った。

大沼が中山に小声でいった。

「ＫＤ、捜査一課員の腕の見せ所だ。やってみろ」

ＫＤ？　中山刑事の渾名《あだな》なのか？

中山裕美はむっとした顔になったが、気を取り直し、優しく光村に訊いた。

「鉄雄さんが亡くなったのを聞いて、光村さんはフクロウ、オルッペミが殺した、とおっしゃったそうですね。猪狩刑事から聞きました。どういうことなのでしょう？　よろしかったら、話をお聞かせねがえませんか？」

「そう思っただけ。何の根拠もありません」

光村は、飯島主任や猪狩と、中山裕美たちが、どの程度情報共有をしているのかと考えながら答えた。

「鉄雄さんは、コントラのメンバーだったのですか？」

「そうではない。私が鉄雄をコントラに誘ったのですが、鉄雄は共和国に背《そむ》くような組織には絶対に入らない、と頑《かたく》なに拒否したのです。そして『兄さんは共和国を裏切るのか。売国奴《ばいこくど》じゃないか』と、私を激しく非難した。そのため、私は鉄雄と大喧嘩をして別れたのです。鉄雄は、私に兄弟の縁を切ると絶縁状を送ってきました。それから、ここ数年会っていなかった」

「では、鉄雄さんが、新潟で何をしていたか、御存知なかったのですか？」

「知りません。だけど、いつか、きっと弟にも分かる時が来ると信じていたのですが、そうなる前に殺されてしまった。本当に残念でなりません」

光村は話しているうちに、本当に弟の鉄雄が死んだのだ、という実感に襲われ、思わず目に涙が溢れてきた。慌ててハンカチを取り出し、目にあてた。

中山刑事は、しばらく黙っていた。

光村がようやくハンカチで涙を拭《ぬぐ》い、落ち着くと、中山がいった。

「鉄雄さんは、殺される少し前、自分は柏崎刈羽原発を破壊するための特攻隊に選ばれた、死なねばならない、と悩んでいたそうなのです」

「そんなことを……」

光村は弟鉄雄を思った。

おそらく、鉄雄は共和国の秘密工作組織に加わり、無謀な命令を受けて、思い悩んでいたのに違いない。共和国の工作員たちは鉄雄が動揺した様子を見て、きっと裏切ると思い事前に始末したのではないのか。

なぜ、弟は自分に悩んでいることを相談してくれなかったのか？

「鉄雄さんは、いったい誰に特攻隊に入って死ねといわれたのですかね」

「…………」

「洛東江《ナクトンガン》ですかね？」

　洛東江は、大勢の日本人拉致にかかわった北朝鮮の秘密機関だった。

　光村は頭を左右に振った。

「洛東江の主要な幹部はほとんど、共和国に逃げ帰った。いま日本には、洛東江に替わって、浸透工作員《スリーパー》たちがいる」

「そのスリーパーが、フクロウことオルッペミだというのですか？」

「そうだ。そのオルッペミが目覚めたのだと思う。ファンがオルッペミを追っているうちに殺されたのも、目覚めたオルッペミの仕業《しわざ》だ。弟の鉄雄もきっとオルッペミによって、特攻隊に入れられたのだろうと思う」

「オルッペミって、いったい、何なのですか？」

「我々の耳に入っている情報では、凄腕《すごうで》の殺し屋だということ。北朝鮮で子どものころから殺しの技術を身に付けた、最終殺人兵器だと聞いている」

「そんな浸透工作員は、日本にどのくらいいるというのです？」

「分からない。だが、一人ではないことは確かだ」

「どうして、複数いると？」

「共和国当局からのＳＮＳを介した暗号通信が複数の相手に向けて発信されているからだ」

「その相手というのは、あなたたちコントラにも分からないのですか？」

「うむ。残念ながら分からない。それでファンも捜していた」

「オルッペミを捜す手がかりはあるのですか？」

「その手がかりが分かれば苦労はない」

光村は笑った。それまで黙っていた大沼部長刑事が口を開いた。

「そうだぜ、ＫＤ。手がかりはもらうものじゃない。それこそ捜し出すもんだぜ」

「そうはいっても、沼さん」

大沼が中山裕美に替わった。

「おれが訊く。光村さん、あんたの弟が、新潟で母《オンマー》さんと呼ぶほどに慕《した》っていた女がいる。美花《ミファ》という在日コリアンだ。知っているか？」

「…………」

光村は訝った。

ミファという名前はありふれた、よくある名だ。

「以前は、川崎のコリアンタウンで、韓国パブを開いていたが、いまは新潟市の古町に韓国風酒場を開いている」

「いや。知らない」

光村は頭を左右に振った。

「ある夜、酔っ払って店に入ってきた鉄雄は泣きながらいったそうだ。自分の身に万が一のことがあったら、兄貴に自分が間違っていた、謝ると伝えてくれと」

「ほんとですか？」

光村は鉄雄の財布を取り出した。財布の中に入っていたスナップ写真を取り出した。春雄と鉄雄が仲良く肩を組んで写っている写真だ。鉄雄は屈託なく笑っている。

やはり、鉄雄は気付いたのだ。金正恩《キムジョンウン》に忠誠を誓うことと、愛国とはまったく違うと気付いたのに違いない。

「ほんとだ。ただ、美花は鉄雄がしたたかに酔っ払って、ぐずぐず愚痴《ぐち》をこぼしていると思っていたそうだ」

「その時、ほかに、兄のおれに何か伝えるようなことをいっていませんでしたか？」

「お詫びの手紙を書くといっていたそうだ」

「手紙？　遺留品のなかには手紙はなかった」

「あんたのところに手紙は届かなかったのか？」

「いや。もらっていない」

光村ははっとして、二人で肩を組んだ写真を見た。鉄雄は右腕に腕時計をしていた。自分は左手首に腕時計をしている。

「つかぬことをお聞きしますが、鉄雄の遺体発見時の写真はありますか？」

「水没した車の運転席から救い出した時の写真か？　ＫＤ、どうだ？」

「待って」

中山刑事は、ポリスモードを操作していたが、やがて遺体の画像を出して大沼に見せた。

「沼さん、捜査関係者以外に見せてはいけないといわれているんですが」

「構わねえ。おれが責任取る。見せてやれ」

中山刑事はポリスモードの画像を光村に見せた。水中から引き揚げたばかりらしい鉄雄の死に顔が写っていた。光村はスマホを受け取ろうとした。

「だめです。刑事用ポリスモードは警察関係者以外に触らせてはいけない決まりになっていますので」

「では、少し引いて、上半身全体が見える写真にしてくれませんか？」

中山刑事は画像のズーム機能を使い、上半身全体が写る位置まで引いた。光村は、鉄雄の右手首を見た。腕時計はなかった。反対側の左手首に腕時計が見えた。遺品として受け取った腕時計だった。

やはり。思った通りだ、と光村はうなずいた。

「何をうなずいている？」

「鉄雄は左利きなんです。だから、普段は腕時計を右手首にしている。だが、殺された時、腕時計を左手首にしている」

「だから？」

「まだ喧嘩をしていないころ、弟にコントラ要員の通信テクのいろはを教えたことがあったんです。その一つが、普段、はめていない手首に腕時計をした時は、重要な報《しら》せあり、という合図としていた」

「ということは、鉄雄は何か重要なメッセージをどこかに遺《のこ》しているということか」

「おそらく、そうだと思います」

春雄は鉄雄が睡眠導入剤を飲まされ、意識朦朧《もうろう》となりながら、右手首の腕時計を左手首に移し、メッセージがあることを知らせたのに違いないという。

大沼というマル暴刑事がぶっきらぼうに訊いた。

「どこに、そのメッセージはあると思う？」

「おそらく鉄雄のアパートの部屋のどこかだろう、と」

光村は大沼に気圧《けお》されて答えた。

「よっしゃ。KD、鉄雄のヤサに行くぞ。善は急げだ」

大沼は立ち上がった。中山裕美も慌てて立った。

光村は鉄雄の財布をバッグに戻した。

「自分も行きます」

「もちろんだ。一緒に行って、メッセージを捜してもらう。兄貴なら弟の隠し場所を見つけるのは容易《たやす》いだろうぜ」

5

大沼が運転するホンダCR－Vは、大通りから路地に折れ、裏通りに入った。

雨が激しく窓ガラスを濡らしはじめた。気象庁の天気予報では、新潟地方は低気圧に覆われ、終日激しい雨が降るということだった。

裏通りの街並が雨に煙っていた。道路には雨脚《あまあし》が立ち、道路のここかしこに水溜まりが出来始めていた。

「ひでえ雨だな。新潟は、いつもこんな雨なのか」

「違いますよ。新潟は米作りに必要な季節にきちんと雨が降るんです。でも、こんな豪雨は地球温暖化による異常気象のせいです」

「だろうな。雨が降らねば、猛暑だものな。まるで、日本列島は温帯から一足《いっそく》飛びに亜熱帯を越えて熱帯になっちまったのかも知れねえ」

大沼は、そう愚痴《ぐち》りながら、後部座席に座り込んでいる光村を振り返った。

「おい、光村さんよ。鉄雄のアパートってえのは、この辺じゃないのか？」

「実は弟のアパートに来たことがないんです。今回が初めてなんで」

光村は困った顔をしていた。

中山裕美刑事がスマホのナビを見ながらいった。

「大沼さん、大丈夫、私、分かります。ここ、ここで止めて」

裕美は路地の右側の建物を指差した。二階建てのアパートが降りしきる雨に鉛色《なまり》にくすんでいた。

「間違いねえか、ＫＤ」

「大丈夫。間違いありません。アパート栄荘《さかえそう》って看板が掛かっています」

裕美がアパートの駐車スペースの出入口に立てられた看板を指差した。

栄荘と看板にはあった。

アパート栄荘は、どこにでもありそうな木造二階建てアパートだった。一階に四室、二階に四室が一軒長屋のように並んでいる。光村鉄雄は二階の端の部屋２０４号室に住んでいた。

アパートの後ろには、野菜畑があった。アパートの敷地には、住人専用の駐車スペースが並んでいた。鉄雄も２０４の札《ふだ》があるスペースに車を置いていたらしい。アパートの住人たちは仕事で出払っているのか、駐車スペースには１０３の札の前に軽乗用車が一台止まっているだけだった。

駐車スペースの一角に管理会社「小原《おばら》不動産」と書かれた看板が立っていた。

アパートの前には、普通の住宅が建っている。左隣には古びた四階建てのマンション、右隣には商業施設の倉庫と見られる白壁のビルがあった。

雨はまだ激しく降っていた。

「じゃあ、行きましょうか」

裕美はビニール傘を用意し、車のドアを開けようとしていた。後ろの光村も、車から降りようとした。

「二人とも、ちょっと待て。周囲を点検してからだ」

「点検ですか？」

裕美は怪訝な顔をした。

大沼は車をスタートさせた。徐行でアパートの前を通り抜ける。

「公安ではな、尾行がないか、誰か張り込んでいないか調べることを、点検というんだ。ＫＤ、いちいちそんなことを俺に説明させるな。自分の頭で考えろ」

「はい、了解です」

裕美は、後部座席の光村と顔を見合わせ、肩をすくめ、ぺろっと舌を出した。

「ったく、ジは……きれねえ」

大沼はぶつぶつ独りごちしながら、車を運転していた。いったん、アパートの前を通り過ぎ、周囲の様子を点検して回った。

どこからか、鉄雄のアパートの出入りを監視しているかも知れない。

「ＫＤ、周囲の建物の窓に注意しろ。誰か見ていないかをチェックするんだ」

「了解です」

「どこかに監視カメラをセットして、見張っているかも知れねえ。カメラのレンズに気をつけろ。見つけたら教えろ」

「了解です」

裕美はいちいち元気よく返事をした。

大沼は左隣の四階建てのマンションに目をやった。もし、自分が張り込むとしたら、あのマンションのどこに陣取るか？

アパートを見下ろすのに好都合な場所は、どこになる？　いずれも東側に面して窓がある部屋だ。一階の窓はぴたりと閉められ、内側には遮光《しゃこう》カーテンが掛かっていた。二階の窓は閉まっていた。三階の東側のベランダの物干し竿《ざお》には、取り込み忘れた子どものシャツやズボンがぶら下がっていた。住人は留守だ。四階の窓の隙間からカーテンの一部がはみ出して揺らめいていた。

「ＫＤ、何か気付いたか？」

「いえ。なにも」裕美は首を傾げた。

「しょうがねえな。トーシローは」

大沼は四階の窓を指差した。

「あそこから、誰か、こちらを見ている」

「え？　ほんとですか」

中山は助手席から身を屈《かが》めて、四階のベランダを窺《うかが》った。

「そう思って警戒を怠《おこた》らないんだ」

「は、はい」

「常時訓練。常在戦場だ」

「刑事では、そんなこと習いません」

「だから、いま、教えているんだ」

大沼は車を徐行させ、アパートの裏手の路に回り込み、２０４号室の裏窓に目をやった。窓にカーテンはかかっていない。隣の２０３の窓もカーテンはなく、空き部屋のようだった。２０２、２０１号室にはカーテンがあり、カーテンの隙間から部屋の電灯の光が洩れている。

土砂降りだった雨は急に上がっていた。雲の切れ間に青空が見えた。日光もさっと差し込んでくる。

お天気雨か、ほんとに変わりやすい雨だな、と大沼は独りごちた。

階下の部屋の窓は一様にカーテンが閉められ、住人の気配がない。

一階はみな出払っているか。

再度、車でアパートの表に回った。２０４の駐車スペースにホンダＣＲ－Ｖを乗り入れて止まった。

「おい、光村さんよ、部屋の鍵は持っているよな。遺留品のなかにキイホルダーがあったろう」

光村はバッグの中から、弟鉄雄の遺留品のキイホルダーを取り出した。車のキイのほか、部屋の鍵も付いていた。

「ありました」

「よし。ＫＤ、乗り込むぞ」

「了解です」

中山は返事をした。

大沼はエンジンを切り、車から降りた。中山刑事と光村も降りて立っていた。

大沼は隣のマンションの四階を見上げた。人が覗いている気配はない。

アパートの中央に二階へ上がる鉄製の階段があった。

「ＫＤ、郵便受けを調べろ」

「了解」

階段の下に郵便受けが四個並んでいた。二階の住民用の郵便受けだった。一階の部屋はそれぞれのドアに郵便受けがある。

中山刑事は郵便受けの蓋に手をかけた。

「郵便物は自分が」

光村が進み出て、２０４号室の郵便受けを開けた。中には広告のチラシが何枚も詰め込まれていた。郵便物はない。

大沼は鉄製の階段を上がった。二階には左右に通路が延びており、左手に二つ、右手に二つの部屋のドアが並んでいた。後から、光村と中山刑事が続いた。

大沼は二階に上がると通路を右に進んだ。２０４号室は右端にある。光村がキイホルダーの鍵を用意した。

「待て。おかしい」

ドアはしっかり閉じられておらず、少し隙間が開いていた。鍵が壊されている。

大沼は光村を引き止め、中山刑事に用心しろ、と目配せした。

「誰か部屋に潜んでいるかも知れない」

大沼は腰のホルスターから拳銃を抜いた。

中山刑事は驚いたが、すぐさま大沼に倣《なら》ってハンドバッグから自動拳銃を取り出した。

大沼は光村に外で待つように指示し、中山裕美に囁いた。

「安全装置、外せ」

「は、はい」

中山刑事は慌てて拳銃の安全装置を解除した。大沼は目を細めた。

「ＫＤ、これは普通の事案じゃない。相手は只者《ただもの》ではない。いいな」

「は、はい」

中山刑事は緊張した面持ちでうなずいた。

「おれが先に飛び込む。援護しろ」

中山刑事は目を大きく見開き、拳銃の銃把を握った。

大沼はノブを摑み、引き開けると同時に部屋の中に踏み込んだ。

「警察だ！」

玄関先に立つと、奥の部屋まですべて見える。１ＤＫの部屋だ。薄暗い部屋には、誰もいない。大沼は次に部屋の中に土足で踏み込み、トイレ兼浴室のドアを引き開けた。そこにも、誰も潜んでいなかった。

「クリア」

大沼は叫び、腰のホルスターに拳銃を戻した。

玄関先に中山刑事が立ち竦《すく》んでいた。

部屋の中は、足の踏み場がないほどに乱雑に、衣類や本、雑誌、新聞などがフローリング床一面に散らかっていた。

中山刑事の後ろから、光村が部屋の中を見て、驚きの声を上げた。

「光村さん、悪いが入らないで」

大沼が叫んだ。

光村は玄関先で茫然《ぼうぜん》と立ち竦んでいた。

大沼は、その場で靴を脱ぎ、靴下になった。

「警察の捜査ではないことは確かだ。家捜《やさが》しをするのに、こんなに家の中を荒らすことはない」

「もちろんです」

中山刑事が拳銃を持ったままいった。

「KD、それは仕舞っておけ。振り回されると危なくて仕方ねえ」

大沼は中山刑事の手の拳銃を目で指《さ》した。

「は、はい」

中山刑事は慌てて拳銃をバッグに仕舞い込んだ。

「誰か入ったな。それも部屋を出て間もない」

大沼は屈み込み、散らかった新聞紙や書類などの上に付いている靴跡を調べた。新聞紙や床の濡れ具合から見て、侵入者たちが出て行って間もなかった。

「KD、ゲソ痕（足跡）の写真を……」

大沼がいうよりも早く、中山刑事のポリスモードのシャッター音が連続した。

中山刑事はポリスモードで靴跡を写真に撮っていた。ついで部屋の様子を動画で丹念に撮影する。

「沼さん、違った形の靴跡が、何種類かあります。侵入者は少なくても、三人。四人いるかも知れない」

中山刑事が動画を撮りながらいった。大沼は「鑑識を……」といいかけて止めた。

中山はポリスモードに耳をあて、すでに相手に話していた。

「写真、動画転送します。鑑識に回してください。……分かりました。指紋掌紋が採れるよう、現場を保管します。それから、犯人たちがまだ近くにいる可能性がありますので、応援派遣を要請します。場所は……」

大沼はにんまりと笑んだ。

「KDも、やる時はやるじゃねえか」

大沼は散らかった部屋の中を見回した。

フローリングの床には、本棚が倒れ、本や雑誌が投げ出されている。机の引き出しも開けられ、中身がぶちまけられている。液晶テレビは倒れ、テレビラックのガラス扉も開けられ、ビデオデッキが引き出されていた。

部屋の奥にあるベッドはシーツやカバーがめくられ、マットが寝台の上で傾いている。

CDラックは引き倒され、CD盤も散乱している。

壁に掛かった絵の額はいずれも外され、床に落とされていた。額の後ろも調べたものと見られる。

侵入者たちは、いったい、何を捜していたのだろうか？

大沼は腕組みをした。

光村は靴を脱ぎながら訊いた。

「上がっていいですかね」

「いいよ。ただし、鑑識が来るので、どこにも触らないよう頼みます」

「はい」

光村は靴下になり、恐る恐る部屋に上がってきた。

「鉄雄は、PCを持っていたかい？」

「いや。貧乏だったから、ノートPCは持っていなかったと思う」

机の周りの電源を見ても、たしかにテレビや電気スタンドのコードはあったが、ほかにコードはなかった。

「犯人たちは、何を捜したと思う？」

「私あての手紙です。鉄雄は私に何か書き残していたのではないか、と思うので」

光村は、ベッドの周りを見て回り、ついで床の上に散乱したがらくたや雑誌、本類に目をやった。がらくたを除《の》けて、何かを捜していた。

大沼は目敏《あざと》く、光村の様子を見て訊いた。

「何を捜している?」

「目覚まし時計です。弟は母からもらった目覚まし時計を大事にしていた」

「これかしら?」

机の傍《そば》にいた中山裕美が、倒れた本棚の陰から丸い形の目覚まし時計を取り上げた。

「あ、それそれ」

光村はうなずいた。

「この時計、壊れているわね。秒針が止まったまま」

中山は目覚まし時計を光村に手渡した。

光村は目覚まし時計を手に取ると、大きくうなずいた。

「そう。これだ。弟は、何か隠すとしたら、きっとこの時計にメッセージを隠しておいたのだと思う」

光村は目覚まし時計を見ていたが、いきなり電池入れの蓋を開けた。大沼は隣から覗き込んだ。電池入れには、電池がなかった。

電池の代わりに、丸めたメモ用紙の紙片が入っていた。光村は丸めた紙片を取り出した。

「やっぱりそうだ」

光村は丸まった紙片を延ばした。紙片には、ボールペンで走り書きされたメモがあった。

「なんて書いてある？」

光村は大沼と中山裕美にメモの文面を見せた。

『柏崎刈羽原発の破壊工作を指示したのは、オルッペミ。自分はあまりに危険過ぎるとして、オルッペミに反対したが、即座に却下された。おそらく反対した自分は、裏切り者として、オルッペミに殺されるだろう。

オルッペミの正体は不明。マスクで顔を隠している。だが、一つだけ分かったことがある。オルッペミは、女だ』

フクロウは、女だというのか？

大沼は中山裕美と顔を見合わせた。

第六章　総理官邸事案

1

『マサ、こちらの捜査結果は、以上だ。あとは、そっちの捜査に任せる』

大沼のどら声がポリスモードから聞こえた。

「沼さん、ありがとう」

猪狩誠人は、ノートＰＣのディスプレイを睨《にら》みながら、ポリスモードに答えた。

『ところで、マサ、ＫＤがおまえと話したがっている』

「了解」

すぐさま、中山刑事の声がポリスモードから飛び出した。

『猪狩さん、宅配便、届いているでしょ』

「ああ。届いていた。ありがとう」

猪狩は中山裕美に届いたという返事をするのを忘れていたので、内心、しまったと思った。

『それで、何か分かった?』

「いま解析中だ。何か分かったら、連絡する」

『お願いします。上がうるさいんで』

「了解」

ポリスモードの通話は終わった。猪狩は新潟県警の先輩、田所警部の怒った顔を思い浮かべた。

猪狩はやれやれと思った。

新潟派遣組の海原班は、大忙しだった。総理官邸からやんやの催促があり、黒沢管理官も海原班長も、情報収集に大わらわだった。

柏崎刈羽原発では、サボタージュと思われるような事故や工事ミスが、何件も発生していた。だが、いずれも、原子力規制委員会に報告するような深刻で重大な事案ではないとされて、現場から上部に報告されていなかった。

ノートPCのディスプレイに羅列《られつ》された文字を睨んだ。

海原班が電力会社の保安課とは別個に調べ上げた不審な事故、作為《さくい》的不祥事、違法なハッキングなどの一覧リストがディスプレイに並んでいる。

オフサイトセンターで盗難事案発生。

モニタリングポストの破損。

配管工事ミスによる汚染水漏水。

変電所のブレーカー故障。

電源車の計器破損。

他人のＩＤ証による中央制御室への無断立ち入り。

保安要員や所員のデータの外部への漏洩。

柏崎刈羽原発へ繋がる送電線の自然切断。

工事車両の事故が多発している。

工事車両の運転者の酒気帯び運転事故、交通違反が多数発生している。

原発構内の監視カメラの不作動、不具合。

立ち入り禁止地区への野生動物の侵入事案。

防護壁の一部崩壊。

原発会社の所員の不倫スキャンダルや離婚騒動。

原発作業員の喧嘩や不祥事。

等々。

いずれも、確かに原子力規制委員会や監督官庁に報告するような重大事故や重大なミスとはいえないものばかりなのだが、それらが積み重なると、思わぬ事故につながりかねない。

もし、これらが、まとまって同時多発したなら、原発本体の事故ではなくても、電源喪失のような想定外の事故の連鎖が、原発のシビア事故を誘発しかねない。原発は常時水で冷却する必要があり、もし、全電源喪失によって冷却水を原発に注入できなくなると、核燃料がメルトダウンしてしまい、シビア事故になる。原発の最大の弱点は、電源喪失により冷却水の供給が出来なくなることだ。

フクイチは、そのことを天下に知らしめてしまった。

原発事故というと原発機器の不具合や誤作動などハード面の故障や誤操作を思い浮かべるが、海原班は、そうしたハード面のことよりも、むしろヒューマン・リスクに注目していた。

原発は高度な科学技術の産物だが、どんなにＡＩを使い、フェイルセイフを図っても、機械は必ず故障する。原発も人間が関わらねば動かせない。

海原班は、原発の専門家ではないので、ハード面の技術的な不具合などは分からないが、原発を動かすヒューマン面のことなら、いくらでも対応出来る。

鹿や猪《いのしし》、野猿などの野生動物が、防護柵を越えて、原発構内に出入りしたということは、どこかに警備の穴が空いていることを示している。野生動物の侵入にセンサーが働かず、監視カメラでも気付かなかったら、人為《じんい》ミスとなる。

工事車両の運転者の飲酒運転の原因を調べることも重要だ。運転者たちのストレスが、どこで生じているのか？　それが職場環境の劣悪《れつあく》さや給料への不満によるものであれば、外部のテロリストは彼らの弱みを握り、容易に構内に乗り込むことも可能になる。これもヒューマンエラーとして対処が必要になる。

原発所員の不倫は一見、原発事故にまったく関係ないように見えるが、もし、悪意を持った何者かが、ハニートラップを仕掛け、原発所員を籠絡《ろうらく》して、原発開発技術の秘密情報を持ち出させたり、原発を操作する所員の身元情報を漏洩させたら。そのことによって、外の人間が、脅《おど》しや甘い誘いを使い、内部の人間を誘導操作し、間接的に原子炉をコントロールすることも可能だ。

海原班は、そうしたヒューマン・リスクを一つ一つ想定し、全力を挙げて、防止しようとしていた。

猪狩はディスプレイを見ながら、ため息をついた。

一昨日には、電源車を保管していた車庫が火事になり、電源車一台が燃えて使用不能になった。原因は漏電《ろうでん》による失火とされ、新聞マスコミはほとんど問題視せず、報道もしなかった。

新聞マスコミは、目下《もっか》オリンピック開催が迫っていることと、新型コロナウイルス流行の第五波の到来に目を奪われ、柏崎刈羽原発構内の事故に目もくれなかった。これは、官邸が、フクロウから脅迫されている事実を公表せず、極秘裡に収めようとしていたためもあった。

総理官邸は柏崎刈羽原発関連の事故や事件に非常に神経を尖《とが》らせていた。その矢先の出火である。官邸は真っ先に真崎理事官に、これはフクロウ事案か、と問い合わせてきた。新潟に常駐する黒沢管理官や海原班長の捜査報告は、いったん真崎理事官に上がり、真崎理事官とスタッフが情報を選別して、官邸に上げることになっていた。

真崎理事官は、火事の原因は漏電による失火で、放火ではない、といい、官邸を宥《なだ》めた。

だが、電話を終えると、真崎理事官は猪狩や飯島に向き、よほど古い車庫で電気の配線が劣化《れっか》していなければ漏電はしない、車庫はまだ建てられて数年も経っていないほぼ新築だ。誰かが故意に電気の配線をいじり、漏電させた可能性がある、といった。

ともかく、いまは官邸がフクロウの脅迫に浮き足立たないよう、周りが支えなければならない、とも。

「マサト、ちょっといい？」

窓際の机で作業していた飯島主任が振り返っていった。

猪狩はノートPCから、顔を上げた。

「何です？」

「沼さんたちが得た情報によれば、フクロウは女だということだったよね」

「ええ」

「古三沢ことファンヨンナムは、フクロウが女だと知って追っていたのかしら」

「分からない。しかし、知らなかったのかも知れない」

「地獄谷の『フクロウ屋』のママさんは、何といっていた？」

猪狩は杉原素子を思い浮かべた。

「彼女はフクロウについて男とも女ともいっていなかった。彼女も、まさかフクロウが女だとは知らなかったんじゃないかな」

「フクロウが、もし女だったら、フクロウ屋のママさんも怪しいと思わない？」

「まさか。杉原素子がフクロウかも知れないというんですか？」

猪狩は笑いながら机の上に置いてあった宅配便の包みを開いた。中山刑事から送ってもらった古三沢宛の郵便物だった。古三沢ことファンヨンナムが亡くなった後に届いた郵便物だ。

「そのまさか、だったら、面白くない？」

「どうして、そう思うんです？」

「あの女、なんか、隠し事をしているって気がしてならないのよ。美人で、オモテでは善人だけど、ウラは悪人ということもある」

あの杉原素子が凄腕《すごうで》のテロリストだというのか？　猪狩は飯島舞衣の想像力に少々呆《あき》れた。

「沼さんたちは、彼女の身元を洗ったのかしら？」

「洗っていないと思います。疑いもしなかったから」

「マサト、私、念のため、彼女の身元を洗ってみる。いいわね」

飯島舞衣はにっと悪戯《いたずら》っぽく笑った。

「どうして、おれに、許可を求めるんですか？」

「だって、マサトは、なんとなく、あの杉原素子を信じているようだから。疑うとマサトが怒るんじゃないかって」

猪狩は苦笑いした。杉原素子には、なんとなく親近感があるが、それがどうしてなのか、自分にも分からないでいた。

「調べてみてください。おれも調べてみたかったけど、ほかに調べることがたくさんあって、出来なかったんで」

「じゃあ、やってみる」

飯島はパソコンに向き直った。

猪狩は、飯島の思い付きに付き合っていられない、と思った。中山刑事からの宅配便の封書の中身を机の上にあけた。

まずは三通のダイレクト・メールだった。いずれも不動産物件の案内だった。別々の不動産屋が、それぞれ、妙高高原の別荘の物件を見つくろったＤＭ《ダイレクト・メール》だった。

ファンヨンナムは、なぜ、こんな妙高高原の別荘の物件に興味を抱いていたのだろうか？

本は注文して購入したユヴァル・ノア・ハラリ著『サピエンス全史』下巻だった。ということは、ファンは上巻を読んだのだろう。

猪狩も『サピエンス全史』は読んだ。人類は「虚構」を手に入れたことで、生物界の頂点に立った。そんな論旨《ろんし》の書だった。国家も宗教も通貨も、すべては虚構、共同幻想というわけだ。ファンも、その虚構に思い至り、下巻も読もうと思ったのか？

古三沢宛の封書が一通あった。すでに新潟県警捜査一課の手によって開封されていた。こちらの差出人は不明。封筒の裏面に何も記載されていない。封筒には便箋《びんせん》一枚が入っていた。便箋には、数字がびっしりと書き込まれていた。乱数表だ。

四桁《けた》の算用数字が横一行に十組並んでいる。そうした行が、縦に四十列並んでいる。

乱数だけで、何の記述もない。

誰が、これを送り付けたのか？　ファンは名無しでも、誰からの手紙か分かっていたのだろう。

猪狩は、ため息をついた。飯島が背伸びをし、猪狩に顔を向けた。

「どうしたの？　ため息なんかついて」

飯島がにやにやしながら、コーヒーカップを手に、猪狩の傍に立った。猪狩が手にした乱数表の便箋を覗いた。

「おれ、数字が苦手だ。数字の羅列を見ただけで、吐き気を覚えるんだ」

「数字アレルギーか。困った人ねえ」

「この乱数暗号の解読を、どこに頼めばいいのか」

「シギントねえ」

飯島はふーんと唸《うな》り、コーヒーを飲んだ。

シギント（SIGINT　シグナルズ・インテリジェンス）は、通信や電磁波、信号などの傍受や暗号解読を主とした諜報活動だ。

「警備局でシギントを担当しているのは、外事情報部の外事情報調査室だけど、依頼しても、すぐ解読できるかどうかは、分からないな。まずこの乱数表の出所が分からないと」

「おそらく、北朝鮮だと思うんだが、主任は誰か知り合いはいない？」

公安外事もお役所である。真崎理事官を通して、外事情報部に解読を頼むと、時間がかかる。暗号解読を依頼するにも、外事情報調査室に誰か知り合いがいれば、上を通さずとも直接依頼することが出来る。

飯島が思案《しあん》げにいった。

「国際テロ緊急展開班の浜田管理官や黒沢管理官なら、外事情報調査室に顔が利《き》くと思うけど、下《した》っ端《ぱ》の私じゃねえ。それに外事情報調査室が、どこまで北朝鮮の暗号通信を解読しているかも問題。そういう北朝鮮の暗号解読は、やはりアメリカのNSA（国家安全保障局）やイギリスのGCHQ（政府通信本部）に敵《かな》わない。NSAもGCHQも昔から長期にわたって北朝鮮の暗号解読の研究をやっているでしょうけど、その点、日本は歴史的にも技術面でも、かなり遅れを取っているからねえ。だから、依頼してもすぐには分からないかも知れない」

「何か、方法はないかな」

猪狩は考え込んだ。飯島はいった。

「そういう国の組織ではなく、民間人のハッカーなんかにいるんじゃない？　趣味で暗号解読をする暗号オタクとかが」

「そうか」

猪狩はふと思いついた。スマホを取り上げ、アドレス帳を開いた。

「どうしたの？」

「北朝鮮コントラがあった。もしかして、彼らなら暗号解読をしているかも知れない」

猪狩は光村春雄の電話番号を選び、ダイヤルした。呼び出し音が数回鳴り、相手が出た。

「光村さん？　猪狩です。いま、どちらに？」

『ああ、猪狩さん。いま、新幹線で東京に向かっています』

「よかった。あなたに大至急調べてほしいものがあるんです」

『何でしょう？』

「ファンが殺された後に届いた、差出人不明の手紙があるんです。中身は乱数表でした。解読できますか？」

『ファン宛の手紙ですか？　分かりました。写真のデータを送ってくれますか』

「では、すぐに」

『猪狩さん、その手紙以外に、何が彼の許《もと》に送られていましたか？』

猪狩は、三通のＤＭや本のことを話した。光村は『サピエンス全史』には戸惑った様子だったが、『その本やＤＭの写真も一緒に添付して送ってください』といった。

猪狩は、光村にいわれた通りに、乱数表の手紙や本、ＤＭを写真に撮り、メールに添付して光村に送った。

飯島が笑いながらいった。

「マサト、セカンド・オピニオンが必要よ。光村によれば、ファンはコントラだったというのでしょ？　もし、解読出来ても味方にとって悪い情報だったら、こちらには流さないと思う。光村を頭から信じてはだめよ」

「そうだな。たしかに。一応、真崎理事官にも報告し、外事情報調査室にも乱数暗号の解読をお願いしておこう」

「そうね。私も、別のところにあたってみる」

「どこに?」

「ショーン・ドイル。MI6東京支局員。彼に頼んで、GCHQに調べてもらう」

GCHQの暗号解読技術は、米国のNSAと並んでトップクラスだった。

「それはいいな。おれもショーンに頼もうかと思った。よろしくいってくれ」

「了解」

猪狩はショーンと、個人的な日英同盟を結んでいた。

猪狩は、ふと麻里と健司と三人で結んだ私的なチームMMKを思い出した。二人は信頼出来る。FBIでみっちりと研修を受けた麻里なら、いい知恵を出してくれるかも知れない。

2

総理官邸は、慌ただしい空気に包まれていた。オリンピック開催を間近に控えているのに、一向《いっこう》に新型コロナウイルスの蔓延《まんえん》は収まらない。

総理大臣は、新型コロナウイルス対策は厚生労働省や医療の専門家に任せず、畑違いの経済再生担当大臣に任せ、国民の命や生活を無視して、強引に経済優先政策でコロナ禍を中央突破しようとしていた。

総理は、秋の党の総裁選、続く衆議院総選挙の政局日程を見据え、東京オリンピックをなんとしても成功させ、選挙に勝利し、政権浮揚《ふよう》につなげたいという魂胆《こんたん》だった。

その矢先、東京オリンピックの開閉会式の演出責任者が過去の不適切発言やスキャンダルであいついで交替する騒ぎになり、官邸はさらなる混乱の激震に襲われていた。

真崎理事官は、内閣官房副長官の和島行洋《わじまゆきひろ》に呼ばれ、官邸に上がった。

和島行洋はキャリア組のエリートで、警察庁警備局理事官を経て、前総理から内閣情報官、内閣情報調査室長と重用された。さらに現総理に見込まれて、総理側近である内閣官房副長官に抜擢《ばってき》されていた。真崎が尊敬する先輩であり、真崎が理事官に昇任する際にも、推薦してくれた恩人でもある。

和島行洋は、表の顔は柔和《にゅうわ》だが、実は豪胆無比《ごうたんむひ》の武人だった。警察庁でも切れ者として、部下たちからは怖れられた存在だった。

和島副長官は秘書官に人払いさせ、しばらく部屋に人が訪ねてこないように指示した。秘書官が慌ただしく内閣官房副長官室から出て行くと、急に室内は静まり返った。壁は防音になっているらしく、外部の騒《ざわ》めきはまったく聞こえてこない。

和島副長官は真崎にソファに座るように促し、自らもソファにどっかりと身を沈めた。

「見ただろう。官邸内はいろいろな事案がいっぺんに殺到しててんやわんやだ。その対策のため、トップの総理をはじめ、みな頭に血が上って、パニック状態になっている」

真崎は何とも応えようもなく黙っていた。

「政府は発表を抑えているが、米国がアフガン撤退を七月から行なうといってきた。総理は、ホットラインで大統領に直談判《じかだんぱん》し、せめて東京オリンピック期間を過ぎてからにしてほしいと要請した。アフガン情勢が再燃したら、隣国諸国はオリンピックどころではないからね」

和島副長官は机の上の煙草《たばこ》箱から、ピースインフィニティを一本抜いて口に咥《くわ》えた。真崎にも煙草を勧めた。真崎は遠慮し、「禁煙中です」といった。

和島副長官は卓上ライターで火を点《つ》けた。

「それでなくても、ミャンマーでは国軍のクーデタが起こり、内戦状態になっている。国軍の背後には中国がおり、ミャンマーを影響下に置きたがっている。ミャンマーが中国側になると、アセアン諸国のドミノ現象は、激しくなるだろう。香港情勢も、中国共産党支配が強化され、人々の憤懣《ふんまん》が燻《くすぶ》っており、予断が許されない。北朝鮮はといえば、オリンピックに選手団を送れないほど、食糧事情が逼迫《ひっぱく》し、経済状態が悪化している。新型コロナウイルスが蔓延しているらしい。いつ北朝鮮が国内の不満の矛先《ほこさき》を、またぞろ我が国や米国に向けるか分からない。そのあたりは、きみの方が知っているだろうが、ともかくも、我が国は太平洋戦争後、最大最悪の内憂外患《ないゆうがいかん》に襲われている。そんな折も折、今度は、原発を人質にとったフクロウの脅迫状が官邸に届いたわけだ」

和島副長官は、煙をふーっと天井に吹き上げた。

「総理は、このどさくさに、万が一にも、フクロウがいうような、第二、第三のフクイチが起こったら、我が国は崩壊する、という危機感をお持ちだ。真崎くん、あらためて聞いておくが、フクロウは本気で、そんなことをやるつもりなのか？　きみはどう見ている？」

「フクロウは本気です。本気だと考えて対処しないと、たいへんなことになりましょう」

「きみの報告によると、フクロウが狙っているのは柏崎刈羽原発だとほぼ断定しているようだが、なぜだ？」

「柏崎刈羽原発破壊工作のための特攻隊員として、フクロウから選ばれていた青年が、逃げようとしたため、口封じのために殺されています。それだけでも、フクロウは本気だと分かります」

「ほかにも、フクロウが柏崎刈羽原発を狙っているという根拠はあるのかね」

「それが巧妙《こうみょう》に行なわれている気配があります。原子力規制委員会にも届けがいかないような、さまざまなサボタージュがひそかに行なわれています。原発関連機器になんらかの故障や不具合、欠陥が頻発しています。特に、核燃料を冷却するのに欠かせない電源関係が狙われています。先日は、普段は使われない、緊急用の電源車が放火と思われる火事で焼失し、使用不能となりました」

「ふうむ」

「これらの小さな事故や故障などが積み重なって起こっていると、停電などで、冷却水が原発に入れられなくなるような事態になった時、なかなかフェイルセイフが働かず、原子炉暴走の引き金にもなりかねません」

「うむ」

「それから、原子力規制委員会も指摘しておりますように、柏崎刈羽原発は警備や管理体制が甘い。所員の警戒意識も非常に低く、たとえば、他人のＩＤ身分証を使用して中央制御室に出入りするというようなことが起こっています。原発作業員の身元調べもいい加減で、犯罪者や不審人物も平気で仕事に従事しています。いつ何時、悪意を持った不審者が原発構内に不法侵入し、破壊活動をするか分からない状態といっていいでしょう」

「フクロウが企図《きと》している破壊工作は、何なのか、分かったのか？」

「いいえ。それはまだ、摑んでいません」

「フクロウとは何者か分かったのか？」

「女だという証言がありました。この真偽《しんぎ》は確認されていません。いま、新潟で、うちのチームが総力を挙げて、フクロウの捜査をしています。いずれ、何者かが分かってくるかと思います」

「フクロウの背後関係だが、北朝鮮がいると考えていいのか？」

「それは、ほぼ間違いありません」

「その根拠は？」

「我々のマルトクだったファンヨンナムが、フクロウを追っていたのです。ファンは、フクロウは北朝鮮の浸透工作員《スリーパー》だといっていたのです」

「そうか。ところで、フクロウは、世界救民救世教とかいう宗教団体と関係があるのか？」

「あると見ています」

「なぜだ？」

「これも、ファンの動きからです。ファンはフクロウを捜すため、何度も救民救世教の本部を訪れたり、救民救世教の関係者と接触しています」

和島副長官は大きくうなずいた。

「実は、脅迫状にあったカネの振込先が、スイス銀行の名義人が表示されない匿名《とくめい》口座番号になっていたな」

「はい」

「誰が、その匿名口座の開設を申請したのか、スイス銀行に問い合わせても、スイス銀行側は守秘義務を盾《たて》にし、一切回答できないといってきていた。そこで、米国のＦＢＩ（連邦捜査局）に頼んで調べてもらったのだ」

米国ＦＢＩは、中南米の麻薬組織のマネーロンダリングの捜査や、イスラム過激派のタリバンやＩＳ（イスラム国）の資金源を断つためもあって、スイス銀行の秘密匿名口座などを捜査していた。

「ＦＢＩから回答があったのですか？」

「うむ。匿名口座を開設したのは、宗教法人世界救民救世教日本本部だった」

真崎は勢い込んだ。

「よし、そうと分かったら、インターポールを通して、世界救民救世教の秘密口座を封鎖できますね」

「それはできん。ＦＢＩは日本政府の要請を受け、内緒で調べてくれたもので、その情報はサードパーティルールになる。訴訟はもちろん、犯罪捜査の容疑の根拠にも使えない。

我々の捜査機関のなかだけで使える、いわば参考資料のようなものだ」

「サードパーティルールですか」

真崎は唸った。

「副長官、スイス銀行の口座を調べたということは、総理は脅迫に屈して、三十億ドル、つまり三千億円を国庫から払う、おつもりなのですか?」

「あくまで選択肢の一つとして調べただけだ。総理は、そんな法外な身代金要求に応じるおつもりはない」

「では、多額でなければ、払ってもいい、というお考えですか?」

「そうだな。フクロウと交渉し、身代金の額を低くする、という選択肢もないことはない」

和島副長官は目を細めた。

「これは仮定の話だぞ。もし、交渉の結果、身代金が官房機密費で出せる額の範囲になるなら、フクロウとの交渉もありうる」

内閣官房機密費は、領収書なしに支出できる内閣官房の闇の工作資金だ。その額は公表されないが、十億円とも二十億円ともいわれる。

真崎は頭を振った。

「しかし、三千億円を掲げたフクロウが、交渉に応じても、そう簡単に身代金を減額するとは思えないのですがね」

和島副長官は、二本目の煙草を咥え、卓上ライターで火を点けた。

「だから、これは仮に担保しておくBプランだと思え」

和島副長官は煙草を喫《す》い、真崎を睨んだ。

「これからいうことは、総理のご意向だ。たとえ、柄沢《からさわ》警備局長であれ、ゼロの吉村《よしむら》総務企画課長であれ、訊かれても答える必要はない。すべて、私に訊けといえ。いいな」

「はい」

「総理からの特命だ。第一に開会式の日までに、なんとしても、フクロウを特定し、身柄を確保せよ。万が一、身柄が確保できない場合、フクロウを抹殺処分せよ」

和島副長官は煙を天井に吹き上げた。真崎は真っ直ぐに和島副長官を見た。

「フクロウを抹殺処分するというのは、フクロウを殺せ、ということですか？」

「いうまでもないことを訊くな」

和島副長官はぎろりと目を光らせた。

「第二に、フクロウ一味による原発破壊工作をなんとしても事前に阻止せよ。いかなる手段を使っても可とする」

「…………」真崎は黙っていた。

「第三に、フクロウに脅迫されていることを、絶対にマスコミに嗅《か》ぎつかれるな。これも、総理の御意向だ」

真崎は、うなずいた。

フクロウのことは、すべて、闇から闇に葬《ほうむ》る。真崎の頭に去来したのは、その言葉だった。

「もし、少しでも情報が洩れたら、全員、首が飛ぶと思え。捜査員全員に箝口令《かんこうれい》を敷いて徹底しろ」

「分かりました」

真崎はうなずき、和島副長官に頭を下げた。

3

『分かった、マサト。チームMMKの最初の仕事ね。私のPCにデータを送って』

山本麻里は囁くようにいった。猪狩は囁き返した。

「いま、何をしているんだ？」

『サイバー講習中』

「ごめん。忙しいところに電話してしまった」

『いいの。これ、いやになるほど、ＦＢＩでやったことだから』

「じゃあ、また」

猪狩は慌ててスマホの通話を終え、トイレから会議室に戻った。

テレビ会議は続いていた。

部屋のテーブルには、真崎理事官と飯島舞衣が席についていた。目の前の大画面に、新潟の黒沢管理官と海原班長、大沼部長刑事の三人、警察庁警備局の浜田管理官、公安機動捜査隊の等々力《とどろき》隊長の顔が映っていた。浜田管理官は、国際テロリズム緊急展開班の浜田チーム長だ。

真崎理事官が総理官邸の極秘命令をあいついで伝えていた。

「……開会式の日まで三週間。必ず新潟にフクロウに辿《たど》り着く手がかりがある。なんとしても一週間のうちにメドをつけろ。そちらには新たに公機捜（公安機動捜査隊）全部隊を投入する。いいな、等々力隊長」

「はいッ。全力を尽くします。よろしく」

等々力隊長は紅潮《こうちょう》した面持《おもも》ちで画面の中で頭を下げた。

「黒沢管理官、海原班長は、すでに派遣してある浜田管理官のチームと分担して、捜査にあたれ」

「はいッ」「はいッ」「了解です」

緊張した返答があいついだ。

真崎はちらりと飯島と猪狩に目を向けて続けた。

「こちらは、私の下、飯島主任と猪狩が引き続きフクロウを追う。いいな」

「はい」飯島と猪狩は声を揃えて返答した。

「黒沢管理官、いまの捜査状況を報告してくれ」

黒沢管理官の画像が大きくなった。

『光村鉄雄が所属していた小出配管有限会社を捜査したところ、光村と一緒に働いていた三人のうち、光村と仲が良かった一人が急に退社していました』

「いつのことだ？」

『事件が起こったのは、六月二十八日深夜。その翌日昼過ぎ、新聞ＴＶの報道で、光村が車ごと新潟港の埠頭から落ちて死んだと分かったら、その男は慌ただしくアパートから姿を消したそうです』

「そいつの名前は？」

黒沢管理官は海原班長を見た。海原班長が報告した。

『自称、片岡《かたおか》譲《ゆずる》。どうやら偽名です。いま会社に登録してあった本籍地に確かめましたが、片岡譲という男はいない、とのことです。社長の小出九郎によると新聞で配管工を募集したところ、応募してきた男で、それ以前は面識なし、としてました。配管の腕は確かだったとのことでした。いま大島と外間《ほかま》が、自称片岡譲を追っています』

「ほかには？」

『事件が発覚した翌日以降、ほかの下請け会社からも、あいついで何人かの原発作業員が無断欠勤したり、宿舎に戻っていないことが分かっています。こちらは、氷川と井出が、いま捜査しています』

黒沢管理官は海原班長を補足した。

『おそらく彼らは光村と同じ破壊工作班のメンバーだったと見て、浜田チームの応援を得て追っています』

「社長の小出九郎について新たな事が分かったそうだな？」

大沼が資料を手に発言しはじめた。

『小出は原発ジプシーです。原発マネーを追い掛けて、全国各地の原発に入り込んでは、作業員を送り込み、賃金をピンハネして稼いでいる。電力会社は作業員の身元を小出が保証する限り、黙って雇う。小出は時には電力会社の用心棒《ようじんぼう》になったり、保安会社に警備員を送り込んでいる。そのため、電力会社に食い込んでいる様子ですね』

「そうか。小出は自分の会社に、北朝鮮の破壊工作員がいたことを知っていたのか？」

『小出は、そんなことは知らない、北朝鮮の工作員なんかいたとは思わなかった。とんでもない野郎だ、とかんかんに怒っていましたが、芝居だと思いましたね。ウラでは北朝鮮の工作員だと知っていた。弱みを握っておいて、高いカネを搾《しぼ》り取っていたらしい。やくざのやりそうなことです』

「きっと電力会社からも、かなりのウラ金を取っているかも知れんな。沼さん、小出のヒキネタを探して、身柄を捕り、ちょっと叩いてくれないか。もしかして、柏崎刈羽原発に入り込んでいる北朝鮮の工作員についてゲロするんじゃないか」

大沼はにやっと笑った。

『了解。班長と相談してやってみます』

「うむ。沼さん、頼むぞ」

真崎は黒沢管理官にいった。

「黒沢管理官、浜田管理官、等々力隊長に頼みたい。おそらく原発マネーを食い物にする小出のような輩《やから》は、まだほかにもいるはずだ。なんとしても調べ上げ、ＫＫに潜《もぐ》り込んでいる工作員を全部叩き出してくれ。それが出来なくても、県警の警備部、公機捜をフル動員し、常時監視の目を光らせ、妙な動きをする人間は予め、身柄を捕ってでもいいから、封じ込めろ。柏崎刈羽原発を第二のフクイチにするな。人手が足りない場合は、近隣県警の警備部要員を掻き集めて送ろう。これは、官邸案件だ。絶対に失敗はできん」

『了解です』

黒沢管理官、浜田管理官、等々力隊長は、真剣な面持ちでうなずいた。

「ほかに、報告は？」

黒沢管理官がいった。

『県警捜査一課が、古町の繁華街の防犯カメラに、マル害（被害者）の光村鉄雄と思われる男が、若い女に抱えられるようにして、ふらふら歩いている姿が映っているのを見つけました』

画面に静止画像が映った。男が若い女に抱えられている映像だった。

「撮影日時は？」

『事件当夜の六月二十八日夜十時二十二分です』

「事件の直前だな。この後の二人は、どこに行く？」

『いま、捜査一課が全力を挙げて、周辺カメラの映像を集めて捜査中です』

「そうか。黒沢管理官は、この女、どう思う？」

『フクロウではないか、と。この女に、導眠剤を飲まされて、ふらふらになっているのではないか、と見ます』

「たしかに、この女がフクロウかも知れないな」

『捜査一課から、動画の一部を提供されました。見ますか？』

「映してくれ」

『了解。これです』

画面がいったん停止し、真っ暗になった。ついで、薄暗い繁華街の通りの映像になった。

暗い通りを男に肩を貸し、脇から抱えるようにして歩く女の姿が、街灯の明かりの下にちらりと見えた。

「止めろ」

画像が止まった。

「明かりに照らされるところまで戻せ」

画像が戻りはじめ、街灯の下、男を脇から抱えている女の姿が浮かんだ。男はだらしなく女にしなだれかかっている。

猪狩は女に見入った。両肩まで垂れた長い髪。顔は大きな白いマスクで隠れている。目は夜なので、はっきりとは見えない。そもそも映像もちゃんとした照明の下で撮られたものではないので、不鮮明だった。

「男は光村鉄雄に間違いないか？」

『間違いなく光村鉄雄です。捜査一課もマル害だと確認しています』

「この女がフクロウだというのか？」

真崎理事官は訝《いぶか》った。猪狩も首を傾げた。

「こんな若い娘が凄腕の殺し屋とは、とても思えないが」

『そうなんです。我々も捜査一課も戸惑っています』

「この女の人定《じんてい》は？」

『捜査一課はまだ身元を割っていません』

真崎理事官は目を細め、画面の中の女に見入った。猪狩も女を凝視《ぎょうし》した。

半袖のブラウスをラフに着込んでいる。下はジーンズ姿だ。肩から小さなバッグを掛けている。顔は分からないが、おしゃれな可愛い、普通の女の子だ。酔っ払いの光村にからまれているようにも見える。

隣で飯島が小声で猪狩にいった。

「トップスは、襟なしのスキッパーシャツね。おしゃれで、いい着こなしをしている。肩から掛けているのは、いま人気のフルラのポシェットよ。財布とスマホ程度しか入らないけど、ちょっとしたお出かけにいいポシェットだわ」

猪狩は飯島の観察力に脱帽した。とても男の俺には、出来そうにない。

「よく知ってますね」

「女なら、そのくらいのおしゃれは知っているわよ」

真崎理事官も、しばらく黙って画面に見入っていたが、思いなおすようにしていった。

「ほかに、この女の画像は、あるのか?」

『捜査一課が入手した画像は、いまのところ、これだけだそうです』

「女の顔を大きくしてくれ」

女の顔がズームアップされた。長い髪に隠れた小さな円形の飾りものが見えた。顔は額やマスクが、白くハレーションを起こし、前よりも見づらくなっていた。ぼやけてはいるが顔の丸い輪郭《りんかく》が浮かび上がり、ちょっと見は親しみを感じさせた。

飯島がまた猪狩に囁《ささや》いた。

「おしゃれな女の子だね。センスいい。フープ式のイヤリングを付けてるわ」

「ピアスではないの?」猪狩が訝った。

「ピアスは耳たぶに穴を開けるけど、フープは、一見ピアスのように見えても、耳たぶを挟むイヤリングなの。私も同じようなフープ式のイヤリングを持っている」

猪狩は、女の姿を見ながらふと心の中で、何かが疼《うず》くのを覚えた。もしかして、この娘を知っているような気がした。いや、そんなはずはない。ありえない。

猪狩は頭を振り、無理やり頭の中から女を締め出した。

真崎理事官が腕組みをしながら訊いた。

「主任、この女の年齢は、どのくらいだと見る?」

「二十代後半から三十代かしら? でも、いま女は四、五十代でも、結構、おしゃれして若々しいから、この写真だけでは、年齢は絞れないわね」

真崎理事官は画面に顔を向けた。

「黒沢管理官、捜査一課と連携して、この女の身元を洗ってくれ。この続きの画像がほしい。ほかにも画像はないか、捜査一課に問い合わせてくれ」

『了解です』黒沢管理官がうなずいた。

『理事官、報告があるんですが』大沼が発言した。

「何だ?」

『地取り捜査で聞き込んだんですが、光村が死んだ後、下請け各社から、姿を消したり、とんずらした連中には、結構、救民救世教の信者が多いと分かったんです』

「ほう。それで?」

『聞き込むと、彼らの多くは妙高高原にある救民救世教の新潟支部道場から派遣された作業員で、彼ら信者の給与は、みな救民救世教の新潟支部の口座に振り込まれるようになっているそうなのです』

「原発作業員の給料が、救民救世教の資金源になっているというのか」

『そうです。それから、KDが聞き込んだのですが……』

「KD?」真崎は怪訝《けげん》な顔をした。

猪狩が小声で真崎に説明した。

「KDは、沼さんが、相棒になった新米女性刑事につけた愛称ですよ」

「そうか」真崎は笑った。「それで?」

『救民救世教新潟支部教会の女導師は、普段は、なんと糸魚川市勝田《かつた》で美容院を経営している都村遥子と分かったんです』

「都村遥子だと?」真崎は一瞬、誰だという顔をした。大沼はうなずいた。

『古三沢殺しの捜査線上にあがったマル要Aの一人です』

猪狩は驚いた。都村遥子は、杉原素子の姉と聞いていた。

「沼さん、ほんとですか」

『ほんとだ。マサ、そっちで何か関連して分かったことがあるのか？』

「ある。詳しいことは、後で」

『分かった』

真崎はうなずいた。

「沼さん、報告を続けろ」

『妙高高原にある救民救世教の道場をガサ入れしたいのですが』

「何の容疑で？」

『爆取《ばくとり》（爆発物取締法）と凶器準備集合罪です』

「県警捜査一課は、何といっている？」

黒沢管理官が手を挙げた。

『理事官、県警捜査一課には、フクロウ事案は伝えてありません。もちろん、柏崎刈羽原発破壊工作についても、捜査一課は一切知りません』

「そうか。そうだったな」

真崎は腕組みをした。もし、県警捜査一課に知らせれば、いくら保秘としていても、フクロウ事案は、政府が三千億円を要求されているという前代未聞の脅迫事案であり、柏崎刈羽原発が危ないという情報も重なって、確実に拡散し、マスコミに嗅ぎつけられる。

「しかし、裁判所も、事情を知らなければ、ガサ状を出さないだろうな。弱ったな」

『理事官、KDと自分が聞き込んだのですが、妙高道場で信者たちの前で、一人が惨殺されたというのです』

「ほんとか?」

『目撃した信者が複数います。その信者たちの証言をもとにし、殺人容疑で、道場にガサ入れすることが出来るかと』

「管理官、どう思う?」

黒沢管理官もうなずいた。

『その殺人容疑なら、裁判所もガサ状を出すでしょう。我々も捜査一課と一緒に公機捜を派遣してガサ入れできますね』

「よし。それで行こう。黒沢管理官、きみの指揮で執行してくれ」

『はい』

「救民救世教はスイス銀行に匿名口座を持っていて、三千億円が振り込まれるのを待っている。救民救世教とフクロウは、どこかで繋がっている。この際、救民救世教の信者たちが、柏崎刈羽原発破壊工作に動員されていると見て、徹底的に調べ上げるんだ。ただし、捜査一課には、我々の捜索意図を悟られるな。あくまで、捜査一課とは一線を画《かく》して、極秘で捜査してほしい」

『了解です。任せてください』

黒沢管理官は自信たっぷりの態度でうなずいた。

猪狩はちらりと画面の大沼を見た。大沼は、にやりと笑い、サムアップしていた。

4

和島行洋は、ふと不安を覚えた。総理の懐《ふところ》刀《がたな》の内閣官房副長官として、曾根守和《もりかず》なる怪人物と密かに料亭で会食するのは、まずいのではなかろうか。

曾根守和という人物は、名前こそ知っているが、これまで会ったことがない。警察庁のデータファイルには、日米韓、さらには中国、台湾、ベトナムなどの政財界で活躍する闇のフィクサーとされている。裏社会で力を持っている人物である。表社会には、ほとんど顔を出すことがない。

たとえ、どんな理由があろうと、本来、警察官僚として、会ってはならない人物なのだが、総理の後ろ盾《だて》である保守党の二階堂《にかいどう》幹事長から、電話で「わしが信頼している男だから、ぜひ、会ってやってくれ」と頼まれ、断わり切れなかった。

「総理が話せないことを、きみが総理の代わりに話をしてほしい。きっといい話が出来る」

二階堂幹事長は、意味ありげにいい、電話は切れた。

和島行洋は、あまり二階堂幹事長が好きではなかった。総理を支える派閥の長ということで、尊重はしているが、それ以上の間柄ではない。

襖が開き、料亭の女将《おかみ》が正座し、マスクを外し、恭《うやうや》しくお辞儀《じぎ》をした。

「お待ちどおさまでした。お座敷のご用意が出来ました。お客様もすでにお待ちでございます」

「そうか」

和島行洋は鷹揚《おうよう》にうなずいた。

「ご案内いたします。和島様、どうぞ」

女将は上品な笑みを浮かべていった。

和島行洋は女将に促されるままに立ち上がった。

料亭の奥座敷は人気《ひとけ》なく、静まり返っていた。和島行洋は女将に案内され、廊下を歩んだ。すでに人払いがしてあり、隣の部屋も、がらんとして人気がない。

女将が廊下に正座し、障子戸を静かに開けた。

「お待たせしました」

女将は和島の代わりに座敷の客人に頭を下げた。続いて、和島を見上げていった。

「どうぞ、ごゆるりと」

座敷には和服姿の痩《や》せ細った体付きの老人が座椅子に背を凭《もた》れて座っていた。

「これは、これは和島さん、お呼び立てして申し訳ない。わしは軀の具合が悪いので、こんな格好でお迎えするが、どうぞ、ご容赦《ようしゃ》ください。まあ、そちらにお座りください」

曾我老人はテーブルを挟んで、床の間を背にした上座《かみざ》を手で差した。女将も、上座に座るように促している。

和島は、いったんは年上の曾我老人に席を譲ろうとしたが、老人は席を移るのも大儀《たいぎ》そうだったので、上座の座布団に腰を下ろした。

「ただいま、お酒とお食事のご用意をいたします」

女将はマスク越しに、にこやかな笑みを浮かべ、部屋を出て行った。和島は釘《くぎ》を刺すようにいった。

「ご老体、御存知のように、オリンピック開催を直前にして、官邸は大忙しでして、申し訳ありませんが、あまり時間が取れません。さっそくにご用件を伺いたいのですが」

「そうでしょうな。では、単刀直入に申し上げましょう。フクロウのことで、お困りだとお聞きしたのですが」

和島は一瞬、どきりとした。フクロウの案件は、極秘中の極秘のことだった。警察庁長官も警視総監もまだ知らない極秘の案件だ。それを、曾根老人は、どこから聞き出したというのだろうか。

「申し遅れましたが、わしは曾根守和と申す年寄りですが、米韓首脳から請《こ》われて、両国の陰の相談役を仰《おお》せつかっておりましてな。あれこれ、アドバイスしております」

「……どうして、フクロウのことを」

「存じておるか、というのですか。ははは。それは、企業秘密みたいなものでしてな」

曾根老人は軽く笑って誤魔化した。だが、曾根老人の目は笑わず、冷ややかに和島を見つめていた。感情を表わさない羊の目だ、と和島は思った。

「開会式の日までに三十億ドル、日本円にして三千億円を、スイス銀行の匿名口座に振り込め、さもないと、第二、第三のフクイチをつくるぞ。フクロウに、そう脅されているのでしょう?」

「…………」和島は絶句した。

「フクロウが狙っているのは、警備体制が脆弱な柏崎刈羽原発」

「………」和島は曾根守和が、そこまで知っているとは、と驚愕した。もしかして、曾根は、フクロウ側ではないか、とも思った。

「どうです？　わしにフクロウとの交渉を任せませんか？」

「フクロウのことを御存知なのですか」

「知らないで、わしが、こんな提案をすると思ってらっしゃるのか」

「いえ。……そういうわけでは」

和島は言葉に窮《きゅう》した。曾根老人は静かにいった。

「わしは、自慢するつもりはないが、共和国指導部、中国指導部とも太いパイプを持っておりましてな。フクロウがどんな密命を受けているかも知っておるのです」

「なるほど。もし、フクロウと交渉出来れば、あなたへの見返りは？」

「フクロウを説得し、計画を断念させたら、身代金の一パーセントを頂きたい」

「三十億円も」和島は唸った。

曾根老人は冷ややかに笑った。

「なに、身代金三千億円を支払わずに済むと思えば安いものでしょう。万が一にも、フクロウの計画が実行されたら、日本は第二、第三のフクイチを抱えることになり、それこそ、収拾《しゅうしゅう》させるのに、何兆、何百兆円ものお金がかかる。それに比べれば、三十億円は大したカネではない」

曾根老人はじろりと和島を見た。

「その三十億円もわしが全部頂くのではない。半分は保守党の実力者にキックバックされる。そういう約束でしてね」

和島は、二階堂幹事長のほくそ笑む顔を思い浮かべた。

そういう仕組みだったのか。権力者たちのしたたかな企みに、和島は怖気《おぞけ》を感じた。

和島は気を取り直して訊いた。

「もし、フクロウを説得できなかったら?」

「そうですなあ」

曾根老人は、目を細めて笑った。

「その場合は、フクロウをあなたたちに引き渡しましょう」

和島は背筋に冷汗が流れるのを感じた。

なんという汚いやつなのだ? 日本のことも、国民のことも、こいつは、一切考えていない。こいつの頭にあるのは、カネ、カネ、カネではないか。

女将の声が障子戸越しに聞こえた。

「お待ちどおさま。お料理とお酒をお持ちいたしました」

「おう。女将、酒だ、酒を運んで来てくれ」

障子戸が開き、仲居たちが料理の皿や、お酒の徳利を運び入れた。

「女将、綺麗どころも呼んでくれぬか」

「まあ、コロナだというのに」

「わしはすでにワクチンを三回も打っている。もし、かかっても、命は惜しくない。もう長く生きすぎたわい。どうせ、死ぬなら、女将に抱かれて死にたいわい」

「まあ。曾根様はお元気なこと」

こいつは令和の怪物だ。

和島は呆然として、曾根老人と女将のやりとりを聞いていた。

5

横殴りの雨が降っていた。横浜野毛の山は雨煙に霞《かす》んで見えた。

猪狩誠人と飯島は、野毛山の厳しい甍《いらか》を戴いた「世界救民救世教日本本部教会」を訪れていた。事前に電話で都村神人導師に面会の約束を取り付けてあったので、二人はすんなりと応接室に通された。

　応接室には、世界救民救世教の難民救援活動が世界各地に広まっていることを示す写真が壁いっぱいに展示されていた。いずれの写真にも、中心に写っているのは、日本人導師の都村神人だった。シリア難民キャンプ、パレスチナ難民キャンプ、アフガン難民キャンプ、中南米の貧民街など、様々な地で、都村神人は人々に取り巻かれ、まるでキリスト教の聖人のように振る舞っている。

「お待たせしました」

　しばらくして、都村神人がパープルの法衣を着て応接室に現われた。都村神人は、お付きの巫女《みこ》姿の女たちに、飲み物や水菓子を持ってくるようにいい、ソファにどっかりと座った。

　猪狩は飯島とともに、警察バッジを見せて名乗った。都村神人は、真顔でいった。

「どういうご用件でしょう？」

　猪狩が訊いた。

「六年前のことになりますが。古三沢忠夫という男が、あなたを訪ねてきませんでしたか？」

「古三沢忠夫ねえ。そんな名の男が、しつこく訪ねてきたように思います。ですが、事前に電話で妙なことを訊いてくるので、会うのをお断わりしたのを覚えています。いまから、六年も前のことですので、詳しくは覚えておらぬのですが」

「妙なことというのは？」

「フクロウ、韓国語でオルッペミですか？　オルッペミは、どこにいるか、教えてほしい、と。知らないというと、いや、知っているはずだ。隠すな、と恫喝《どうかつ》してきたこともあるんです」

「都村さんは、オルッペミについて、本当に何も知らないのですか？」

「知りません。フクロウって何なのです？　教えてくださいな」

都村は悠然としていた。

猪狩は飯島と顔を見合わせた。飯島が猪狩に代わって尋ねた。

「救民救世教は、スイス銀行に匿名口座をお持ちですよね」

「匿名口座？　そんなものは持っていない」

都村は表情を変えず、穏やかに否定した。

飯島はポリスモードを開いた。脅迫状に添付されていたスイス銀行の名前と、匿名口座番号を表示し、都村に突きつけた。

「この口座を開設したのは、救民救世教日本本部教会だという話を聞いたんですが、違いますか？」

都村はなお平然として笑った。

「誰が、そういったのですか？　スイスの銀行は守秘義務があって、そうした事情については、たとえインターポールであっても答えないはずですが」

「犯罪がらみのお金が口座に振り込まれる場合には、スイス銀行も捜査当局に情報を提供する義務があることが、スイス国の法律で決まりましてね。この匿名口座番号が、それにあたります」

「馬鹿な。まだお金が振り込まれていないのに……」

都村は、一瞬口を滑らせ、慌てて口を噤《つぐ》んだ。飯島は、してやったりという顔で、猪狩と顔を見合わせた。

都村は気を取り直した様子でいった。

「いや、これは一般論ですよ。まだ口座にカネが振り込まれてもいないのに、どうして、犯罪がらみのカネと判断されるのです？」

「脅迫状に、この口座に振り込めと、指定されているからです。ですから、お金が振り込まれずとも、この口座は犯罪に使われていると認定されることになります」

ドアが開き、巫女姿の女たちが飲み物や水菓子を応接室に運んできた。

都村と飯島、猪狩の間に沈黙が流れた。巫女たちは、重苦しい空気を察して、急いで引き揚げて行った。

「それで、どうなりますかね」

都村は怖《お》ず怖《お》ずと訊いた。飯島はにっこりと笑った。

「どうにもなりません。なにしろ、お金が振り込まれていないのですから。もしかして、振り込まれないことになるかも知れませんし。匿名口座を持っていること自体は、何の犯罪構成要件にもなりませんからね」

「…………」

都村は顔を強《こわ》ばらせたまま、飯島を睨んでいた。

「もう一つ、お訊きしたいことがあるんですが」

猪狩は飯島に代わって訊いた。

「何でしょう？」

「救民救世教の新潟支部教会は、本部教会の指導を受けて活動しているのでしょうね」

「原則的には、そうなります。ですが、支部教会は独自の布教活動をしており、本部は関知しないことも多々あります」

「でも、新潟支部教会は、本部のあなたの指示で活動しているのですよね」

都村は左右に頭を振った。

「実は、新潟支部は特別な事情がありましてね。かならずしも、私の指導に従って活動しているわけでもないのです」

「特別な事情というのは、新潟支部長の都村遥子導師との関係ですね」

「遥子とは、私の不徳《ふとく》の至りで離婚していましてね。遥子はまだ籍を抜かず、都村姓を名乗っていますが、関係の修復は難しいでしょう」

都村神人は、額《ひたい》に手をあてながら、冷えた麦茶を飲んだ。

「では、都村遥子導師が率いる新潟支部教会が何をしているか、本部教会のあなたは知らないというのですか？」

「一応、報告は受けておりますし、知ってはいますが、全部を知っているわけではないのです。本部として、新潟支部のやることに責任はあると思っていますが。なにせ遥子は我《が》が強くて、私のいうことのすべてに反発していますんでね。困った女だと思っています」

猪狩は笑いながらいった。

「本部のあなたのいうことを聞かないなら、導師を馘《くび》にすることも出来るのでは？」

「それが出来るのは、ソウル本部の申起洪《シンキボン》教祖様で、日本本部の私には、その権限はありません。シンキボン様はことのほか、遥子がお気に入りで、私よりも信頼しており、場合によっては、私が馘になり、遥子が日本本部長の席につく可能性もあるほどです」

「ほう。新潟支部は、日本本部よりも、ソウル本部に直結しているというのですか？」

「そうなのです。先日も、ソウル本部のシンキボン教祖の顧問をなさっている方が、韓国選手団の一員として来日したのですが、日本本部の私のところには来ずに、新潟支部の遥子導師のところに挨拶に行ってましたからね」

飯島が訊いた。

「その顧問というのは、何という名前の人ですか？」

「曾根さん、曾根守和さんです」

猪狩が尋ねた。

「日本人ですか。何者ですか？」

「日韓の裏社会に隠然たる力を持っている右翼の大物です。北朝鮮や中国指導部に太いパイプを持っていると豪語している。シンキボン教祖は曾根老人の力を借りて、これまで日韓や中国、アジアに世界救民救世教を布教してきたのです。救民救世教の功労者ではあるが、こういっては何だが、曾根老人が裏で暗躍すると、ろくなことがない。曾根老人はカネの亡者《もうじゃ》でもあるので」

都村神人は苦々しくいった。

猪狩は飯島と顔を見合わせた。飯島はポリスモードに素早く曾根守和の名前を入力し、検索した。

「どう?」猪狩は囁いた。

飯島は「ヒットした。いろいろやっている。後で見て」といい、ポリスモードを閉じた。

「ともあれ、新潟支部が何をやっているか、私も気掛かりではあるのですが、遥子には注意のしようがない。彼女の顔は、ソウルのシンキボン教祖を向いていますんでね」

「なるほど。参考になりました」

飯島は猪狩に出ようと目配せした。

「お二人に申し上げておきますが、我々はフクロウとかと、まったく関係がありませんからね。そのことだけは、覚えておいてくださいよ」

「分かりました。いまの言葉、頭に留めておきましょう。ご協力ありがとうございました」

飯島は都村神人に頭を下げた。猪狩も慌てて頭を下げた。

かなり強く降っていた雨は野毛の山を下ったあたりから、いくぶんか小雨になっていた。ワイパーがフロントグラスの雨滴をゆっくりと拭き払っている。

第一京浜は渋滞もなく、車はスムースに流れている。

猪狩は捜査車両のプリウスを運転しながら飯島に聞いた。

「都村神人の話、どう思いました？」

「半分真実、半分嘘《うそ》ね。間違いなく、救民救世教は、どこかでフクロウと繫がっている。だから、彼、必死に匿名口座について知らぬ存ぜぬとシラを切っている。でも、脅迫状に匿名口座の番号が記してあるのだから、無関係と言い逃れは出来ない。ただ、こちらは、官邸にフクロウからの脅迫状が来ていることを公《おおやけ》に出来ない弱みがあるから、あちらから、じゃあその脅迫状を見せろといわれたら、お手上げだったけどね」

飯島は助手席でにやっと笑った。

猪狩はいった。

「また妙な人物が出てきましたね。曾根老人、データベースに何て出ていたんです？」

「暗黒街のフィクサー。とっくの昔に死んだ右翼の大物、児玉誉士夫《こだまよしお》を彷彿《ほうふつ》させるわね。曾根はＣＩＡとも繫がりがあるし、いまの保守党や野党の実力者たちとも深い繫がりを持っている。彼の配下には山菱組をはじめとする広域暴力団の幹部たちがいる。必要となれば、ヒットマンを動かす力もあるし、警察にとっては、非常に厄介《やっかい》な男よ」

「そんな深層海流に棲《す》む怪物が、いまの日本にも生きていたんですね」

「曾根は北朝鮮の指導部にもコネがあるらしく、拉致された日本人が何人か解放された背後にも、曾根の影がちらついていたそうよ」

「もしかして、金正恩《キムジョンウン》の金庫番39号室にも曾根は出入りしているんですかね」

「ありうるわね。証拠はないけど。曾根が歩くところ、必ずカネの臭いがする、といわれているそうだから」

車は川崎市内を走っていた。

雨は上がり、どんよりした鼠《ねずみ》色の雨雲が空を覆っていた。

新川《しんかわ》通りとの交差点で、左折した。

ファンが訪れた「ニライカナイ貿易」も「東風貿易」も、川崎駅東口側の繁華街にある雑居ビルに、それぞれ事務所を構えていた。

猪狩は車をタイムズ駐車場に止めた。目と鼻の先の細長いオフィスビルの三階に「ニライカナイ貿易」はある。猪狩は事前に「ニライカナイ貿易」には電話を入れておいた。電話に出た男は警察と聞くと、何事かと驚いたが、人捜しに協力してほしい、という話にほっと安堵した様子だった。

猪狩と飯島はエレベーターで三階に上がった。「ニライカナイ貿易」は、三階のフロア全体を事務所に使っていた。出入口から入って見渡した事務所には、七、八人の営業マンがいるだけの小さな会社だった。応対に出てきた中年の女性従業員は、すぐに奥の一角を仕切った社長室に、猪狩と飯島を案内した。

社長の塚田《つかだ》は、でっぷりと下腹が突き出た体型の中年男性だった。脂《あぶら》ぎった顔に作り笑いを浮かべ、猪狩たちを歓待した。

「そうですか。六年前、うちに訪ねてきた古三沢さんですか。よく覚えています」

「古三沢さんは、こちらの会社をお訪ねして、何を訊いたのですか？」

「うちで働いていた女性についてです」

「女性？　何という名前の方ですか？」

「織田《おだ》素子でした。脱北者で、気の毒な身の上の人でしたね。でも、若くて美人で、韓国語や中国語が堪能《たんのう》だったので、うちの花形社員でした。ほかの会社からも羨ましがられましたよ。彼女は、男の社員に混じり、有能な営業マン、いや営業ウーマンとして、海外にまで出て働いてくれました」

猪狩は飯島と顔を見合わせた。

「だけど、ある日、結婚するということで、寿《ことぶき》退社した。うちでは貴重な戦力が失われるので、結婚してもうちに勤めてほしい、と慰留したのですが、家庭に入りたいということで断わられました。実に惜しい人材だったので、よく覚えています」

「それは、いつの話ですか?」

「十年ほど前の話になりますかね」

「素子さんは、こちらに何年ぐらい勤めていたのですか?」

「十年ほどでしたかね」

飯島が猪狩に代わって訊いた。

「素子さんが結婚なさった相手の杉原さんについて、何か御存知ですか?」

「ええ。杉原力《つとむ》さんという名前だったかな。大手の貿易会社のエリート社員とかで」

「お子さんは?」

「ひとりお子さんがいたと聞いてましたが、杉原力さんとの間では、お子さんはいなかったと思います」

「素子さんは、前に一度結婚なさっていたというのですか?」

「いえ、正式に結婚していたかどうかは分かりませんが、素子さんは日本に帰国してまもなく、好きな男が出来て、その男との間にお子さんがいたとか聞きました」

「そのお子さんは、どうしたのでしょうね」

「死別したようなことをいっていましたね」

「死別ですか。お気の毒に」

猪狩は頭を振った。

「あの方は、ほんとに不幸を背負って生きて来たような女性です。だから、杉原力さんと結婚した時には、今度こそ幸せになるんだと、うれしそうでした。私たちも、みな素子さんと杉原力さんの結婚を心からお祝いしたのです。ですが、本当に、素子さんは、お気の毒でした。彼女には不運がつきまとっていたのでしょうかねえ」

「何があったのです？」

「結婚してから、何年後だったか忘れましたが、杉原力さんが海外のシンガポールかマレーシアだったかに出張中、交通事故に遭って亡くなったんです」

「え？　杉原さんは事故死したというのですか？　彼女は離婚したといっていたけど、事故死したとはいっていませんでしたが」

「いえ、杉原さんは交通事故死したのです。だから、素子さんは籍も抜かず、杉原姓を捨てなかった」

「そうだったのですか」

猪狩は杉原素子の不幸な過去について聞き、同情を禁じ得なかった。そして、素子から聞いた姉遥子との不和の原因に、杉原力の交通事故死もからんでいたのか、と思うのだった。

飯島が訊いた。

「古三沢さんは、素子さんについて、ほかに何を訊きましたか？」

「何だったかな。そうそう、素子さんの弟さんについてでした。弟はどこにいるか、と」

猪狩は思わず口を出した。

「素子さんの弟さんは日本に帰っていたのですか？」

「ええ。だいぶ前に帰国したと聞いてます。二つか三つ年下の弟さんでしてね。素子さんと、とても仲のいい姉弟で、弟さんは、たしか忠さんだったか。よく昼食時に、弟さんがやってきて、素子さん手作りのお弁当を一緒に二人で食べていました」

「弟さんの名は？」

「たしか織田忠といっていましたね」

「弟さんは、この近くにいらしたのですね」

「弟さんも、お姉さんに負けず、韓国語や中国語が堪能だったので、うちと同様の中小商社で働いていました」

「何という会社です？」

「東風貿易。ここからそれほど離れていない小さな会社ですがね」

猪狩は飯島と顔を見合わせた。これから、訪ねようとしている会社だった。

飯島が訊いた。

「古三沢さんは、弟の忠さんについて、何を訊いてましたか？」

「古三沢さんは、素子さんの弟は何をしているのか、とか非常に熱心に聞こうとしていました。それで、東風貿易に問い合わせれば、といったら、さっそく出掛けて行きました」

「どういうことなのですかね。古三沢さんは、どうして、弟に興味を持ったのか？」

「素子さんは、弟さんを残したまま、脱北したそうです。それで、弟さんを心配していたら、今度は弟さんもうまく脱北できた。素子さんはそれで安心したといっていました。古三沢さんは、弟さんが、どうやって脱北出来たのかも知りたがっていたようです」

「そうでしたか」

ドアにノックがあった。ドアが開き、先刻の女性社員が顔を見せた。

「社長さん、お約束のお客様が御出でになりました」

「ああ。御通ししておいて」

塚田社長は女性社員にいった。

「ということでして、申し訳ありませんが、これで……」

塚田社長は飯島と猪狩に頭を下げた。

飯島と猪狩は仕方なく席を立った。

「お忙しいところを」

「ご協力ありがとうございました」

「いえ、いえ。あまりお役に立てず……」

塚田社長は、飯島と猪狩を社長室から送り出した。ついで、出入口に立って待っていた二人の客を「どうぞどうぞ」と招き入れた。

飯島は歩きながら猪狩にいった。

「杉原素子は、何か隠しているわね。弟忠が脱北して帰国していたことも話さなかった」

「我々が訊かなかったから、ということもある」

「マサト、やけに素子の肩を持つのね。どうして？」

「そういうわけではないんだけど」猪狩は笑って誤魔化した。

「東風貿易有限会社」は、「ニライカナイ貿易」が入った雑居ビルを出て、二ブロックほど歩いたところにあった。旧《ふる》い五階建てのビルの四階に「東風貿易」の看板が架かっている。

エレベーターも旧式で、昇る速度は遅く、レールの音がやけに大きく響く。

猪狩と飯島は四階フロアに降りた。フロアは狭く、「東風貿易」の事務所は、人気なく閑散としていた。こちらも事前に電話を入れておいたおかげで、エレベーターの出入口近くの事務机にいた年寄りの社員は、すぐに二人を隅の応接セットに案内した。

従業員たちは出払っているのか、ほとんど人の出入りもない。ほどなく眼鏡を掛けた中年の女性総務部長が現われ、飯島と猪狩に挨拶した。ふたりは警察バッジを見せた。

女性は総務部長の伴野友子《ばんのともこ》と名乗った。

「六年前ですか？　私がまだ総務部係長のころですね。古三沢忠夫さん？」

伴野部長は眼鏡を押し上げ、考え込んだ。

猪狩は、古三沢の顔写真をスマホに出して、伴野部長に見せた。

「ああ。思い出した。この人なら、覚えています。当時の総務部長が忙しいというので、私がお会いして話をしたと思います」

「古三沢さんは織田忠さんのことを訊きに来たのでは？　織田さんはいまも、こちらで働いているのですか？」

猪狩は事務所の中を見回した。

「いえ。織田さんは、十年ほど前に退社しました」

「退社なさったのですか。それで、いまはどちらに？」

「さあ。知りません」

伴野部長は頭を左右に振った。

「古三沢さんは、織田さんについて、何を尋ねましたか？」

「織田忠さんは、どんな人かとか、どんな仕事をしていたかとか、どんな人と付き合っていたか、とかでしたね。そんなプライベートなことを聞かれても、本人じゃないのですから困りました。しかも、とっくの昔に会社をお辞めになった人でしたからね」

「近くに織田さんのお姉さんがいるという話は聞いてますか？」

「はい。お綺麗な方ですよね。お姉さんがこちらに訪ねてらしたことがありましたね」

「織田忠さんと親しく付き合っていた人は、いませんでしたか？」

「織田さんは、会社の同僚とあまり付き合いがなかったように思います。女の人の出入りもなかったですね。仕事は出来るけど、孤独が好きなタイプだったと思います」

飯島が、猪狩に何か訊くことはある？　と目で聞いた。猪狩は頭を左右に振った。

猪狩は、なぜファンは杉原素子のことや弟の忠のことを嗅《か》ぎ回っていたのか、と考えこんだ。素子や忠がフクロウと関係があるというのか？

「行くわよ」飯島が猪狩に帰ろうと促した。

6

新潟中央署の大会議室に据えられた大型液晶モニターに暗い駐車場が映っていた。黒い人影が蠢《うごめ》いている。二つの黒い人影がぐったりとした影を両脇から抱え、一台の車に連れて行く。男が光村鉄雄を助手席に押し込むように乗せた。車種はスズキのジムニー。

「止めろ。少し戻せ」

捜査一課管理官の角間《かどま》警視が大声で、ノートPCを操作する課員に命じた。

磯山捜査一課長は椅子に座り、腕組みをし、じっと画面を凝視《ぎょうし》していた。捜査一課強行犯第一係長の田所警部も捜査員が入手した監視カメラのデータ画像を睨んでいた。

大画面のスクリーンに映った映像はいったん止まった。ついで今度は車から逆に出てくる男の姿が映った。朧《おぼろ》な街灯の明かりに照らされ、一瞬男の顔が見えた。マル害（被害者）光村鉄雄の顔だ。光村を肩に担いでいる黒い影の顔の半面も、街灯の明かりに一瞬浮かび上がった。

「おい、こいつの顔を拡大しろ」

角間管理官が大声で指示した。

男の顔がズームアップされた。影になっている部分が一層黒くなり、明るい部分が白くハレーションを起こしている。

「明度を少し落とせ。顔が見えるようにしろ」

課員がノートPCを操作し、徐々に画面の明度を落とす。白い部分の明度が落ち、ぼんやりとだが、男の顔の造作が浮かび上がる。画面全体の暗さが増し、男の顔は先刻よりも薄暗くなったが、よりはっきり見えてきた。

捜査員たちは固唾《かたず》を呑んで画面を見守っている。ＰＣを操作している課員がいった。

「管理官、これが限界です」

「よし。それでいい」

角間管理官はスクリーンに浮かび上がった男の顔を睨みながら、呻くようにいった。

「こいつが本ボシだな」

磯山捜査一課長は田所を振り向いた。

「班長、こいつの顔に見覚えあるか？」

「いえ。分かりません。初めて見る面《つら》です」

田所は唸りながらいった。

これまで捜査線上にあがった捜査対象者や参考人の顔にはない。

「警察庁の顔認証にかけろ。もしかして、誰かにヒットするかも知れん」

「はい」

田所は脇の部下に目配せした。部下の課員はボールペンでメモ帳に走り書きした。

「こいつの顔写真をポリスモードに撮って、全捜査員に転送しろ。人定不明だが、至急に指名手配しろ」

「了解です」

傍《そば》の課員が、すぐにポリスモードを掲げ、スクリーンに映る男の顔を撮った。

「ようし。もう一度、最初から見直す。最初に戻せ」

角間管理官の怒声が飛んだ。デジタル担当の課員が即座に返事をした。

画面が最初の画像に戻った。新潟港近くの薄暗い駐車場。デジタル表示の時刻は、0時10分27秒から始まり、くるくると時刻の数字が変わっていく。駐車場には、疎《まば》らだが、何台もの乗用車の影があった。

駐車場の街灯に取り付けてある防犯カメラの俯瞰《ふかん》映像だ。課員が時刻を早回しして進めている。

「止めろ」

角間管理官が指示した。

「右端の乗用車にズームをかけろ」

画面の右端に見える車は、街灯の光の死角にあたる位置にあるため、車体の後部の一部しか映っていない。四ドアの乗用車であることは確かだったが、車内に人が乗っているかどうかは分からなかった。

カメラがズームし、乗用車の後部を拡大した。後部座席のドアのガラス窓には、人影がない。ズームを最大にかけたため、画像の粒子が粗《あら》くなり、画像の縁《ふち》の線がちらちらと揺らめいている。

角間管理官が苛立《いらだ》った声を立てる。

「これしか映らないのか」

「はい。残念ながら、これでいっぱいです」

課員の返事があった。

田所も画面に見入った。駐車場の防犯カメラは二台セットしてあったが、もう一台のカメラには、問題の車両は映っていなかった。

何度もズームアップしたり、ズームアウトがくりかえされていた。

「前へ進めろ」

磯山の指示通りに、時刻のデジタル表示がくるくると進みだす。やがて、一台の車がぎくしゃくと駐車場に走り込み、右端の車の脇に駐車した。車のドアが開く。

「等速に戻して続けろ」

画面が正常な動きに戻された。車の影から、一人の男が降りた。車はスズキのジムニー。三ドアの四駆車。軽自動車だが、荒地でも難なく走るタフな車だ。登録ナンバーから光村鉄雄の愛車と分かっている。

男はマスクを顎の下に掛け、煙草を咥えている。煙草の先の火が画面の中でちらついている。

「男にズームをかけろ」

男の影は停止し、ズームアップされた。

男の影は野球帽を目深《まぶか》に被り、眼鏡は掛けていない。痩せ形、だが、筋肉質の引き締まった体付きをしている。マスクを下ろし、煙草を咥えているので、顔の輪郭《りんかく》や目鼻立ちの陰影がぼんやりと浮かび上がっている。

「もう少し見えるようにできんか？」

田所が課員に代わっていった。

「科捜研に頼んでみます。画像処理すれば、もう少し画像がクリアになると思います」

「うむ。そうしてくれ。これとさっきの男の半面の写真があれば、おおよそホシの顔は分かるだろう」

「はい」

「ズームを戻し、画像を進めろ」

映像が戻り、男は煙草を捨て、靴先で揉み消した。男は右端に見える車に近付いた。男は乗用車の後部座席のドアを引き開けた。それに合わせるように、もう一人の影が乗用車の後ろに現われた。小柄で華奢《きやしや》な体付きの女の影だった。

「よし。この女をズームしろ」

女の影が後部座席のドアの傍に立った。

女は大きな白いマスクを掛けている。やや丸顔に見える。眼鏡はかけていない。半袖のブラウスに、下は細身のジーンズ。髪が肩の下まで垂れている。

「班長、この女は、午後十時ごろ、古町の繁華街で光村と一緒にいた女ではないか?」

「似てますね。駐車場が暗いので断定はできませんが、人着《にんちやく》(人相着衣)から見て、古町で光村と一緒だった女の可能性が高いと思います」

映像では、二人が光村鉄雄を両脇から抱えるようにして歩かせようとした。光村は二、三歩よろめくように歩いたが、ジムニーの前で膝から崩れるように倒れ掛けた。慌てて支えようとした女に光村は抱きつこうとした。光村の手が女のマスクに掛かり、マスクが弾《はじ》かれるように外れた。光村は女に抱きついた。女の顔が光村の肩の上に乗った。一瞬、女の顔が歪《ゆが》んだように見えた。

女の顔が光村の陰に隠れた。もう一人の男が光村を背後から抱えて引き起こした。

角間管理官の鋭い声が飛んだ。

「止めろ。少し戻してズームをかけろ」

光村の肩に顎を乗せた女の顔がズームアップされた。女の顔は街灯の明かりを反射し、白くハレーションを起こしていた。

「明度を落とせ」

女の顔が暗くなり、あたりがすべて不鮮明になった。

光のあたり具合なのか、女の顔は歪み、笑っているようにも見える。女の手が光村の背に回り、宥《なだ》めるように叩いた。

捜査員たちが、こそこそと囁き合った。

「この女、笑ってないか？」

「泣き笑いのようにも見えるな」

「男を慰めているようにも見える」

「班長、この女の写真も頼んでくれ」

磯山捜査一課長が腕組みをしていった。

「了解。これも科捜研に頼んでみます」

田所は呻くようにいった。角間管理官がPC担当の課員に命じた。

「元に戻して続けろ」

本ボシの男は煙草の吸い殻を地面に落とし、光村を肩で支え、ジムニーに連れて行く。女が先回りし、ジムニーの助手席のドアを開けた。男が光村の躯《からだ》を持ち上げ、ジムニーの助手席に押し込んだ。

「早送りしろ」

映像が早送りされた。男はジムニーの運転席に乗り込み、発進させた。ジムニーが駐車場から走り出てまもなく、ジムニーの後を追うようにして、一台のセダンの影が駐車場から出て行った。

「止めろ。このセダンをズームしろ」

セダンの停止した映像がズームアップされた。運転席に女の影があった。角間管理官が訊いた。

「車種は何だ？」

「マツダのデミオ。スカイアクティブです」

捜査員の一人が答えた。

「色は何だ？」

「夜間照明なので識別できませんが、おそらく濃い赤色か青色と思われます」

「ナンバーは？」

走り去る車のナンバープレートが陰に隠れて見えない。遅れて課員の返事があった。

「読めません」

「よし。六月二十八日深夜から二十九日未明にかけて、周辺道路のＮシステムの映像データ、コンビニの防犯カメラや監視カメラの映像を集め、チェックして、このデミオを見つけ出せ」

角間管理官は捜査員たちに命じた。捜査員たちは、一斉に席を立ち、会議室から出て行った。

磯山捜査一課長は椅子に座り、田所に向き直った。

「班長、つまり、こういうことか。女は古町で、強《したた》かに酔った光村鉄雄を拾い、デミオに乗せて、この駐車場に来て男を待った。その時に、女は光村に、導眠剤を呑ませる。一方、ホシの男は光村のジムニーをアパートの駐車場から運転してやって来る。それから、二人はここで光村をジムニーに移し、男の運転で埠頭に向かう。女はデミオで男の後を追い、埠頭で落ち合う。男と女は、ジムニーの助手席の光村を、今度は運転席に移して座らせる。そして、アクセルに重い石か何かを載せて細工し、ジムニーを発進させて海にどぼん、というわけだな」

田所は腕組みをし、ジムニーが埠頭から海に飛び込む光景を頭の中に描いた。

「問題は、この事件の動機と背景だ。ただの男女の痴情《ちじょう》、怨恨《えんこん》ではなさそうだな。おそらく、仲間割れした挙げ句の殺しとか、あるいは口封じとかの線も考えられる。違うか？」

磯山捜査一課長は、じろりと角間管理官と田所を睨んだ。

「管理官、班長、おまえら何か、おれに隠していないか？　どうも怪しい。一課長のおれに言えぬことでもあるのか？」

角間管理官は不承不承《ふしょうぶしょう》うなずいた。

「一課長、マル害の光村鉄雄の身元を洗ったら、いろいろな問題にぶつかって、捜査が進まないところがあるんです。班長、きみからも事情を説明してくれ」

角間管理官は、最初から田所に下駄《げた》を預けた。田所は角間管理官の無責任さに腹が立ったが、胸中にとどめていった。

「一課長、この案件、公安がらみの案件なんです。公安に協力を仰《あお》がないと、解決できそうにありません」

磯山捜査一課長は、公安嫌いで通っている。根っからの刑事畑の人間なのだ。磯山を怒らせないで、どう話を持って行くか。田所は頭を悩ませていた。

「なんだと？　ハムには、仁義《じんぎ》を切ってあるじゃないか。光村鉄雄が原発の破壊工作を行なっているかも知れないということで、ハムには捜査情報を十分に流してあるのではないのか」

「はい。その通りなのですが」

「光村鉄雄殺しは、原発構内での事件ではなく、新潟港で起こった。背景に原発問題があったとしても、純然たる刑事事案として、我々は捜査できる。だから、捜査一課としては、総力をあげて光村鉄雄を殺したホシを挙げようとしているんじゃないか。それの何が悪いのだ？」

「はい」田所は角間管理官と顔を見合わせた。

「班長、いいか、今度という今度は、古三沢殺し事案の二の舞にはしない。ハムのいうことを聞いていたため、古三沢殺しは、六年も塩漬けになっていた。おまえが、それを一番よく知っていたんじゃないか」

「一課長、今回の光村鉄雄殺しの背景は、もっと奥深い事情があるらしいのです」

「なんだと。その事情とは何だ？」

「総理官邸絡みの事案なのだそうです」

「官邸絡みの事案だと？」

「下手《へた》をすると、県警本部長をはじめ、我々みんなの首も飛ぶ事案だと」

「誰がそんな脅しをいうんだ？」

「県警本部長です」

磯山捜査一課長は、ぐっと言葉に詰まった。

「県警本部長が極秘に公安に協力しろ、と。公安主導で捜査をしろというのです」

田所は、はったりをかました。県警本部長の命令とでもいわないと、磯山捜査一課長は、いうことを聞きそうもない。

角間管理官は、思わぬことに、きょとんとして田所を見ていた。田所は腹を決めた。もし、嘘だとばれたら、自分が腹を切ればいい。自分が責任を取る。

田所は、猪狩誠人が極秘に教えてくれた保秘の中身を信じた。柏崎刈羽原発を、第二のフクイチにしないためには、こうするしかない、と田所は思った。

第七章　フクロウは哭《な》いた

1

夜が白々と明けはじめていた。周囲の樺　林《かんばばやし》には霧《きり》が湧《わ》き、まだ夜の闇を残している。それでも、林の中は目覚めた小鳥たちの囀《さえず》りに満ちていた。

世界救民救世教の新潟支部道場は、妙高山の麓《ふもと》、野尻湖畔《のじりこはん》の樺林の中にひっそりと建っていた。野尻湖の湖面は、朝霧に覆われていた。

大沼はホンダCR-Vを樺林の中に延びている道路に入れて止めた。すでに十数台の捜査車両やバス、輸送トラックが空き地に駐車していた。

県警の制服警官たちが、道場に通じる道路を封鎖し、車の立ち入りを規制していた。

救民救世教の信者たちがガサ入れに抵抗する場合に備え、県警機動隊を動員しようとしたが、県警はすでに五百人の機動隊を東京オリンピック警備に派遣していたため、予備の機動隊はおらず、止《や》むを得《え》ず警察学校の生徒三百人を訓練実習の名目で動員していた。

警察官の卵たちは、全員乱闘服を着込み、ジュラルミンの楯《たて》を携《たずさ》えて、一応機動隊員らしく見えた。だが、警察学校の生徒たちは、遠足かハイキングにでも来たような緊張感のない顔をしており、教官や助教たちをはらはらさせていた。

生徒たちは、隊長の教官や助教に率《ひき》いられ、ジュラルミンの楯を小脇に携えながら駆けて行く。男子生徒たちに混じって、小柄な女子生徒たちの姿もあった。

「こんな大規模で物々しいガサ入れは、はじめて」

中山裕美刑事は黒のスーツ姿で車から降り立ち、興奮した面持《おもも》ちで大沼に囁《ささや》いた。

「おれも、こんなの初めてだぜ。ボーイスカウトやガールスカウトを引率してのガサ入れなんて、聞いたことも見たこともねえや」

大沼は警察学校の生徒たちを見ながら、ため息混じりにぼやいていた。

耳に差し込んだイヤフォンに、無線指揮車の発する状況報告や指示命令が聞こえる。すでに、捜査員の配置は決まったらしい。

昨夜の作戦会議では、偵察員から救民救世教新潟支部道場の間取りや人員などの報告があった。それによると、今日月曜日は、道場は休みとなっており、通いの信者たちはほとんどいない。導師をはじめとする教団幹部たちは日曜の夜を道場で過ごし、朝の勤行《ごんぎょう》が終わってから、住み込みの幹部たちを残して全員自宅に引き揚げる。そのため、早朝は幹部たちのほとんどがまだ顔を揃えているということだった。

大沼は中山裕美と一緒に、本部車両の前に建てられた天幕《てんまく》に行った。天幕の下には長机やパイプ椅子が並べられ、捜査員たちが集まっていた。

海原班長を取り囲むようにして、田所班長代理をはじめ、井出、大島、外間、氷川きよみの面々が集まっていた。全員、マスクを掛けている。

「よッ、ご苦労さん」

大沼は真崎チームの面々に手を挙げて挨拶《あいさつ》し、空いている椅子にどっかりと腰を下ろした。中山裕美も、みんなに挨拶した後、大沼にいった。

「沼さん、私、あちらに行きます」

中山は県警捜査一課の捜査員たちの集まりを目で指《さ》した。長机の周りに、捜査一課強行犯一係の田所係長たちが集まり、道場の見取り図を覗き込んで、何やら話し込んでいる。

「ああ、いいよ。ＫＤ、おまえはあっちの人間だものな。行ってこいや」

大沼はにやけた顔でうなずいた。

中山裕美は、きびきびした態度で、海原班長に腰を折って敬礼し、捜査一課の同僚たちのところに駆け戻った。

　氷川きよみ刑事がにやにやしながら、大沼に寄って囁いた。

「沼さん、あの子、可愛いわね。だいぶあの子にご執心《しゅうしん》じゃないの。大丈夫？」

「よせやい。あのＫＤ、刑事《ジ》にしては、ほんとに出来がいいんだ。教え甲斐《がい》があってな。一度、教えたら、二度教えることはない。勘もいい。将来、いいデカになるぜ」

　大沼は目を細めた。

　指揮通信車の昇降口の扉が開き、黒沢管理官や公機捜の等々力隊長、県警の刑事部長、警備部長、捜査一課長ら幹部たちが姿を現わした。幹部たちの顔色は一様に晴れ晴れとしている。

「どうやら、話がついたらしいな」

　大沼は氷川にいった。

　この数日、ガサ入れをめぐって、県警幹部と公安幹部は、どちらが捜査を主導するのかで、大揉めに揉めていた。

「黒沢管理官が殺しを名目にした捜査だからと、県警捜査一課の面子《メンツ》を立てて引っ込んだらしいわよ」

　氷川が囁いた。大沼はぼやいた。

「捜査指揮なんか、どっちだっていいのによ。公安だ刑事だって、騒いでいるうちに、肝《かん》心《じん》のホシを取り逃がすってことになったら、それこそ大事《おおごと》だべな」

「起立！　注目！」

　号令がかかった。捜査員たちが一斉に立ち上がった。海原班長たちも席を立った。大沼も仕方なく椅子から立った。

　マスクを掛けた県警幹部の一人が天幕の中に立ち、大声でいった。

「私は県警本部刑事部長の佐久間《さくま》だ。本日の総合捜査指揮は、私が執《と》る。県警捜査員はもちろん、公安捜査員諸君も、私の指揮に従ってもらう。いいな」

　誰も文句をいう筋合いはない。公安捜査員たちは黙って静聴した。

「家宅捜索の手順と分担は、昨夜最終会議で決めた通り。〇五一〇をもって、家宅捜索に着手する。容疑は、信者一人に対する殺人と殺人教唆、死体遺棄だ。だが、本筋は、道場内にあるはずの柏崎刈羽原発を襲撃、破壊するための爆弾や凶器などの捜索だ」

　大沼はにやっと笑った。公安は、これまで柏崎刈羽原発破壊工作の恐れがあることを保《ほ》秘《ひ》としていた。だが、このまま保秘にしていたら、柏崎刈羽原発破壊工作の捜査の埒《らち》が明かないので、真崎理事官が保秘を解き、県警捜査一課に公安情報を流したのに違いない。そうでもなければ、県警の刑事部トップが、こんな発言をするはずがない。

佐久間刑事部長は続けた。

「道場には、爆弾、銃器、刀剣等が秘匿《ひとく》されていると見られる。物証としてすべて押収しろ。慎重に何も見落とさず、粛々《しゅくしゅく》と捜索にあたってもらいたい。なお、信者たちによる妨害があった場合は、直《ただ》ちに公妨《こうぼう》で逮捕。大規模な抵抗に対しては、実力でもって制圧排除する。以上。何か質問は？」

佐久間刑事部長は捜査員たちを見回した。誰も手を挙げなかった。佐久間刑事部長は、ちらりと腕時計に目をやった。

「〇五一〇。よし、かかれ」

捜査員たちは、一斉に動き出した。

海原班長も班員たちに「行くぞ」と叫び、道場への道を歩き出した。

大沼も班員たちの最後尾につき、大股で歩き出した。背後から、ばたばたと走る靴音が聞こえた。振り向くと、中山裕美が息急《いきせ》き切って走り込んだ。

「沼さん、私、やっぱこっちに参加するようにいわれました」

「おまえ、上司から、我々の動きを監視して報告しろっていわれたんだろ」

「ははは。あたりです」

中山は捜査一課の田所係長をちらりと振り向いて、にこっと笑った。

「しょうがねえな。ま、入れてやるぜ」

　大沼は、海原班の面々をじろりと見回し、文句あるか、という顔をした。

「ただいまより、殺人、および殺人教唆、死体遺棄容疑で、家宅捜索を行なう。これが家宅捜索令状だ」

　磯山捜査一課長が、マスク越しに大声で令状を読み上げ、救民救世教新潟支部教会の女導師の都村遥子に令状を掲げた。

　都村遥子は、令状を手に取り、文面に見入った。一課長は続けた。

「殺人実行犯として、阿吽《あうん》なる女二人、さらに殺人教唆容疑で、導師都村遥子を逮捕する」

「人殺しなんか、していませんよ。証拠はあるんですか?」

「目撃証人が複数いる。あなたたちには、黙秘権がある。今後の発言は、すべて証拠となる。逮捕時刻、〇五二〇」

　捜査員たちが、都村遥子と傍《かたわ》らにいた巫女《みこ》姿の阿吽の二人の身柄を押さえ、手錠を掛けた。阿吽と呼ばれた若い巫女たちは、マスク越しに顔を見合わせたが、何もいわず大人《おとな》しく手錠を掛けられた。

「あれは芝居ですよ。芝居を見て、信者たちは殺人だと思ったのよ」

都村遥子は捜査員たちに抗《あらが》いながら、大声で喚《わめ》いた。ついで、傍らにいた作務衣《さむえ》姿の青年にいった。

「根藤、すぐに弁護士に連絡して。弁護士に」

「は、はい。分かりました」

根藤と呼ばれた青年は返事をし、机の上の電話機に手を伸ばした。捜査員の一人が、根藤に、いまは電話の使用はだめだ、と止めた。

「阿吽、あんたたちは、弁護士先生が来るまで黙秘するのよ。いいね」

都村遥子は大声で叫び、捜査一課の捜査員たちに両脇を取られながら玄関に連行されて行った。ついで阿吽と呼ばれた二人の若い女たちも、女性捜査員たちに連行されて、その後に続く。

大沼は傍らの中山にいった。

「あの美人の二人、姉妹なのかな。綺麗だし、よく似ているな」

「沼さん、綺麗な薔薇《ばら》には、棘《とげ》があるものよ。あの二人は何か怪しい。毒針を隠している」

中山は目を細めて、連行される二人の巫女姿の阿吽を見送った。

「KD、おまえ、あの二人知っているのか？」

「阿吽の阿は知っている。都村遥子の実の娘瑠里。もう一人の吽は分からない。身元不明。名前も分からないが、何かやっている」

「瑠里は東京に嫁《とつ》いだんじゃないか？」

「離婚し、いまは母親の許に戻っています。夫と反《そ》りが合わなかったようです」

「急ぎで調べたのか」

「都村遥子、瑠里母子は、古三沢殺しのマル要A候補でしたから、捜査一課は、詳しく調べました」

ピリリと呼び子が鳴り響いた。

「家宅捜索開始しろ！　いまの時刻〇五三〇」

幹部捜査員の怒鳴《どな》り声が響いた。

海原班の捜査員たちは、一斉に幹部信者の居室に入って行った。

「沼さん、私たちも行きましょう」

中山刑事が大沼を急《せ》かした。大沼は深呼吸をして、みんなの後に続いた。

導師の居室をはじめ、幹部信者の部屋はいずれも、床下から天井裏まで、徹底的に捜索が行なわれた。

ついで住み込み信者の大部屋の捜索に入ってすぐ、天井裏を覗いていた井出剛毅が素《す》っ頓狂《とんきよう》な声を上げた。

「沼さん、変な箱がある」

「剛毅、つべこべいわず上がって箱を下ろせ」

畳を上げ、中山裕美と床下の暗がりを覗いていた大沼は、井出に怒鳴った。

「へいへい」

井出は天井板を外した穴から天井裏に上がり、姿を消した。

「床下には何もなしね」

中山裕美は、床下を覗くのを止め、懐中電灯の明かりを消した。大沼はため息をつき、上げた畳を一枚ずつ戻した。マスクをつけていても、埃《ほこり》が口の中に侵入してくる。大沼は咳《せ》き込んだ。

「沼さん、妙なカメラ発見」

井出の声が天井裏から聞こえた。

「何だと?」大沼が聞き返した。

やがて、天井板を外した穴から、井出が顔を出した。段ボール箱を抱え、梯子《はしご》をそろそろと降りはじめた。

　大沼は梯子の下で段ボール箱を受け取った。大して重くはない。畳の上に下ろし、段ボール箱を開いた。超小型カメラと録画機のセットが数台、コードに繋がったまま、箱に入っていた。

「秘撮《ひさつ》カメラだ」

「なに、それ？」

　中山がマイクロカメラを摑《つか》み上げようとした。

「待て。爆発するかも知れない」

　井出剛毅が笑いながら、中山を止めた。中山は驚いて手を引っ込めた。

「これらは、見覚えがあるな」

　大沼は顎《あご》を撫でた。ついで声を上げた。

「班長、これ、もしかして」

　隣の部屋から海原班長がやって来た。

「なんだ、沼さん」

「これ、古三沢の部屋に仕掛けられていた盗撮カメラやマイクじゃないか？」

　海原班長は、ビニール手袋をした手で超小型カメラと録画機を摘み上げた。

「そうだ。録画機の番号は覚えている。間違いない。事件後、誰かに撤去されたカメラセットだ」

海原班長は録画機から、SDカードを取り出した。

「これに何が録画されているかだな」

「もしかして、古三沢が殺される現場の映像があるかも知れない」

大沼が呻《うめ》いた。海原班長が井出にいった。

「この段ボール箱とカメラ、証拠品として押収しろ。井出、発見場所などを撮影記録しておけ」

突然、廊下の方が騒がしくなった。

廊下を駆けて行く音もする。

開いた戸口から、田所班長代理が顔を覗かせた。

「何の騒ぎだ？」

「班長、県警の捜査員が倉庫に大量の硝酸《しょうさん》アンモニウムが隠されているのを発見しました」

「硝安《しょうあん》が見つかっただと」

海原班長は顔色を変えた。

大沼は中山と顔を見合わせた。

「硝酸アンモニウムは爆弾の原料だ」

「知っています。刑事講習で習いました。硝安九十四パーセントに燃料油六パーセントを混ぜれば、ANFO《アンホ》が出来ると」

「アンホだと？」

「アンホ爆薬です。爆薬としては簡単に出来、非常に安定しているので扱いが楽で、ダイナマイトを雷管《らいかん》に使って起爆すれば、大爆発を起こす」

「もし、トラックに、そのアンホ爆薬を積んで、柏崎刈羽原発に突っ込んだら……」

「第二のフクイチですね」

大沼は海原班長と顔を見合わせて唸った。

海原班長が田所班長代理に訊《き》いた。

「どのくらいの量だ？」

「大型トラック三台分はあるとのことです」

「どうして、そんな大量に保管しているんだ？」

「立会人の救民救世教の幹部にいわせると、経営している近くの農園の肥料用だそうです」

「たしかに硝酸アンモニウムは、作物栽培に必要な窒素《ちっそ》肥料だが……」

隣の部屋を捜索していた大島や外間、氷川の面々も、何事かと顔を出した。

海原班長は班員たちを見回した。

「よし、我々も県警に負けず、物証になるものを捜す。かかれ」

班員たちは廊下に出て、信者たちの部屋の家捜しを再開した。

2

ニューヨコハマ・グランドホテルの十四階特別スイート室。

部屋には静かなＢＧＭが流れていた。

曾根老人はマットの上に横たわり、若い娘に腰を揉ませていた。

スマホを耳にあて、曾根老人は静かにいった。

「どうだね。少し要求額が高すぎるんじゃないかね」

『いえ。あれでも、低すぎる額だと思っています』

「相手は払う気はないが、どうするんだ？」

『それはそれで仕方がないこと。期限が切れれば、警告通りに我々は決行するだけです』

「どうだろう。オルッペミ、わしと手を組まないか？」

『曾根さん、それはどういう意味ですか？』

「あんたたちは共和国を裏切るつもりなのだろう？」

『…………』オルッペミと呼ばれた女は黙った。

「いいよ、隠さなくても。わしも、あんたたちと組んで、共和国を裏切ろうということさ」

『曾根さん、それは考え違いです。私たちは共和国を裏切るつもりはありません』

「じゃあ。代金は、すべて共和国に送るということかね？」

『…………』オルッペミは黙った。

「そうなんだろう？　すべては送るつもりはない。それでいいんだよ。だから、わしも手を貸すから、共和国を騙《だま》して、儲けを山分けしないか、という提案だ」

『お断わりしたら、どうなさるのです？』

「その時は、仕方がない。わしは、あんたたちを警察に通報して、大人しく引っ込むさ。その後、あんたたちがどうなるか、高見の見物をするだけだ」

『……曾根さん、あなたも共和国を裏切ったと、私たちが訴えたら、どうなるのです？』

「大首領は、きみたちと、わしと、どちらの話を信じるかね。考えたら、分かることだろうが」

沈黙が流れた。やがて、オルッペミの声が出た。

『曾根さん、少し考える時間をください』

「ああ。いいよ。じっくり考えるんだな。一日時間をやろう。それ以上は待てない。いいな。では、いい返事を期待しているよ」

『では、失礼します』

スマホの通話は終わった。

「おい、アン、キム、来い」

曾根老人は、隣室の護衛に声をかけた。

戸口から二人の男がのっそりと現われた。

「いまの相手との話、傍受したな」

「はい」

「相手のスマホの位置情報を調べろ。どこにいるかを調べて張り込め」

「はい」

アンとキムはうなずいた。

「相手の返答によっては、オルッペミも一味も始末する。いいな」

アンとキムは静かにスイートの部屋から出て行った。二人の気配が無くなると、曾根老人は起き直り、マッサージをしていた娘の軀《からだ》をぐいっと摑んで引き寄せた。

「あ、だめ。やめて」

娘は抗《あらが》ったが、曾根老人は笑いながら、老人とは思えぬ力で、娘をマットに押し倒して、のしかかった。


曾根老人は、ベッドに寝そべり、スマホを耳にあてた。浴室から娘がシャワーを浴びる音がした。

スマホから、和島副長官の困った声が聞こえていた。

「和島さん、どういうことです？」

『公安と新潟県警が合同で、救民救世教の新潟支部教会の道場を家宅捜索し、大量の硝安の袋詰めを押収したそうなのです。硝酸アンモニウムは……』

「知っています。爆薬の原料ですな。それを押さえたということですな」

『救民救世教の信者たちの一部が、柏崎刈羽原発の破壊を計画していたらしいのですが、これで、その破壊工作の計画は事前に潰すことが出来た』

「それはよかった。公安と県警のお手柄ですな。和島さん、では、状況が変わったというのですな」

『これで一安心というわけです』

「だが、まだフクロウの企《たくら》みが消えたわけではない。肝心のフクロウが捕まっていない」

『いま警察が総力を挙げてフクロウを追っています。フクロウが振り込むよう指示しているスイス銀行の口座が救民救世教と関係があると分かった。今後は、救民救世教の教団とフクロウの関係を捜査していくことでしょう。警察は救民救世教の信者たちを徹底的にマークして監視し、動きが取れないようにする。たとえフクロウが何を画策《かくさく》しようと、手足を封じ込められれば、動きが取れないでしょう。これで開会式前に、フクロウを逮捕すれば、すべて終了する』

「そう、うまくことが運べばいいですが」

曾根老人は煙草箱《たばこ》から一本を抜き、口に咥《くわ》えた。ガスライターで煙草の先に火を点《つ》けた。

『曾根さん、どういうことですか？』

「フクロウは北朝鮮が日本国内に浸透させたスリーパーの暗号名です。フクロウは北朝鮮の独裁者の刺客です。第二、第三のフクイチといったら、一つ計画が潰されても、次の手を考えている。だから、安心できない、ということですよ」

和島副長官は黙り、しばらく口を噤《つぐ》んだ。曾根老人は、煙草を吹かし、和島副長官が口を開くのをじっと待った。

浴室のガラス戸が開き、白いバスタオルで裸身を覆った娘が現われた。洗った髪をタオルで拭いている。

「おう、めんこいのう。さ、こっちさ来な」

曾根老人は娘に手招きした。娘ははにかみながらも、ベッドに近寄り、バスタオルを脱ぎ捨てた。全裸になり、ベッドに上った。

曾根老人は娘を迎えて抱き寄せた。

スマホから和島副長官の声が聞こえた。

『曾根さん、安心できるには、どうしたら、いいとおっしゃるのです？』

「フクロウを始末したらいいのです」

『始末する……』和島副長官の声がいったん途切れた。『警察に捕まえさせればいいのでは……』

「警察に何が出来ますか？　相手は北朝鮮のプロの浸透工作員ですよ。きっと、フクロウは捕まらずに逃げ回り、第二、第三のフクイチを狙うでしょう。それでいいのですかな」

『ちょっと待ってください。この電話、盗聴防止のスクランブルを掛けますので』

和島副長官の慌てふためく声が聞こえた。やがて、電話の音声が少し低くなった。

和島副長官の声がいった。

『官邸の私が曾根さんに、秘密裏に始末しろと申し上げることは出来ません。そういうことが、万が一、マスコミにでも洩《も》れたら、内閣の命取りになる』

「では、その始末、わしに任せますか？　お国のためなら、この身を犠牲にしてもかまわぬと思っておりますから。ただ、少々、お金がかかる。なにしろ、北朝鮮のエージェントを始末するとなると、わしや部下の身も危なくなりますのでね」

『お金はなんとかします。いくらお支払いすれば？』

「官房機密費の限度いっぱい、というところですかな」

『………』

和島副長官は何もいわなかった。

「いかがですか？　取引に合意ですかな」

『お願いします』

「では、わしの口座に着手金五千万円を振り込んでください。そのお金が入ったら、わしも部下にGOサインを出しましょう」

スマホの通話が終わった。曾根老人は、スマホの録音機能を戻し、和島副長官の声がばっちりと録音されているのを確かめた。

曾根老人は満足げに笑い、娘の軀を抱き締めた。下半身に精気が湧き上がってくる。自分はまだまだやれると曾根は思うのだった。

3

テレビ会議形式での捜査会議が開かれていた。

東京サイドには、真崎理事官や公機捜の等々力隊長、飯島主任、猪狩が出席していた。新潟サイドには、黒沢管理官や浜田管理官、海原班長、田所班長代理が顔を見せていた。大沼の顔はなかった。

海原班長の報告が続いている。

先日の妙高高原の救民救世教新潟支部教会の道場への家宅捜索の結果、柏崎刈羽原発破壊工作に使用されかねない大量の硝安が発見され、押収されたことは大きな成果だった。

教団側は、あくまで農園での作物栽培に使う肥料であり、爆弾の原材料として保管していたわけではない、と主張して譲《ゆず》らなかった。

新潟県警と公安の合同捜査本部も、信者たちから慎重に事情聴取をしたり、教団関連の施設や個人住宅を家宅捜索したが、爆弾作りを裏付ける物証は見つからなかった。

　家宅捜索の口実とした、男性信者一名に対する殺人及び殺人教唆容疑で逮捕し、身柄を拘束した三名、導師の都村遥子、通称阿吽の女性二人については、殺され役の役者が名乗り出、信者たちを従わせるための「芝居」だったことが判明し、嫌疑《けんぎ》なしとして、検察にも送られず、三名は釈放された。その際、阿吽の女性二人のうち、一人は都村遥子の娘瑠里であることは分かったが、もう一人は完黙《カンモク》を貫いていたため、名前も身元も不明のまま釈放された。

　だが、海原班が家宅捜索によって発見し、押収した秘撮カメラ三台と録画機は、長い間、捜査が行き詰まっていた「古三沢忠夫殺人事件」の捜査を劇的に進展させた。

　問題の秘撮カメラと録画機は、海原班長と大沼部長刑事が六年前に古三沢の家の各所に内緒で仕掛けたものだった。事件直後、仕掛けてあった秘撮カメラや録画機が何者かによって全機取り外されて無くなっていた。

　その秘撮カメラと録画機だと、海原班長と大沼によって確認されたのだ。録画機には事件当夜を録画した記録のＳＤカードが残されており、それを再生したところ、事件当夜、古三沢忠夫ことファンヨンナムが導眠剤を飲まされて殺された一部始終の映像が記録されていた。

昏睡状態になった古三沢ことファンを部屋に運び込んだのは、男と女の二人組だった。男の顔や服装は、かなり鮮明だった。男は古三沢を手摺りから吊るすため、天井の明かりに照らされていたためだ。女は古三沢の腕を抱えて連れてきた以外は、階段下の暗がりに立ったままで、ほとんど明かりに顔も見せず、男を手伝わなかった。そのため、女の顔は物陰に隠れており、顔形が分からなかった。

猪狩は、古三沢の周りで動き回る男の人着《にんちゃく》を見て、どこかで見たような気がしてならなかった。

『これを見てください』

海原班長が画面に、別の事件の映像を出した。駐車場で、ぐったりした男を抱え、ジムニーの助手席に押し込む映像だった。野球帽を被った男に、マスクを掛けた若い女が手伝っている。いずれの人影も薄暗い下なので不鮮明だった。

『これは、六月二十八日深夜、新潟港の駐車場で監視カメラに映っていた映像です。このぐったりとした男はマル害の光村鉄雄。この後、車に乗せられ、埠頭に連れて行かれて、車ごと海に沈められるのですが、この男の映像を、捜査一課が科捜研の力を借りて、さらに鮮明にしたものが、これです』

画面に野球帽を被った男の鮮明な顔が現われた。猪狩は思わず叫びかけた。

「この男は、古三沢殺しの……」

『そう。六年のタイムラグがあるが、ファンを殺したホシと一致した。いま、県警捜査一課が懸命に男を特定しようと聞き込みをやっている』

真崎理事官が訊いた。

「女のマル被は特定できていないのか?」

『まだです』

「県警捜査一課は、光村鉄雄殺しの女と、古三沢殺しの女は同一と見ているのか?」

『二人の体形から同一ではないのではないか、と。六年前のマル被の女よりも、光村事件の女は若返っている、いや若いと見られます』

「光村殺しのマル被の男女について、手がかりになる重要な情報はないのか?」

『光村事件に使われたマツダのデミオのナンバーが、画像処理した結果、ナンバープレートが読めるようになった。東京ナンバーだと分かりました』

「車の所有者は、分かったのか?」

『捜査一課の調べによると、田丸昭《あきら》とのことです。田丸は江戸川区内在住』

猪狩が思わず、声を上げた。

「班長、田丸昭、江戸川区在ですね。その男、都村遥子の娘瑠里の元亭主のはず」

『猪狩、どうして、おまえ、そんなことを知っているんだ？』

「県警捜査一課の中山裕美刑事から聞きました。中山刑事に聞けば、さらによく分かるはず」

『そうか。いま中山刑事は、捜査一課の先発隊として、田丸の所在を調べるため、沼さんの車で東京に向かっているところだ』

「沼さんが、どうして」

『沼さんは中山刑事が田丸昭に会いに行くというんで、捜査協力を申し出て、一緒にこちらを発《た》った』

「捜査一課は、中山刑事一人だけしか、東京に派遣しないのですか？」

『いま捜査一課は、釈放した都村遥子の娘を、再度参考人として取り調べるため、身柄確保しようとしている。そのため、糸魚川市や妙高の道場に捜査員を派遣した。光村殺しの若い女が瑠里ではないか、と目星をつけたらしい』

「もしかして、瑠里がフクロウかも知れませんね。捜査一課は、それを知っているのですか？」

『実は、フクロウのことは捜査一課にいっていない。ですな、理事官』

真崎理事官はうなずいた。

「うむ。フクロウに脅迫されているということは、官邸から絶対に外に洩らすなときつくいわれているのだ。だから、光村鉄雄殺しの背景については、我々がフクロウを逮捕し、事案を解決してから、県警捜査一課に説明しなければならない事案なのだ」

　黒沢管理官が発言を求めた。

『理事官、我々も、こちらの捜査を切り上げ、新潟から撤収したいと思いますが』

「管理官、ちょっと待て。県警捜査一課が、まもなく瑠里の身柄を捕る。捜査一課に頼み、瑠里を取り調べろ。彼女がフクロウか否かを確かめろ」

『了解です。では、いま少し、こちらに待機します』

　会議は終わった。

　真崎理事官は席を立った。飯島もキッチンに立ち、コーヒーメーカーでコーヒーを点《た》てはじめた。

　猪狩はスマホを取り出した。短縮ダイヤルで、大沼に電話をかけた。呼び出し音が三度鳴り、大沼が出た。

『おい、マサ、いま運転中だ。代わりにＫＤを出す。話はＫＤにしろ』

「了解」猪狩は苦笑した。

　緊急サイレンの音がスマホから聞こえた。

大沼は赤灯《せきとう》を回し、ホンダCR－Vで関越道を飛ばしているようだ。

『はい。中山裕美です』

「いま、どこを走っている？」

『……まもなく三芳《みよし》PAです』

『KD、三芳には止まらずに突っ走るぞ』

『三芳に入ってください。トイレタイムです』

『しようがねえな。そういえば、おれもだ。マサにいえ、三芳に入るって』

「沼さん、聞こえている。裕美さん、きっと新潟を出てから、一度もSAやPAに寄らなかったんじゃないか？」

『そうなんです。車を飛ばしに飛ばして、一刻も早く江戸川に行くって聞かないんです。まったく、沼さんは子供みたいに、言い出したら聞かないんで……』

猪狩は大沼と中山裕美のコンビが、なんとかうまくいっているのを想像した。

「ところで、裕美さん、デミオの所有者の田丸昭について何だけど、身元を調べたか？」

『はい。田丸昭は、両親が朝鮮から移民した特別永住者で、その息子。本人は日本に帰化しています。年齢は三十六歳。江戸川区の小岩でパチンコ店を経営しています』

『マサ、田丸は土台人《どだいじん》だ』大沼の声が聞こえた。

『ドダイジンって、何です？』中山裕美の声が聞こえた。

『マサ、ＫＤに説明してやんな。これから、三芳に入る』

「裕美さん、土台人というのは、北朝鮮の諜報機関の協力者のことだ。北朝鮮の諜報機関は、日本国内で身元が確かで、ある程度社会的地位があり、情報を得るのに適した立場にいる人のことを、土台性がある人間として、土台人と呼んでいる」

『まあ。そうなんですか。土台人ねえ。恐いですね』

『マサ、三芳ＰＡに入った。ちょっと休憩する。じゃあ、また後でな』

スマホの通話が切られた。

飯島がコーヒーカップを二つ手にして、猪狩の傍にやって来た。

「どうした？　マサト」

猪狩は都村瑠里の亭主の田丸昭についての情報を伝えた。

「土台人といえば、杉原素子ね。彼女の身元を調べたけど、彼女も土台人の可能性が高いわ」

「ほう、どういうこと？」

「北朝鮮帰還者名簿に登録されていた素子の旧姓を調べたら、北朝鮮では父方の李姓となるので、李素子が本名。でも、日本に帰国した時に、戸籍上の母方の恩田姓を選び、恩田素子と名乗っていた」

「……恩田素子」

恩田？　亜美も恩田姓だった。

猪狩は恩田の苗字にショックを受けた。もしかして、素子は亜美の母親ではないのか？

素子は杉原力と結婚する前に、子どもが一人いた、といっていた。だが、その子は死んだといっていた。亜美は拉致されたが、死んだとは聞いていない。しかし、もしかして……。

「どうした？　マサト」

「いや、何でもない」

猪狩は雑念を振り払った。飯島は続けた。

「だから、弟は織田忠と名乗っているが、本当は恩田忠。朝鮮名は、李《イ》チュングク。漢字で書けば、李忠国。年齢は四十代前半」

「職業は？」

「無職。フリーターをしているみたいなんだけど、何をしているか分からない。問題は、忠がどうやって脱北し、どういう経路で、日本に帰ってきたのか、まったく記録がない」

「どこに住んでいるのか？」

「それも分からない。住所不定」

「日本に帰って来たとすれば、頼るのは、二人の姉ということか」

「だとすると、次姉の素子の家に住んでいるのかも知れない」

「素子の現住所は?」

「調べた。あの店を借りる時、大家に住民票を提出していた。それがこれ」

飯島はポリスモードの画面を見せた。杉原素子の住民票が映っていた。現住所は、大田区山王三丁目……。

「パークマウンテン山王501号? 高級住宅街の高級マンション住まいか」

スマホが震動した。ディスプレイに、中山裕美の文字が浮かんでいた。

「はい。猪狩」

『さっきは、どうも。いま、三芳を出て、外環道《がいかんどう》に行く途中です』

「これから、どこへ行くといっている?」

『マサ、小岩に決まっているだろう。田丸昭に直当たりする。いまデミオは誰が乗っているのか訊く』

中山裕美の声に替わった。

『猪狩さん、田丸所有のデミオだけど、光村鉄雄殺しの事件の翌日には、新潟から出て、関越を通り、東京に戻っているのが分かった』

「どうして分かったのだ？」

『Nよ。関越のN、ついで五号線のNに、あのナンバーのデミオが通過しているのが映っていたの』

Nシステムは、主要幹線道路には、必ず設置してある。

「どこで首都高速を降りた？」

『五号線に入ったのまでは分かっている。その後、どこで降りたかはまだ不明』

「運転者の顔は？」

Nシステムのカメラは解像度がよく、運転者や助手席の人の顔も鮮明に映っている。だが、表向き、そのことは伏せられている。

『写真データを入手してあるので、ポリスモードに転送します』

「オーケー」

猪狩はポリスモードを出し、しばらく待った。やがて、小さな着信音がした。ポリスモードを開くと、ディスプレイに、Nが撮ったデミオの写真が何枚も並んだ。

そのうちの一番クリアに見える写真を拡大した。運転席の運転者の顔や上半身が映っていた。

猪狩は、光村鉄雄殺しで映っていた男の顔と運転者の顔がほぼ一致したのを確認した。

「同じ男だ。こいつに間違いない」

「マサト、助手席の女を見て。誰かしら」

Nは右ハンドル車でも、左ハンドル車でも、はっきりと運転者を撮影している。

マスクをした顔だったが、どこか見覚えがあった。

まさか。

猪狩は急いで写真を繰った。

助手席の女はマスクを掛けている写真に混じって、掛けていない写真が一枚あった。その写真をピックアップし、ディスプレイに拡大した。

「マサト、この女は、もしかして、都村遥子に似てない？」

猪狩は、じっと写真を見つめた。

「顔立ちはよく似ているけど、彼女ではない。彼女よりも少し若い。もしかして杉原素子かも知れない」

杉原素子の顔はフクロウ屋で見ているが、マスクを掛けた顔だった。素顔は見ていない。助手席に座ったマスクを掛けた女の顔は、どこか、フクロウ屋で見た杉原素子の顔の雰囲気によく似ている。

『おい、マサ、何をぶつぶついっているんだ？　ＫＤが困っているぞ』

大沼の声がスマホから聞こえた。

「あ、ごめん。中山刑事から送られた写真のデータを見て、飯島主任と見覚えがあると話し合っていたところなんです」

『なんか分かったら、教えろ。切るぞ』

「了解です」

スマホの通話が終了した。

飯島がいった。

「夕方にでもフクロウ屋を覗いてみない？」

「分かった。杉原素子さんに直当たりしてみよう。もし、これが杉原素子さんだったら」

猪狩はふと口を噤《つぐ》んだ。もしかして、フクロウは杉原素子だというのか？

スマホがぶるぶると震えた。ディスプレイに、チームＭＭＫの文字が浮かんでいた。

猪狩はスマホを耳にあて、飯島の目を避けて、ベランダに出た。

「はい。ＭＭＫ」

『預かった暗号文、解読した』

「内容は？」

『オルッペミって何？』

「韓国語で意味はフクロウのこと」

『じゃあ。そのフクロウ宛で、ＫＫのパラサイトＳを駆除《くじょ》しろ、という指令だった』

「ＫＫは、柏崎刈羽原発のことか？」

『違う。文面からすると、救民救世教を意味する頭文字ＫＫよ』

「パラサイトというのは寄生虫だよな」

『そう』

「Ｓというのは？」

『Ｓはスパイ、あるいは敵方の協力者。つまり、救民救世教の教団に寄生し、資金を横領しているスパイがいる。それを摘発して駆除せよ、ということじゃないかしら』

「ありがとう。いったい、誰が解読したの？」

『マサトだから教えるけど。あくまでサードパーティルールよ』

「分かった。絶対他言《たごん》はしない」

『ＮＳＡ（国家安全保障局）の対北朝鮮暗号解読のエキスパートの友人。ＦＢＩ研修で知り合った人』

「そうか。助かった」

『いつ、マサトに逢える？』

「いまの仕事の片が付いたらすぐ」

『いつ、片が付きそうなの？』

「早ければ、今日明日かな。そちらの都合は？」

『マサトが誘ってくれれば、いつでも抜け出す』

「オーケー。分かった。電話する」

『待っている。じゃあね』

電話が切れた。

今日明日か。無理だな、と猪狩はため息をついた。フクロウをはっきりと特定していない。まだまだ時間がかかりそうだった。

部屋に戻ると、飯島がノートＰＣを開き、メールを読んでいた。飯島は顔を上げた。

「マサト、地獄谷に行ってみる？」

「うむ。行く」

猪狩はうなずいた。

4

美容室ラブは夜七時に閉店し、客がいなくなった。

都村遥子は、美容室内を掃除しながら、公安から取り調べられたことを思い出し、歯軋《はぎし》りする思いに駆《か》られた。

あの曾根老人が訪ねてきた時しかない。きっと曾根の配下の者が、監視カメラや録画機を入れた段ボール箱を、幹部の居室の天井裏に押し込んだのだろう。ガサ入れの時、公安が見付けるように、と。ほかに、思い当たることはない。

あの録画機に、まさか古三沢ことファンヨンナムの殺害写真が記録されていたとは、取調室で聞かされるまで、まったく思いもつかなかった。古三沢が殺害された後、部屋をクリーンにするのは、おそらく曾根がやらせたのだろう。

弟の忠が調べたことによると、古三沢に成り済ましたファンヨンナムは、なんと共和国が派遣した秘密の監察者だったということだった。監察者とは、日本に潜《もぐ》り込んだ浸透工作員の活動を監察し、本国に報せる役割の人間だ。共和国を裏切っていると見たら、即処刑できる死刑執行人でもある。

そうとは知らず、ファンヨンナムを敵のスパイと見て、自殺を装わせて殺してしまった。だが、遅かれ早かれ、自分たちの裏切りが分かり、ファンヨンナムに処刑されるところだった。その先手を打って、ファンを処刑したと思えば気持ちが楽になる。

取調官の執拗《しつよう》な、あの手この手の尋問に、知らぬ存ぜぬと言い張り、ようやく公安は諦めた。嫌疑不十分と見て、自分や娘たち二人も釈放した。

逮捕されるとすぐに両手の指紋や掌紋を取られた。どうやら監視カメラや録画機や段ボール箱から採取した指紋や掌紋と一致せず、自分や娘たちは触っていないことが分かったらしい。

「母さん、電話」

瑠里が、スマホを差し出した。

「誰から？」

「さあ、非通知で、しかも名乗らなかった。ただ、母さんを出せって」

「まあ、誰だろうね。こんな忙しい時に」

遥子はスマホを耳にあてた。

『9273。フクロウに伝えろ。Sが裏切った、と』

男の声が暗号コード番号をいい、北朝鮮訛《なま》りの混じった韓国語でいった。聞き覚えのない声だった。

「あんたは、いったい誰？」

『おまえたちの、新しい監察者だ』

電話は切れた。

遥子は呆然《ぼうぜん》とした。共和国から新たな監察者が送り込まれたというのか。背筋にぞくぞくする戦慄《せんりつ》が走った。

遥子はスマホを持ち直し、短縮ダイヤルの一つを押した。呼び出し音が聞こえた。やがて、相手の声が出た。遥子は聞いたばかりの暗号コード番号をいい、短く用件だけを伝えて、電話を切った。

「母さん」

瑠里が心配そうな顔で見つめていた。

「大丈夫だよ。フクロウがなんとかしてくれる」

遥子はそういい、瑠里を抱き寄せた。

5

プリウスを大森駅近くの駐車場に止めたのは、夕刻だった。辺りは薄暮《はくぼ》に覆われはじめていた。サラリーマンやＯＬの群れが、大森駅から吐き出されて来る。

猪狩と飯島は通行人の人波に混じり、階段を降り、地獄谷飲み屋街に足を進めた。新型コロナウイルス流行のために、飲み屋街の半数以上の居酒屋、バーが休業していた。わずかばかり開いている店は看板の明かりを落とし、ひっそりと営業をしていた。

地獄谷の通路の中程にある「フクロウ屋」の扉は固く閉じられていた。扉に「当分の間、臨時休業します。またのご来店をお待ちしております。店主素子」という貼り紙がしてあった。

「どうしよう？」

「隣りに寄ってみない？」

飯島は近くの居酒屋『武蔵』を目で指した。

焼き鳥の煙が換気扇から吹き出している。戸口のガラス戸は開いていた。

猪狩はうなずき、『武蔵』の暖簾《のれん》を潜《くぐ》った。

「いらっしゃーい」

女将《おかみ》の気怠《けだる》い声が猪狩たちを迎えた。

「お、マッポ、来たか。マッポの姐《ねえ》さんも一緒か」

カウンターの隅で飲んでいたトメさんが赤ら顔で猪狩と飯島を見ると首をすくめた。

「まあ、トメさん、まだお若い女の人に姐さん呼ばわりはないでしょ」

「いいんですよ。どうせ、トメさんには、私は年増女に見えるんでしょうから」

飯島はカウンターの椅子に座った。

「おれ、小股《こまた》の切れ上がった年増女に弱いんでよ。姐さん呼ばわりしてすまねえが、あんたいい女だねえ。ほんとに惚《ほ》れ惚《ぼ》れしちまうぜ。これで、あんたがマッポじゃなかったらなあ」

トメさんは、コップの焼酎をぐいっと飲み干し、空《から》のコップを女将に差し出した。

「もう一杯。これが最後にすっからさ」

「しょうがないねえ。ほんとにこれが最後だからね。飲み過ぎないように、トメさんの軀を思っていってんだからね」

女将は焼酎の一升瓶《いっしょうびん》を抱え、空のコップになみなみと注いだ。

「何にします?」

「じゃんけん」

猪狩は手を出した。負けた方が運転する。

飯島主任は、そっけなくいった。

「私は冷えた生ビール。ジョッキで。マサトは、ノンアルコールビール」

「ぎんぎんに冷えたノンアル」

猪狩は腹立ち紛《まぎ》れにいった。飯島は、当然でしょ、という顔をした。私は主任、あなたは、主任補佐なんだから。

「今日、臨時休業なんだね」

猪狩は向かい側の『フクロウ屋』に顎をしゃくった。ノンアルコールをグラスに注ぐ。

「ここんとこ、ずっと休みだよ。ママさん、どっかに旅に出ているみたい」

「旅に出掛けた？」

「どこに？」と飯島が口を挟んだ。

「弟さんたちと車で北陸に行くような話だった」

「弟さんたちって？」

「弟さんと娘さん」

「娘さんって、素子さんの娘さん？」

「そうらしいわよ。前の亭主との間の子らしくて、しばらくはお姉さんのところに預けていたらしい」

「名前は？」

「たしかアイちゃん。先日、突然現われて、娘の愛《あい》ですと、うちに挨拶に来たの。素子さんも、久しぶりに親子再会できたと喜んでいたわ」

愛ちゃん？　やはり亜美ではないんだ。猪狩はほっとすると同時に少しがっかりした。

「弟さんは、忠さんというんでしょ？」飯島が訊いた。

「そう。忠さん」

「その忠って弟、只者《ただもの》じゃねえ、と見たね」

トメさんが焼酎臭い息を吐きながらいった。

「なんだね、トメさん、忠さんのこと知っているの？」

「ああ。フウロウ屋のママさんに付き纏《まと》っていると勘違いして、いちゃもんつけちまったんだ。そうしたらよ。ちらって見ちまったんだ」

トメさんは、飯島と猪狩を見て、慌てていい直した。飯島や猪狩と目を合わせないように、そっぽを向いた。

「あ、いけねえ。見てねえ、見てねえ。おれは何も見てねえよ」

飯島がにこにこと笑った。

「トメさん、何か、いけないものを見たのね。何を見たのかしらねえ」

「何も見てねえったら」

「猥褻物《わいせつ》？　それとも、ちらつかせてはまずい物ね」

「だから、おれ、何も見てねえってば」

トメさんは、顔を背けて、頭を抱えた。

「正直にいいなさいな。分かった。危険なシロモノでしょ。シロウトが持ってはいけないような」

猪狩は聞きながら、しなやかな猫が、捕まえた獲物のネズミをいたぶる様を思い浮かべた。

「分かった。ハジキね。脇の下にハジキを下げていた」

「どうして、そんなことわかるんだ？」

トメさんは、驚いて飯島の顔を見た。飯島の顔は、すでに真顔になっていた。

「マサト、行くわよ。勘定して」

飯島はきっと顔を上げ、立ち上がった。猪狩は慌てて勘定を済ました。女将は呆気《あっけ》に取られていた。

猪狩は店外に出た。

「どこへ、行こうというんです？」

「決まっているでしょ。素子が住んでいるマンション。弟の忠も一緒のはず。弟を捕るの。捕って叩いて、なぜ、そんなモノを所持しているのか吐かせる」

飯島は地獄谷の飲み屋街の中を、ずんずんと進んで行く。猪狩は、慌てて飯島と並んで歩いた。

ポケットの中で、スマホが震動していた。歩きながら、スマホのディスプレイを見た。大沼からだった。スマホを耳にあてた。

『マサ、いま、どこにいる？』

「主任と一緒に、地獄谷を出ようとしているところ」

『分かった。そっちに向かう』

「沼さん、田丸にあたって何か分かったんですか？」

『田丸名義のデミオは、しばらく元女房の瑠里が運転していたが、いまは瑠里の叔父に渡っている。先日、田丸のところに新潟県警交通課から駐車違反の連絡が入り、瑠里に問い合わせたら、叔父の織田忠が乗っていると分かったそうだ』

「じゃあ。Nに映っていた運転者は、その叔父の織田忠だということですか」

『そうだ。やつが本ボシだ。ＫＤに代わる』

　スマホの声が中山刑事に代わった。

『猪狩さん、古三沢殺し、光村鉄雄殺しのマル被の映像は、Ｎで撮ったデミオの運転者の映像と一致、織田忠と人定《じんてい》確認しました。織田忠が本ボシです』

「車に乗っていた女の人定は？」

『人定はまだ出来ていませんが、都村遥子の妹、杉原素子である可能性が高い』

「了解」

　大沼の声に代わった。

『マサ、織田忠のヤサを捜せ。姉の杉原素子が知っているはずだ』

「いま、主任と二人で、その杉原素子の家に行こうとしているところ」

『用心しろ。相手は殺し屋だ。おれたちが行くまで待て。いいな』

「了解」

　猪狩は、スマホをいったん切った。隣で聞き耳を立てていた飯島を見た。

「沼さんたちを待ちますか？」

「いいえ。まずは二人で乗り込む」

「了解」

猪狩は飯島と競うように駐車場に駆け戻った。

猪狩はプリウスを坂道の途中に止めた。そこからは、八階建てのマンション「パークマウンテン山王」が見える。五階の窓は、いずれも明かりが点いている。

猪狩はプリウスを進め、「パークマウンテン山王」の玄関先の客用駐車場の空きスペースに車を入れた。左隣にごつい角張った黒塗りのベンツSUVが駐車していた。

地下駐車場への地下道の口が目の前に開いている。マンション住民たちの車は、地下駐車場に止めている。

猪狩はキイを抜き、降りようとした。

「マサト、念のため、これを着て」

飯島は後ろの座席から防弾ベストを出し、猪狩に渡した。飯島はスーツの上着を脱ぎ、防弾ベストを着込んだ。猪狩もジャケットを脱ぎ、急いで防弾ベストを身に着けた。

「チェック」

飯島はバッグからシグ自動拳銃を出し、銃把《じゅうは》から弾倉《だんそう》を抜き、弾丸が詰まっているのを確認した。ついで、スライドを引き、装弾し、安全装置を掛ける。

猪狩も自動拳銃をチェックし、腰のホルスターに収めた。

「よし。行く」

飯島は助手席から車外に降り立った。猪狩も一緒に外に出た。

玄関先では帰宅した住民たちが、三々五々《さんさんごご》ドアを開けて入って行く。

「私たちは、こっちから」

飯島は地下駐車場への坂道を小走りに急いだ。猪狩は飯島の後に続いた。

薄暗い駐車場には、数十台の乗用車が静かに居並んでいた。猪狩と飯島は、素早くデミオを捜して動き回った。５０１号の札の前に、青色のマツダのデミオが駐車していた。

織田忠は部屋にいる。

猪狩はボンネットに触り、熱を調べた。ほんのりと温かい。帰ってきて、それほど時間が経っていない。

飯島はスマホのライトを点け、車内を照らして見回した。車内はきれいに掃除してある。

折から乗用車が一台、坂道を下って来て、駐車スペースに入って止まった。住民らしい夫婦者が車から降り、買物袋を抱えて、飯島と猪狩の前を通り過ぎた。飯島は肩掛けバッグを手で押さえ、猪狩について行こうと目配せをした。

夫婦は何事かを話しながら、ドアのスロットにカードを入れた。ドアが開き、夫婦は中に入った。飯島と猪狩も夫婦に続いて入り、夫婦に軽く頭を下げて挨拶した。

エレベーターが二基あった。猪狩と飯島は、右手の扉が開いたので箱の中に入った。夫婦者も一緒だった。

飯島は五階のボタンを押し、夫婦者に笑顔で「何階ですか」と尋ねた。夫の方が慌てて「七階です」と答えた。飯島はほほ笑みながら、七階のボタンを押した。

五階にエレベーターが止まった。猪狩と飯島は扉が開くと素早く降り、廊下の左右を見回した。

廊下は明るく、静まり返っていた。左の片側の壁に間隔をおいて、玄関ドアがいくつも並んでいる。手前から５０８、５０７……と続き、廊下の一番奥に５０１号室がある。

右側は明るいガラス張りの壁になっており、裏山の緑の木々が望める。見下ろせば猪狩たちのプリウスやベンツＳＵＶの車体があった。

いきなり、どこかで物が弾《はじ》けるような音が連続して響いた。続いてガラスが割れるような音が聞こえた。

一番奥のドアが外に開き、二人の人影が廊下に飛び出した。二人の男は、振り向きざまに、拳銃を室内に向けて発射した。

猪狩は咄嗟《とっさ》に、拳銃を抜いて怒鳴った。

「警察だ！」

二人の人影は猪狩の怒声に振り向き、拳銃を向けた。

猪狩は廊下にあった観葉植物の大きな植木鉢の陰に転がり込んだ。発射音が轟き、植木鉢が粉砕されて崩れた。

「マサト」

飯島も廊下の床に伏せて拳銃を構えた。

「野郎！」

猪狩は壊れた植木鉢を飛び越し、二人の男に突進した。男たちは、突き当たりの非常口のドアを開けて姿を消した。非常ベルが廊下に鳴り響いた。

「待て、逃げるな」

猪狩は急いで非常口の扉のノブに飛び付いた。ドアを引き開け、非常階段の踊り場に飛び出した。

二人の男は勢いよく、非常階段を駆け降りて行く。猪狩も非常階段を三段抜かしで、駆け降りた。

地上に飛び降りた時、客用駐車スペースからベンツＳＵＶの黒い車体が猛然と発進し、構内から出て行くのが見えた。

「畜生《ちくしょう》！」

猪狩は近くにあった植木鉢を蹴り飛ばした。かえって蹴った足先が痛んだ。

ポリスモードを取り出した。

「緊急手配要請。銃撃犯が逃走した。緊急配備要請」

『こちら緊急指令センター。要請者の氏名、官名、所属を……』

「そんなことは後だ。現在地大田区山王三丁目……パークマウンテン山王玄関前。逃走車両は黒のベンツSUV。車のナンバーは、品川33ぬの……。逃走犯は二人組、拳銃を所持している。きわめて危険。職務質問《バンカケ》にあたっては厳重注意されたし。銃撃による負傷者が出ている。至急、現在地に救急要請する。以上」

猪狩は要請を終えると、玄関先に駆けつけた。館内の非常ベルが鳴り響き、住民たちが右往左往《うおうさおう》していた。

「警察です。警察！」

猪狩は拳銃を腰に仕舞い、警察バッジを掲げながら、開いたドアから玄関ロビーに駆け込んだ。

「刑事さん、上で銃声が、何発も」

住民の一人が両手を広げて猪狩に叫んだ。

猪狩はエレベーターに駆け込みながら、「分かりました。すぐにパトカーが駆け付けます」と大声でいった。

五階の廊下には、住民たちが大勢出ていた。５０１号室の玄関先に人だかりが出来、恐る恐る中を覗いている。

「誰か、大至急、救急車を呼んで」

飯島が人を抱えて、怒鳴っていた。猪狩は玄関先に集まった住民たちを掻き分け、５０1号室に走り込んだ。

猪狩はまたポリスモードを取り出し、一一〇番にダイヤルした。一一〇番は、一一九番にも連動している。

「先程の緊急要請の続報。銃撃現場に到着。銃撃を受けて男性一人負傷ダウンしている。出血多量。緊急輸血の準備と、救急搬送の手配を要請する」

『現在地の住所は？』

「くりかえす。大田区山王三丁目……マンションパークマウンテン山王５０1号」

『……手配した。通報者の名前？』

猪狩は、あらためて警視庁公安部刑事、名前を名乗り、ポリスモードを閉じた。

飯島は床にしゃがみこみ、血だらけの男の頭を抱えていた。男の顔は、血の気なく蒼白《そうはく》になりつつあった。床には、大きな血溜まりが広がっていた。

猪狩は男の顔を覗き込んだ。光村鉄雄殺しや古三沢殺しの映像にあった男の顔だった。

「名前は名乗ったんですか？」

「恩田忠。本人と人定した」

飯島がいった。

「…………」

恩田忠は、何かいいたげに、口をぱくぱくさせている。恩田忠の胸には、いくつか弾痕が開いており、血潮がポンプのようにどくどくと吐き出されていた。

もう長くはない、と猪狩は思った。

「恩田忠、何かいい残すことはないか」

恩田忠はかすかに笑った。

「……面白かったぜ。国から捨てられたおれたちが、国を脅《おど》して震え上がらせたんだからな」

「第二、第三のフクイチを作るっていう計画のことか」

「ああ。はじめから、そんなことが出来るなんて思っちゃいなかったさ。ただの脅しだ」

「人を殺しておいて、ただの脅しだったというのか」

猪狩は語気を強めた。飯島が、だめ、このままいわせて、と頭を横に振った。

「ただの脅しって、どういうこと？」

「……コロナ禍やオリンピック騒ぎで、天手古舞《てんてこまい》をしている国につけこみ、疑心暗鬼にさせて大金をせしめようって大詐欺の計画だった。それが……」

恩田忠は、口元を歪《ゆが》めて笑った。

「北朝鮮のお偉方とか闇のフィクサーが嗅ぎ付けて本気にし、カネを横取りしようとした。おかげで、うまく行きかけていた大詐欺計画は潰れて水の泡だ……」

「じゃあ開会式がはじまっても、何も起こらないのね」

「……ああ、何も起こらない。安心しな」

恩田忠はにやっと笑った。

「最期に、罪滅ぼしに、あんたらにフクロウが誰かを教えるから、おれの代わりに、姉たちを助けてくれないかな」

「フクロウは、誰だ？」

「姉の素子だ」

「杉原素子だというのか？」

猪狩は飯島と顔を見合わせた。

恩田忠は苦痛に呻いた。

「……姉が危ない。姉も……殺される」

「誰に殺されるというのだ？」

「……曾根だ。曾根守和という闇世界のボスだ」

猪狩は、ポリスモードで曾根守和の名前を検索しヒットした内容を思い出した。

『日韓、北朝鮮や中国の指導部に太いパイプを持つ政界のフィクサー、利権屋。曾根には、さまざまな汚職事案の疑惑がある。要注意人物……』

恩田は苦しそうな息遣いでいった。

「曾根は国を裏切った。オレたちのこともサツに売るつもりだ」

猪狩は黙って話を続けさせた。

「姉は、そうとは知らず、曾根に会いに出掛けた」

「どこに？」

「……ホテルの部屋に」

恩田は大きく息を吸った。胸に開いた穴からひゅーひゅーと息が洩れる。

「なんだって？」

猪狩は恩田の口元に耳を寄せた。恩田は息をぜいぜいいわせながら、辛《かろ》うじてホテルの名を告げた。

「そのホテルの十四階の部屋だな」

恩田は何かいいかけて、ゆっくりと目を閉じた。そうだという意味で目蓋《まぶた》を閉じたのかは、はっきりしなかった。恩田は深いため息をついた。最期の吐息だと猪狩は思った。

廊下の方でどたどたと靴音が響いた。白衣姿の救急隊員たちがストレッチャーを押しながら、玄関先に入って来た。

救急隊員たちが飯島から恩田の軀を引き取り、ストレッチャーに載せた。一人が恩田に屈み込み、喉元に手をあてた。ついで手首の脈を測りながら、聴診器で心音を聞いた。

隊員は無線マイクに怒鳴るようにいった。

「CPA（心肺停止）、CPA。蘇生準備頼む」

恩田忠を載せたストレッチャーは、救急隊員たちに大急ぎで運ばれて行った。

飯島は放心したように立っていた。猪狩はいった。

「主任、行きましょう。横浜山下《やました》公園前のニューヨコハマ・グランドホテル。オルッペミは、そのホテルの曾根という男に会いに行っている」

「よし。分かった」

飯島は、両手で自分の頬をぱんぱんと張った。飯島は気を取り直し、猪狩を従え、廊下を歩き出した。

6

ニューヨコハマ・グランドホテル十四階特別室。

窓の外にライトアップされた山下公園の高木の梢《こずえ》が風にそよいでいるのが見えた。氷川《ひかわ》丸の白い船体が、夜陰の中に鮮やかに浮かび上がっていた。

曾根老人は、ふかふかのダブルベッドに横たわり、大麻煙草を深々と吸った。全身が弛緩し、海に浮かんで、たゆたう波に揺られている気分だった。

枕元の電話機が肩を震わせて鳴った。曾根老人は、ゆっくりと受話器を取り上げ、耳にあてた。受付の女性の声が聞こえた。

『曾根様、マッサージ嬢を御呼びになられましたか?』

マッサージ嬢? 今日は呼んでいないが、きっと救民救世教の都村神人が、気を利《き》かせてマッサージ嬢を寄越《よこ》したのだろう、と曾根は思った。

「ああ。呼んだ。上げてくれ」

『畏《かしこ》まりました』

受話器を置いた。

ニューヨコハマ・グランドホテルは、十一階以上が特別階になっていて、宿泊者が持っているカードキイがなければ上がれない。特に十四階は特別室の宿泊者のキイがなければエレベーターも、その階には止まらない仕組みになっていた。階段も十三階で封鎖され、やはり特別室のキイなしには、登ることが出来ない。

十四階の特別室は、キッチン付きのスイートルームが二部屋しかなく、世界のＶＩＰが日本を訪れる時に使用する隠れ部屋として人気があった。宿泊料金もかなり高額で、庶民は手が出ない高級志向の部屋だった。

スマホの着信音が鳴った。アンからの電話だった。

「なんだ？　アン」

『先生、杉原素子のマンションの部屋を襲い、弟の忠を始末しました』

「オルッペミは？」

『残念ながら、オルッペミは部屋にはいませんでした。だが、オルッペミのスマホの位置情報を調べると、野毛の救民救世教教会付近から車で中華街方面に移動しているようです。いまキムが追っています』

「よし。アン、キムと連携し、なんとしても、オルッペミを見付けて始末しろ」

『分かりました』

電話は切れた。

アンとキムの凄腕《すごうで》の殺し屋コンビのことだ。決して失敗はしない。必ず、いわれた通り、オルッペミを殺《や》るだろう。

またスマホに着信があった。

曾根は物憂《ものう》げにスマホに手を伸ばした。

ディスプレイに和島副長官の名前が表示されていた。

「はい。どうしました？　和島さん」

曾根は尋ねた。

和島副長官は低い声でいった。

『オリンピックの開会式が明後日に迫っていますが、お願いした件について、どうなっているのか、お聞きしたくて』

「ははは。大丈夫ですよ。まもなく、朗報をお知らせできると思いますよ」

『本当に大丈夫でしょうね。総理もあたふたとしてましてね。三重苦の上、さらにフクロウがいうようなことが起こったらと、やきもきしておられるんです』

曾根はにやにや笑った。三重苦か。

新型コロナウイルス禍、オリンピック開催をめぐる想定外の騒動、横浜市長選挙の保守陣営の大敗北。

これで、政局は一気に不安定になった。誰がいったか知らないが、政局は一寸先は闇。次に何が起こるか分からない。

オリンピックが終われば、パラリンピックと続き、保守党の総裁選があり、続いて衆議院総選挙が控えている。

こういう危険な時にこそ、金儲けのチャンスがある。曾根はこうしたチャンスのたびに、大胆な賭けをして、闇の帝王、フィクサーにのしあがって来た。危機こそチャンス、人の不幸を食い物にする。災い転じて福となす。なんでもありの人生だ。これぞ人生の醍《だい》醐味《ごみ》というべきだろう。

「ま、ご安心を。着々と、ことを進めていますので。まあ、必ず、安心して総理が開会式に臨《のぞ》めるようにしますから」

『頼みますよ。お金は振り込んだので、もう後には引き返せない。あなたたちと一蓮托生《いちれんたくしょう》だ』

「分かりました。報告をします。お待ちください」

曾根は鼻の先で笑った。

部屋のブザーが鳴った。

隣室にいるボディガードのユンがドアに行き、応対する声が聞こえた。

マッサージ嬢が来たらしい。曾根はにんまりと笑った。

救民救世教の都村神人導師が寄越すマッサージ嬢は、なかなか美女が揃っている。マッサージも上手い。救民救世教の教団は、内緒で風俗にも手を出して、店を営業しているという噂だが、本当のことらしい。その上がりは膨大になるので、共和国への供託金にも事欠かないと聞いている。

今度は都村神人を脅して、わしにも上がりの一部が入るようにしよう。

「先生、マッサージ嬢ですが、お呼びになりましたか」

「ああ。入れろ」

「はい」

ユンは引っ込むとドアを開け、白衣を着た若い娘を連れて来た。白いマスクを掛けた、目のきれいな娘だった。

ユンは娘の軀をチェックしようと手で触ろうとした。

「ユン、いい。大丈夫だ」

「しかし、先生、用心しませんと」

「いいから、引っ込んでいろ」

「はい」

「お待たせしました」

娘は曾根に頭を下げた。

「おお。マスクを外せや。わしは、ワクチンを三度も打っているんじゃ。安心せい。顔を見せろ」

「はい」

娘は恥じらいながら、マスクを外した。やや丸顔の目鼻立ちが整った美しい娘だった。初々《ういうい》しくも、仕草が楚々《そそ》としている。スタイルもいい。抱き心地もよさそうだった。顔立ちは曾根の好みだった。

ふと、どこかで見たような気がした。

「おお、いい子だな。どこかで会ったことがあるか?」

「いえ」

娘は怪訝《けげん》な顔をした。

「そうか。そうか。まあいい。で、マッサージ、すぐやってくれるのか」

「はい。ただいま奥で着替えさせていただきます。少々お待ちください」

娘は肩掛けバッグを手に浴室に入った。

ユンが部屋の入り口に立ち、油断なく娘の様子を見ていた。

曾根はユンに、「邪魔だ。いいから部屋を出て行け」と目配せした。

「はい」

ユンは仕方なさそうに頭を下げ、部屋から出て行った。

またブザーが鳴った。

「ルームサービスです」

ドアの外から女の声が聞こえた。

「頼んでないぞ」

「救民救世教教団の都村さんからのお祝いのお届けものです。シャンパンがご用意してあります」

ユンは寝室のドアを開け、曾根に、どうしますか、と尋ねた。

「お祝いのシャンパンか。ありがたくもらっておこう」

曾根は首をひねった。

何のお祝いだというのか？　救民救世教の発足何周年かの記念の日なのか？　それとも……。

卓上の電話機が鳴った。同時にまたスマホの呼び出し音も鳴り響いた。

曾根は舌打ちをし、スマホのディスプレイを見た。アンの電話だ。

「どうした、アン」

『……先生、至急避難してください』

「どうしてだ？」

『オルッペミが、そちらに乗り込み、先生を……』

表の戸口から黒のスーツ姿の女がシャンパンを手に入ってきた。もう一方の手には、サイレンサーの付いた拳銃が握られていた。女は、ユンに拳銃を向けた。

ユンは慌てて脇の下の拳銃を抜いた。女はサイレンサーの拳銃を二度発射した。ユンの軀は吹き飛び、卓の上の花瓶と一緒に床に倒れた。

「オルッペミ！　どういうことだ？」

曾根は黒のスーツ姿の女を凝視《ぎようし》した。女はゆっくりとマスクを取った。

「素子。やはり、おまえが」

「あいにくね。本当のオルッペミは、その子。わたしじゃない」

素子は曾根の後ろを目で指した。

曾根ははっとして、後ろを振り向いた。浴室の前に立った娘も、手にサイレンサー付きの拳銃を握っていた。

「お、おまえは？」

「私は娘の亜美」

　亜美はにっこりと笑った。

　曾根は素子に顔を向けた。

「わしは共和国の大首領に大金を出して、おまえたち姉妹、さらには弟を脱北させ、日本に帰した大恩人だぞ。そんなわしを、どうして、こんな目に遭わせるのだ？」

「曾根さん、私たちは脱北できた代わりに、両親を人質に取られ、秘密の浸透工作員にさせられた。あんたのおかげで、どれだけの人が、私たちと同じ浸透工作員にさせられ、あんたの命令で犠牲になっていったことか。拉致被害者たちも、おまえの裏切りで日本に帰れず、北の大地に死んでいったことか。おまえの金儲けのためにな。今夜は、その落とし前をつけてもらう」

「…………」

　曾根はぶるぶると震えていた。

　卓上の電話機は相変わらず、鳴り響いていた。

「曾根さん、それ、あんたへの電話だよ。出なさい」

素子は拳銃の先をくいっと動かし、鳴り響く電話機を指した。

曾根老人は、じりじりと後退し、受話器を取り上げた。恐る恐る受話器を耳にあてた。

『曾根だね。だいぶ、切羽《せっぱ》詰まった窮地《きゅうち》に陥《おちい》っているようだな』

「あ、あんたは誰だ？」

『おまえ担当の監察者だ』

「監察者？」

『もし、助かりたかったら、おれのいうことを聞け。一度だけしかいわない。いいな』

「…………」曾根はごくりと唾を飲み込んだ。

『まもなく、アンとキムが部屋のドアをぶち破る。その爆発にオルッペミたちが気を取られている隙に、非常用のダストシュートのホッパーに飛び込め。ダストシュートは滑り台になっている。一階下の十三階で止まるようにしてある。そこからは、自力で脱出しろ。悪運が強ければ生き延びることができるだろう。そのくらいの犠牲は払え』

「分かった」

受話器を戻した。その瞬間、ドアが爆発して吹き飛んだ。曾根はベッドの陰に身を伏せた。爆風が部屋を駆け抜けた。濛々《もうもう》たる黒煙が部屋に流れ込んだ。同時に入り口から拳銃の連射音が響いた。

火災報知機が鳴りだし、天井から一斉にスプリンクラーが水を噴き出した。

オルッペミたちが拳銃で応戦した。激しい銃声が起こった。曾根はじりじりとベッドの脇を這《は》い、息を詰めて黒煙の下に潜り込んだ。

拳銃の連射があり、素子が撃たれて床に転がった。

その瞬間、曾根は起き上がり、老人と思えない敏捷《びんしょう》な動きで黒煙の中を走り抜けた。

「亜美、曾根を撃って」

素子は床に蹲《うずくま》りながらも、黒煙に紛れて走る曾根に向かって拳銃を連射した。

「母さん、がんばって」

亜美もサイレンサーを黒煙の中の曾根に向かって連続して撃った。

7

猪狩はニューヨコハマ・グランドホテルの玄関先に車を乗り付けると、エンジンも切らず、運転席から飛び出した。

飯島も助手席から転がるように走り出た。

ホテルの館内に火災報知機のベルが鳴り響いていた。ホテルの従業員たちが、ロビーを駆け回り、客たちに避難を呼び掛けている。

階上から爆発音が聞こえ、銃撃音も響いてくる。

猪狩はエレベーターの前に立った。飯島がエレベーターの前に駆け込んだ。猪狩は近くにいた従業員を捕まえた。

「警察だ！　爆発は何階だ？」

「十四階の特別室です」

「泊まっているのは、誰だ？」

「曾根さまです」

エレベーターの扉が開いた。猪狩と飯島は入ろうとした。

「十四階にはカードがないと止まりません」

「きみは持っているのか？」

「いえ」

「カードはどこにあるの？」

「フロントなら」

従業員がフロントを指差した。

猪狩は脱兎《だっと》のごとくフロントに走り寄った。

「警察だ！　十四階のキイカードを」

「は、はい」

支配人が慌ててキイカードを猪狩に渡した。

猪狩はエレベーターに駆け込んだ。待っていた飯島が扉を閉めた。猪狩がキイカードをスロットに差し込み、十四階のボタンを押した。

エレベーターは音もなく昇りはじめた。

「早く早く」

猪狩はじりじりと歯軋りをした。

飯島は拳銃のスライドを引いた。猪狩も拳銃の安全装置を外した。

十四階でエレベーターは止まった。扉が開いた。黒煙が床を這っていた。

猪狩は拳銃を向けて廊下に踏み込んだ。飯島も油断なく拳銃を構えて続いた。

天井からスプリンクラーの水が雨のように降り注いでいた。つんとした刺激臭が鼻につく。

部屋の奥で銃声が響いていた。

「警察だ！　撃つのを止めろ」

猪狩は拳銃の銃口を下に向け、廊下を走った。飯島が続いた。

「警察！　抵抗すれば、撃つ」

飯島も怒鳴った。

突然、廊下の先の黒煙の中から、男が姿を現した。足をひきずりながらも、拳銃を撃とうとしている。

「手を上げろ！」

猪狩は怒鳴った。だが、男は拳銃をのろのろと持ち上げ、猪狩を撃とうとした。猪狩は拳銃を男の足に向けて発射した。飯島も拳銃を撃った。

男の背後から、別の発射音が響いた。

男は前後から二発の銃弾を受け、もんどりを打って床に転がった。

飯島が男に駆け寄り、男の手の拳銃を蹴飛ばした。男の腕をねじり、手錠をかけた。

「殺人容疑で現行犯逮捕する」

飯島は怒鳴った。

猪狩は黒煙が棚引く廊下をそろそろと歩いた。やや行った先にもう一人、男が転がっていた。

男は何発もの銃弾を浴びて、事切れていた。

応接セットの物陰に女が蹲っていた。

「警察だ！　動くな」

猪狩は拳銃を向けて怒鳴った。そこには、黒のスーツ姿の杉原素子が転がっていた。

「素子さん」

猪狩は駆け寄った。素子は手にした拳銃をのろのろと持ち上げ、猪狩に向けた。素子は胸や腹に銃弾を受けていた。大量に出血している。顔に死相が現われていた。

猪狩は拳銃を下ろした。

「素子さん、もう止めましょう。殺し合いはたくさんだ」

「マサト、危ない。どいて」

後から飯島が怒鳴った。拳銃の銃口を素子に向けていた。

「主任、大丈夫だ。素子さんは撃たない」

猪狩は素子の顔に顔を近付けた。

「あなた、やっぱり、マーちゃんだったのね。亜美の仲良しの」

猪狩は杉原素子の軀を起こした。

「杉原素子さんは、やはり亜美のお母さんだったんだね」

素子は拳銃をだらりと下ろした。猪狩が拳銃を手に取った。銃把から弾倉を出した。弾倉は空だった。全弾撃ち尽くしていた。

「至急至急、救急要請。銃創負傷者が出ている。大至急救急頼む」

飯島がポリスモードに怒鳴っていた。

スプリンクラーの雨は止んでいた。猪狩はポケットからハンカチを出し、素子の濡れた顔を拭った。マスカラの色が落ちた。

猪狩は素子の軀を抱き寄せた。まだ素子の軀は温かかった。ふと子どもだったころ、亜美のお母さんにだっこされたことがあるのを思い出した。

素子をこんな目に遭わせた曾根に怒りを覚えた。あの野郎！

「曾根は？」

「撃ち洩らした。きっと逃げた」

「なぜ、すぐに曾根を殺さなかった？」

「あれでも私たち一家を脱北させてくれた恩人だった」

「そうだったのか。曾根はあなたたちが脱出するのを手伝ったフィクサーだったのか」

素子はぶるぶると震える手で、猪狩の手を握った。

「お願い、亜美を助けて。亜美はあなたじゃないと止められない」

「分かった。おれがきっとアーちゃんを助ける。約束する」

「よかった。……これで私は安心して死ねる……」

素子が青ざめた顔でいった。

「だめだ。死ぬな。亜美をひとりにするな」

「……亜美、どこにいるの？」

素子は譫言《うわごと》のようにいいながら、辺りを見回した。

「亜美もここにいたのか？」

「……亜美は非常口に」

「私、見てくる」

飯島が素早く身を起こし、廊下の奥の非常口に駆けて行った。

素子は苦しそうに声を搾《しぼ》り出すようにいった。

「……マーちゃんに会えてよかった」

「素子さん、死ぬな。いま救急隊が来る。もう少しだ。がんばれ」

「…………」

素子は猪狩の手を握ったまま、目を瞑《つぶ》った。目から大粒の涙が流れた。

「素子さん、あなたがオルッペミだったんだね」

素子はかすかに頭を左右に動かした。

「違う？　じゃあ、フクロウは誰だ？」

猪狩は素子に尋ねた。

素子の口が、あ、み、と動いた。

「亜美がオルッペミなのか？」

素子はうなずいた。やがて、猪狩の手を握る手から力が抜けていった。素子は長いため息を洩らし、がっくりと首を落とした。

猪狩誠人は素子をしっかりと抱き締めた。

魂《たましい》が迷って飛んでいかないように。

そうか。亜美がオルッペミだったのか。

飯島が戻ってきた。

「非常階段には、誰もいなかった」

亜美はうまく逃げたんだ。

飯島は傍《かたわ》らで猪狩の肩に手をやっていた。

エレベーターの扉が開き、救急隊員たちが駆け込んで来た。

「おーい、マサ、大丈夫か」

大沼の声も聞こえた。

救急隊員たちと一緒に、大沼と中山裕美が駆け付けた。二人とも拳銃を手にしていた。

「間に合わなかったか」

大沼はがっくりと肩を落とした。

中山刑事が、素子の顔を覗いた。

「光村鉄雄殺しの時に一緒にいた女性は、この人ではない」

「KD、この人じゃないだと」

大沼が確かめるようにいった。

「うん、似ているけど、違う」

中山刑事は頭を振った。

猪狩は、亜美なのだろう、と内心思ったが、口には出さなかった。


亜美は悲しかった。胸が締め付けられるように痛んだ。

黒煙の下で母は瀕死《ひんし》の重傷を負いながら、亜美にいった。

「あなたは逃げて。生きるのよ」

「でも、母さんをここに置いてはいけない」

「私はもうだめ。逃げて。あなたはオルッペミ。やることがあるでしょ。それを忘れないで」

黒煙の中で銃声が響いた。煙を切り裂いて銃弾が飛んだ。ソファの背に当たる音が聞こえた。曾根の護衛が生き残っている。亜美は自動拳銃を煙の中に向け、何発か撃ち返した。

「警察だ！」

部屋の入り口の方から怒声《どせい》が聞こえた。男の声に聞き覚えがあった。あの声は猪狩誠人。

亜美は心が震えた。誠人とここで会いたくはない。

「亜美、いまのうちに逃げて」

母は非常口を指差した。亜美は母の躯《からだ》を抱き寄せた。

「あなたはオルッペミ。強く生きなさい」

母は亜美を突き放した。

「母さん、ごめん」

亜美は腰を屈《かが》め、黒煙の中に飛び込んだ。非常口の扉に駆け寄り、扉を開け、非常階段に躍《おど》り出た。一気に十階まで非常階段を駆け下りた。十階の非常口の扉は開けてある。

煙が目に侵《し》みた。涙が溢れて止まらなかった。腕で目を拭《ぬぐ》った。

館内には非常ベルが鳴り響いていた。亜美は十階の廊下に出て、エレベーターに駆けた。十階からは、エレベーターはカードキイなしで動く。

上がってきたエレベーターの箱は無人だった。亜美は箱に乗り込み、一階のボタンを押した。急いで汚れた白衣を脱ぎ、肩掛けバッグに押し込んだ。拳銃もバッグに隠した。乱れた髪をまとめて後ろで束ね、バンダナで結んだ。

エレベーターは一階に降りて止まった。一階フロアは、避難する宿泊客たちでごった返していた。従業員たちが、客たちに落ち着いて逃げるようにと声を掛けながら誘導していた。亜美は人の流れに混じり、ホテルの外に出た。

消防車が梯子《はしご》を延ばし、十四階の消火にあたっている。何十台もの消防車や警察車両が通りに集まっていた。大勢の警官たちが通りを封鎖し、車の通行を止めていた。誰も亜美を怪しむ様子はなかった。

亜美は山下公園の中を歩きながら、ニューヨコハマ・グランドホテルのビルを見上げた。ホテルの十四階の窓から、濛々《もうもう》と黒煙が噴き出していた。あの中には母がいる。

亜美は悲しかった。涙が溢れ、頰を伝わって流れた。涙で公園の木立が霞《かす》んで見えた。

「オルッペミ様ですね」

突然、黒い人影が目の前に立った。亜美ははっとして、バッグの中に手を入れ、拳銃の銃把を握った。

「……………」

人影はある番号を名乗った。味方の土台人、補助工作員だった。

「公園の出口に車を用意してあります。どうぞ、こちらへ」

男は亜美に静かにいった。亜美はバッグの中で拳銃の銃把を放した。男は案内するように亜美の先に立って歩きだした。山下埠頭側の出入口に、黒いベンツが停車しているのが見えた。

8

テレビから、東京オリンピック2020の開会式の映像が流れていた。無観客の会場の光景は、きらびやかで、色彩豊かだったが、まるでCGで創られた映像を見ているようで、感動が伝わってこなかった。

真崎理事官が立ち上がり、海原班の捜査員たちを見回した。

「どうやら、無事に開会式が始まったが、何も起こらなかったな。みんな、ご苦労さんだった」

「じゃあ、さっそく、やりますか」

大沼や井出、氷川きよみが、クーラーボックスから、缶ビールを取り出し、班員たちに配り始めた。ツマミのイカの燻製《くんせい》やら、ピーナッツの袋が回される。

猪狩は、缶ビールのプルトップを引き抜いた。

黒沢管理官が、缶ビールを掲げていった。

「ともあれ、フクロウの脅迫事案は、なんとか無事に終了した。フクロウの行方は分からないし、事件の解明はなされていないし、完全に事案がクローズしたとはいえないが、とりあえず、第二、第三のフクイチが起こらなかったことを祝って、打ち上げとしたい。諸君が捜査に邁進《まいしん》してくれた労をねぎらいたい。お疲れさん、乾杯」

みんなは、それぞれ、缶を上げて、乾杯しあった。

猪狩は、古三沢殺しの事案や光村鉄雄殺しの事案が頭を過《よぎ》るのを覚えた。

どちらの事件も、被疑者・織田忠（本名・恩田忠）死亡のまま、殺人罪容疑で送検され、検察の不起訴裁定が確定した。事件現場に一緒にいた女性は、それぞれ氏名など不詳のまま、殺人幇助《ほうじょ》容疑で送検されたが、結局、二人の女性とも、証拠不十分で、不起訴処分になった。

もし、亜美を逮捕していたら、ひょっとすると裁判の様相や結果が、だいぶ違っていたかも知れない。

捜査報告では、フクロウは杉原素子（旧姓・恩田素子）とし、容疑者死亡としてケースクローズドした。

素子が、実はフクロウは娘の亜美だといっていたが、猪狩も飯島も、その証言を裏付ける証拠がないとして、上への報告にも、そのことは書かなかった。

猪狩は、母親の素子がそういったとしても、亜美がフクロウ（オルッペミ）だと、どうしても信じたくなかったのだ。

スマホに着信音が流れた。猪狩は、スマホを取り上げた。山本麻里からだった。

スマホを耳にあてた。

『マサト、事件の片《かた》、付いたんでしょ？』

「うん。付けた。いま、どこ？」

『私の部屋。来ない？　オリンピック開会式をテレビで見ながら寿司をつまみに、飲まない？』

「いいね。すぐ行く」

『健司にも声をかけたから、三人で楽しくやろう』

「なんだ。二人だけじゃないんだ」

猪狩はがっかりした。

『ごめん。健司、築地《つきじ》の寿司と、新潟の美味い日本酒を持ってくるというのよ。それに、健司には、引っ越しで、いろいろ世話になったし。その礼も兼ねてるの』

そうだよな、と猪狩は反省した。麻里から引っ越しを手伝ってというメールが何本も入っていたが、フウロウ事案が急展開している時だったので、引っ越し手伝えない、と返事をしていた。麻里は、猪狩の代わりに、健司に頼んだのだ。

「分かった。すぐ、そちらに向かう」

『早く来ないと、寿司全部食べちゃうからね。お腹ぺこぺこなんだから。早く来てよ』

猪狩は、麻里の声を聞き、少し元気になった。猪狩は、真崎理事官や黒沢管理官、班員のみんなに「急用が出来たので」といい、蒲田のマンションを飛び出した。

タクシーに乗り込みながら、ふと亜美を思った。亜美は母親をなくし、どんな気持ちでいるのだろうか、と猪狩は思った。

フクロウは、哭《な》いている。

窓の外を流れる街の灯を見ながら、猪狩は素子や亜美のことを思っていた。


（第四部完）

梟が目覚めるとき

一〇〇字書評

切り取り線

購買動機（新聞、雑誌名を記入するか、あるいは○をつけてください）

□（　　　　　　　　　　　　　　）の広告を見て	
□（　　　　　　　　　　　　　　）の書評を見て	
□ 知人のすすめで	□ タイトルに惹かれて
□ カバーが良かったから	□ 内容が面白そうだから
□ 好きな作家だから	□ 好きな分野の本だから

・最近、最も感銘を受けた作品名をお書き下さい

・あなたのお好きな作家名をお書き下さい

・その他、ご要望がありましたらお書き下さい

住所	〒				
氏名		職業		年齢	
Eメール	※携帯には配信できません	新刊情報等のメール配信を 希望する・しない			

この本の感想を、編集部までお寄せいただけたらありがたく存じます。今後の企画の参考にさせていただきます。Eメールでも結構です。

いただいた「一〇〇字書評」は、新聞・雑誌等に紹介させていただくことがあります。その場合はお礼として特製図書カードを差し上げます。

前ページの原稿用紙に書評をお書きの上、切り取り、左記までお送り下さい。宛先の住所は不要です。

なお、ご記入いただいたお名前、ご住所等は、書評紹介の事前了解、謝礼のお届けのためだけに利用し、そのほかの目的のために利用することはありません。

〒一〇一－八七〇一
祥伝社文庫編集長　清水寿明
電話　〇三（三二六五）二〇八〇

祥伝社ホームページの「ブックレビュー」からも、書き込めます。
www.shodensha.co.jp/bookreview

祥伝社文庫

ソトゴト 梟《ふくろう》が目覚《めざ》めるとき

令和3年11月20日　初版第1刷発行

著者　森《もり》 詠《えい》
発行者　辻 浩明
発行所　祥伝社《しょうでんしゃ》
東京都千代田区神田神保町3-3
〒101-8701
電話　03（3265）2081（販売部）
電話　03（3265）2080（編集部）
電話　03（3265）3622（業務部）
www.shodensha.co.jp

印刷所　堀内印刷
製本所　ナショナル製本
カバーフォーマットデザイン　芥 陽子

Printed in Japan ©2021, Ei Mori ISBN978-4-396-34759-8 C0193